Nuova Narrativa Newton
802

Titolo originale: *Ararat*

Traduzione dall'inglese di Lucilla Rodinò
Prima edizione: settembre 2017

Roma, Casella postale 6214

ISBN 978-88-227-1119-9

www.newtoncompton.com

Realizzazione a cura di Corpotre, Roma
Stampato nel settembre 2017 da Puntoweb s.r.l., Ariccia (Roma)
su carta prodotta con pasta termomeccanica, senza utilizzo di cloro, proveniente
da foreste controllate, nel rispetto delle normative europee vigenti in tema ambientale

Christopher Golden

Missione Ararat

Newton Compton editori

Questo non è il primo libro che dedico a mia moglie,
Connie Golden, e non sarà l'ultimo.
«Cosa vuoi, la luna? Basta chiederla».

Tutta la gente che preferisco è a pezzi.
Over the Rhine

RINGRAZIAMENTI

Grazie, come sempre, alle persone che creano un ambiente che mi consente di svolgere il mio lavoro, compreso il mio agente, Howard Morhaim, il mio manager, Peter Donaldson, e il mio ottimo editor, Michael Homler; e grazie a Lauren Jablonski e a tutta la squadra della St. Martin's Press. La mia eterna gratitudine a Connie e ai meravigliosi ragazzi che siamo orgogliosi di chiamare figli. Un grazie speciale anche a Dana Cameron, Eric Simonson (di International Mountain Guides) e Leila Verdizeh, per le loro conoscenze, la loro cortesia e la loro competenza.

UNO

Poco dopo le otto del mattino dell'ultimo giorno di novembre, la montagna cominciò a tremare.

Feyiz rimase paralizzato e senza fiato e allargò le braccia per mantenersi in equilibrio in attesa che terminasse la scossa. Invece peggiorò. I clienti gli urlarono in tedesco, una lingua che non parlava. Uno degli uomini fu preso dal panico e cominciò a gridare agli altri, come se il diavolo in persona si stesse facendo strada nel cuore della montagna per raggiungerli. Si trovavano sulla cima, il cielo di un azzurro intenso si dispiegava dinanzi a loro e l'aria fredda era pura e frizzante. Una mattina idilliaca sul monte Ararat, se il mondo non avesse cominciato ad andare in pezzi.

«Giù!», gridò Feyiz. «Mettetevi giù!».

Gettò le racchette da trekking e cadde in ginocchio sulla neve compatta. Afferrò la piccozza che gli pendeva dal fianco, la conficcò nel ghiaccio e si chiese se i sei uomini e le tre donne del gruppo avessero potuto sentirlo al di sopra del rombo gutturale della montagna.

I tedeschi imitarono le sue azioni.

In ginocchio, reggendosi alla piccozza e sperando che lo strato di neve non cedesse, Feyiz cercò di non contare i secondi. I tedeschi si urlavano l'un l'altro. Una donna, nell'estasi di quel momento di terrore, aveva un largo sorriso e gli occhi accesi di un folle luccichio.

Un uomo gli afferrò il braccio. Volto sottile, zigomi alti, occhi color del cielo. «Quanto durerà?», chiese nel suo forte accento.

Come se cose del genere accadessero di continuo. Come se una guida di montagna trentaduenne potesse fare quel lavoro su una montagna che trema con prevedibile regolarità. Feyiz si limitò a fissarlo, poi chiuse gli occhi e pregò, non solo per sua moglie e i loro quattro figli nel villaggio di Hakob, ma per tutti quelli che aspettavano al Campo Due. Lì in cima tutto era neve e ghiaccio, ma il terreno al Campo Due era solo un cumulo di roccia vulcanica e non voleva pensare a cosa sarebbe successo se si fosse staccata una slavina.

«Venti secondi!», urlò una donna in inglese, guardando Feyiz. «Quanto ancora?».

Feyiz trattenne il respiro mentre la montagna gli ballava sotto i piedi, e il boato riempiva il cielo. Con gli occhi aperti, fissò in lontananza la cima del Piccolo Ararat. Ebbe un tuffo al cuore, come se il petto gli venisse scosso da un altro terremoto.

Con un rumore simile a un colpo di cannone, il ghiaccio esplose e si aprì un'enorme fenditura.

Uno dei tedeschi cominciò a pregare forte, come se per farsi ascoltare dal suo dio al di sopra del fragore del terremoto fosse necessario urlare.

La scossa terminò con la stessa velocità con cui era cominciata. Feyiz si guardò intorno, mentre il rombo della montagna ancora echeggiava nel cielo, e balzò in piedi. Si sforzò di controllare il respiro – non poteva rischiare di andare in iperventilazione nell'aria rarefatta della vetta – e si chinò per prendere le racchette da trekking.

«Venite. Ora dobbiamo scendere».

«No!», strillò un cliente, quello che aveva pregato. «E se ci sono delle scosse di assestamento? O... potrebbe esserci una scossa più forte di questa durante il tragitto!».

Feyiz lo guardò, osservò il fiato che si condensava nell'aria mattutina. Quelle persone non erano amici ma colleghi di lavoro, tutti dirigenti della stessa azienda tecnologica di Monaco. Si conoscevano ma non si erano simpatici. Tutti tranne uno erano scalatori inesperti, dotati dell'abbigliamento giusto e di una certa determinazione, ma assolutamente non pronti ad affrontare situazioni del genere.

«Ascoltatemi bene», disse Feyiz, sfiorando con le labbra i pezzetti di ghiaccio che gli si erano accumulati sull'orlo dei baffi. «Mia moglie e i miei figli sono giù. I miei cugini e le loro famiglie in questo preciso momento stanno trasportando bagagli e conducendo cavalli, accompagnando scalatori... turisti... in questo posto. Devo pensare alla loro incolumità. E per quanto restereste qui? Potrebbero esserci scosse di assestamento tra ore, giorni persino. Preferireste scendere col buio? Io vado ora».

Si voltò e mentre s'incamminava per il sentiero da cui erano saliti, i ramponi attaccati agli scarponi graffiarono e scavarono il ghiaccio.

«Si fermi!», urlò l'uomo delle preghiere. «È stato pagato per farci da guida! Deve...».

Feyiz si voltò e gli lanciò un'occhiataccia. «Devo cosa? Anteporre il vostro benessere a quello della mia famiglia? Se vi serve una guida per scendere, venite».

Mentre si allontanava dalla vetta, pensò alle numerose ore che lo attendevano, ore in cui i suoi familiari sarebbero stati preoccupati per lui quanto lui lo era per loro. Alle sue spalle, sentì Deirdre, che gli era parsa la dirigente di grado più alto, redarguire l'uomo. Feyiz si guardò alle spalle e vide che lo seguivano.

Avevano fatto solo una decina di passi quando la montagna ricominciò a rombare.

«Ve l'avevo detto», urlò l'uomo delle preghiere.

Ma stavolta Feyiz non cadde in terra. L'Ararat non gli tremava sotto i piedi, non come aveva ballato prima. Stavolta fu il cielo a tremare e il rumore aveva peso e direzione. Si voltò verso il crinale sudorientale e capì che il boato proveniva dal crollo di migliaia di tonnellate di ghiaccio e strati vulcanici.

Una valanga.

Così avanti nell'anno, nessuno avrebbe scalato la parete sudorientale, ma il suo villaggio si trovava ai piedi del fianco orientale della montagna, verso il sorgere del sole. Mentre sentiva il rombo tonante del ghiaccio e della roccia, cominciò a correre, dimenticando gli escursionisti. Avrebbero dovuto stargli dietro o rientrare da soli.

La montagna uccideva la gente. L'aveva sempre fatto.

Feyiz sperò che la montagna stavolta non avesse ucciso la *sua* gente.

DUE

Una pioggia leggera cadeva sulle strade di Londra e nessuno pareva curarsene. Alcuni sulla King's Road avevano aperto l'ombrello, ma la maggior parte si era limitata a chiudere un altro bottone del cappotto, incurante di un po' di pioggerella. Adam Holzer affondò le grandi mani nelle tasche del cappotto di lana grigia. Nato e cresciuto a Long Island a New York, Adam aveva passato non poche uggiose giornate novembrine a maledirsi per non aver consultato le previsioni del tempo. A quanto pare, essersi trasferito a Londra non lo aveva cambiato, non più di quanto si aspettasse che l'avrebbe cambiato il suo imminente trentesimo compleanno.

Trenta, pensò. *Cazzo.*

Aveva scalato montagne in tutto il mondo – era salito sul monte McKinley con il padre quando aveva diciassette anni – e ora rischiava di buscarsi una polmonite lì sul marciapiede davanti al luogo dell'appuntamento perché la sua fidanzata era di nuovo in ritardo e lui non aveva avuto il buonsenso di portarsi un ombrello.

Tirò fuori dalla tasca il telefono e guardò l'ora: 13:37. Dovevano incontrarsi alle 13. È vero che aveva fissato l'appuntamento con la direttrice del Bluebird alle 13:30, prevedendo che Meryam sarebbe arrivata in ritardo, come le capitava sempre ultimamente, ma tra un po' avrebbe dovuto entrare senza di lei.

Nessun messaggio da Meryam, per di più. Cominciò a scriverne un altro, ma poi vide i due precedenti che le aveva mandato e cambiò idea. O li aveva visti e aveva deciso di ignorarli o non li aveva visti e allora uno in più non avrebbe accelerato per magia il suo arrivo.

Adam guardò la facciata del Bluebird, un basso edificio bianco del tutto fuori posto tra le graziose case di pietra e mattoni. In molte avevano dei negozi al primo piano. Guardò la farmacia dall'altra parte della strada. Nei giorni di pioggia, posti del genere vendevano ombrelli d'infima qualità a cinque sterline l'uno.

Ma la direttrice del Bluebird stava aspettando. Cercò di ricordare il nome – Emily vattelapesca – che aveva scritto su un pezzetto di carta conservato nel portafoglio. Il Bluebird aveva un'ottima fama come locale per matrimoni, tantissimo spazio interno sia per la cerimonia che per il ricevimento. Le fotografie che aveva visto online mostravano un sacco di superfici a specchio bianco e argento, gente felice che brindava con coppe di champagne e graziose bambine che lanciavano fiori lungo una navata improvvisata. Quartetti d'archi sorridevano e gli sposi sembravano contentissimi.

Assolutamente perfetto.

Ma a questo punto, Adam si sarebbe anche sposato davanti alla statua dell'ammiraglio Nelson a Trafalgar Square con merda di piccione invece di petali di rose, se solo Meryam fosse stata d'accordo sul posto. Meryam voleva sposarsi a Londra, e questo lui lo capiva. Era la sua città natale, dopotutto. Ma qualche altra indicazione oltre che *Londra* non avrebbe guastato.

Rimettendosi il telefono in tasca, cominciò a camminare

lungo la cancellata della facciata, scrutando attraverso il ferro battuto con la speranza che Emily vattelapesca non lo stesse aspettando sulla porta. Una goccia di pioggia gli scivolò dentro la camicia lungo la schiena. Adam rabbrividì, adeguando il proprio umore al grigiore della giornata.

«Adam!».

Si voltò e vide Meryam che gli correva incontro con il suo ombrello rosso con la fierezza di una Lady Godiva nel triste grigiore di quel giorno nuvoloso. L'umidità le aveva trasformato i corti capelli castani in una massa ribelle di ricci e aveva un sorriso che le conosceva bene e tradiva una sorta di maliziosa allegria che Adam trovava a tratti spaventosa e a tratti inebriante.

«Cominciavo a pensare che non saresti venuta», fece lui.

Meryam inclinò la testa e con essa l'ombrello. «Non ti avrei mai lasciato qui ad aspettare, amore».

«Vuoi dire non come hai fatto lunedì scorso al Battersea Arts Centre?».

Myriam gli si avvicinò, condividendo con lui il riparo dell'ombrello rosso, e lo cinse con il braccio, attirandolo a sé per un bacio. Adam accettò il bacio, dissipando un po' della sua irritazione, ma si rifiutò di sorriderle.

«Mi sono scusata una decina di volte», disse Meryam. «Sai come sono quando scrivo. Mi metto da Wilton's e perdo la cognizione del tempo».

La pioggia cominciò a cadere più forte e grosse gocce saltavano sull'ombrello. Quel riparo creava uno spazio intimo tra loro, come se il resto del mondo fosse stato chiuso fuori. Quell'effetto gli rese difficile mantenere il suo atteggiamento grave, e dopotutto era in ritardo di soli dieci minuti.

Quaranta, disse tra sé e sé. *Per quanto ne sa lei, è in ritardo di* quaranta *minuti. Le avevi detto l'una.*

L'aveva quasi perdonata per il lunedì scorso. Quasi. Stavano lavorando al loro terzo libro insieme e lo prendevano a turno, come sempre. Meryam aveva l'abitudine di smarrirsi nel lavoro e Adam immaginava benissimo che fosse rimasta nel pub, a bere tè e scrivere sul portatile. Il punto era che non era la prima volta. Le aveva chiesto di sposarlo in Scozia all'inizio di maggio sulla cima del Ben Nevis, dove erano saliti per fare un picnic. All'inizio, Meryam era parsa in preda all'euforia, ma da quando avevano cominciato a pianificare sul serio le nozze era tutto cambiato. Si era dimostrata indecisa su tutto, dai fiori agli inviti e al luogo ed era arrivata tardi a quasi tutti gli appuntamenti.

Ora lo teneva stretto contro di lei. L'ombrello si inclinò e una cascata di pioggia scivolò dal bordo e li bagnò.

«Piantala», fece lei.

«Cos'è che dovrei piantare?»

«Lo *sai*».

Adam la baciò sulla fronte. Erano alti uguale – 1,78 – e a volte lei ricambiava il gesto. Non quel giorno.

«Entriamo», disse lui. «La direttrice starà aspettando…».

«Se non ci ha rinunciato», completò lei.

«Sì». Adam la guardò. «Senti, sono contento che tu sia di ottimo umore, ma io sto con una mela da stamattina e quindi mi piacerebbe sbrigare la questione. Oltretutto, sappiamo benissimo che non hai pazienza per questo genere di cose, perciò entriamo e togliamoci da questa pioggia, e poi sarai libera di rifiutare questo posto come tutti gli altri e io continuerò a guardare mentre tu cercherai un modo per dirmi che non vuoi più sposarmi».

Il sorriso le svanì. Gli occhi si riempirono di tristezza e Meryam lo spinse via, nella pioggia, allontanandolo dall'intimo riparo dell'ombrello rosso.

«Non è giusto», disse piano, e le parole quasi si persero mentre un camion passava rombando. «E non è vero».

Adam sospirò, poi si rimise le mani in tasca. «E cos'altro dovrei pensare?»

«Che ti amo, e che mi hanno distratto questo libro e l'organizzazione delle nostre avventure dell'anno prossimo. E so che risponderai che c'è solo un'avventura che ti interessa al momento, ma uno di noi deve concentrarsi su come guadagnarsi da vivere e ora quella persona sono io».

Adam si arrese e si sentì crollare le spalle. Su questo punto non poteva ribattere. Era vero che Meryam non si era curata dei preparativi del matrimonio, ma lui viceversa non si era concentrato sui lunghi mesi che avrebbero trascorso in Sudamerica, a fare escursioni per le Ande e scalare l'Aconcagua, la montagna più alta al di fuori dell'Asia. Quelle esplorazioni avrebbero costituito la base del loro quarto libro.

«Mi sto bagnando», disse lui, concedendosi infine un sorriso, anche se poco convinto. «Possiamo entrare?».

Meryam recuperò il suo sorriso malizioso. «Ho paura di no, amore. L'appuntamento è stato cancellato. Anzi, per dirla tutta, anche tutti gli altri appuntamenti sono stati cancellati per l'immediato futuro».

«Hai appena detto che...».

«Ti amo e voglio che diventi mio marito, ma potresti stare zitto un momento?».

Adam strinse le labbra, ponendo la domanda solo con le sopracciglia.

Meryam annuì soddisfatta. «Ottimo. Questo è quanto. Ho cancellato tutto perché domani partiamo per la Turchia. Mi ha telefonato Feyiz. Ti ricordi di lui?».

Certo che se lo ricordava. Erano diventati amici quando erano andati sul monte Ararat ed era stata la migliore guida con cui avessero mai lavorato. Feyiz e Meryam avevano avuto un'intesa immediata che avrebbe potuto ingelosire Adam se non fosse stato per un fatto fondamentale.

«Siamo invitati al matrimonio di *Feyiz*?», disse lui. «Ma è già sposato».

Meryam lo afferrò per il bavero del cappotto e lo attirò a sé e sotto il riparo dell'ombrello. Adam sentì il suo fiato caldo sulla guancia e vide l'eccitazione nei suoi occhi.

«Non fare lo sciocco. Hai visto i notiziari sul terremoto qualche giorno fa. E sulla valanga».

«Terribile», disse Adam.

«Sì, ma anche meraviglioso. Le autorità turche non fanno salire nessuno, per paura di scosse di assestamento e simili, ma Feyiz e uno dei suoi cugini ci sono comunque andati. Le guide devono sapere che danni ha provocato, esplorare il terreno, ecc.».

Adam sospirò, scettico. «E immagino abbiano trovato l'arca di Noè».

Meryam inclinò nuovamente la testa in quel modo strano. «Sulla parete sudorientale hanno trovato una caverna che prima non c'era. Grande. Dal punto di vista geologico non dovrebbe esistere».

Adam tirò fuori le mani dalle tasche e inclinò la testa allo stesso modo, guardandola negli occhi. Se non si fosse trattato di Feyiz, avrebbe insistito per avere ulteriori informazioni. O meglio conferme.

«Probabilmente non è niente», disse con un tono che non risultava convincente neanche alle sue orecchie. «E sai benissimo che l'altezza è troppa perché possa esserci arrivata un'inondazione».

«*Ma*».

Adam annuì lentamente. «Ma se c'è qualcosa e noi fossimo i primi a vederla? Feyiz ci adora. Soprattutto te. Potrebbe procurarci tutta l'attrezzatura necessaria e anche coordinare una squadra».

«Gliel'ho già chiesto. Lo sta facendo».

Il sorriso di Adam si unì a quello di Meryam. «È assurdo. Hai detto tu stessa che i turchi non fanno salire nessuno. Le guide curde possono scorrazzare, certo, ma noi siamo stranieri. Anche in condizioni normali, prima di salire dovremmo seguire tutta la trafila dei permessi».

Meryam lo avvicinò di nuovo e i loro nasi si toccarono. «Intanto andiamoci. Feyiz sa chi corrompere. Quando leveranno il divieto, voglio essere la prima a salire su quella montagna».

«Le scosse di assestamento...».

«Oh, per favore, Mr Holzer. Ti ho visto fare le cose più stupide e pericolose – e in molti casi avresti potuto restarci secco – e ora ti preoccupi di qualche scossa di assestamento? Questo è esattamente ciò per cui viviamo e non dimentichiamo quanto vorresti quello show televisivo di cui parli in continuazione. Voglio vedere cosa c'è in quella caverna e voglio farlo per prima. Dimmi pure che non vuoi lo stesso e saprò che stai mentendo spudoratamente».

Adam scoppiò a ridere e scosse il capo di fronte a quell'assoluta follia.

Poi le prese la mano e insieme corsero lungo il marciapiede

con l'ombrello che ballonzolava su e giù. Ma ad Adam la pioggia non faceva più effetto. Quando fossero arrivati in Turchia sarebbe stato il primo dicembre e un po' di gelida pioggerella non era niente in confronto a ciò che li aspettava sul monte Ararat.

TRE

In estate, anche una scimmia pigmea neonata poteva scalare l'Ararat. O almeno questo era quello che Meryam aveva detto ad Adam quando avevano pianificato la loro prima ascesa tre anni prima. Nella bella stagione, fino ai 4800 m, dove cominciava il ghiacciaio, la montagna non era più difficoltosa di una qualsiasi escursione un po' lunga e faticosa. Arrivati lì, a una persona abbastanza in forma bastavano dei ramponi fissati agli scarponi e una piccozza per affrontare la scalata, a seconda del percorso.

In inverno, però, la scalata diventava complicata. La neve e il vento sferzavano la parete della montagna, il freddo penetrava gli indumenti anche più pesanti fino alle ossa. Al buio o nel bel mezzo di una tempesta, le temperature potevano crollare a trenta gradi sotto zero. Ma in ogni caso, nessuno dei due aveva interesse a salire sull'Ararat d'estate. Il motivo della scalata era ricavare materiale appassionante per alcuni capitoli del loro secondo libro, *Adamo ed Eva in cima al mondo*. La serie raccontava le loro imprese in coppia, quello che avevano osato fare insieme e che gran parte delle persone normali non avrebbe mai fatto né sola, né accompagnata. E quindi, la scalata del monte Ararat in estate sarebbe stata di una noia mortale per i loro lettori.

Ma non erano degli sprovveduti. Avevano fatto la scalata alla fine di ottobre, non a febbraio. Le valanghe non erano rare sull'Ararat nei mesi invernali e a loro serviva fare l'ascesa in condizioni leggermente più avverse della versione per scimmie pigmee.

Ovviamente avevano scelto quella montagna per via dell'arca.

Non che Meryam credesse nell'arca. Forse Adam sì, ma non l'aveva mai ammesso esplicitamente. Il racconto del diluvio era storicamente troppo diffuso nelle culture più disparate per essere una pura invenzione, ma la versione biblica era assolutamente incredibile. Far ripartire la razza umana – anzi tutta la vita sulla Terra – con degli animali a casaccio fatti salire su un'unica barca... la sola idea che qualcuno potesse ritenerla vera la faceva diventare matta.

Quindi riteneva assurda l'idea dell'arca.

Ma *un*'arca? Un tizio con un nome simile a Noè, che aveva costruito una nave primitiva ed enorme e vi aveva imbarcato la famiglia e tutti gli animali in suo possesso, asini, pecore, bestie del genere? Quest'ipotesi poteva accettarla. Aveva studiato a sufficienza storia, teologia e tradizioni popolari per sapere che molti dei racconti antichi erano stati creati per insegnare una lezione o tramandati di generazione in generazione perché avevano un fondo di verità che terrorizzava le persone. La lezione del racconto biblico dell'arca di Noè era semplice, un motivo che ricorreva in tutto l'Antico Testamento: *comportatevi bene, o Dio vi romperà il culo.*

Prendi Adam. Glielo vedeva negli occhi che una parte di lui credeva ancora alle cose che gli avevano insegnato da piccolo, le cose che aveva imparato prima del suo bar mitzvah. La madre era morta quando era piccolo e siccome il padre lavorava tutto il giorno lo aveva cresciuto la nonna Evie, il cui cupo misticismo lo aveva segnato. L'anziana donna sosteneva che *il proprio* padre, poco prima di morire, fosse stato posseduto da un dybbuk. Adam affermava di non averle mai creduto, ma Meryam ancora ricordava la prima volta che gliene aveva parlato e l'ombra che gli era calata sugli occhi. Adam non avrebbe voluto crederci, ma lei sapeva che non era così.

Dal canto suo, Meryam non credeva a dybbuk, spiriti o angeli, ma a dire il vero non credeva quasi in niente. Era stata allevata nella fede musulmana, ma da molto ormai aveva stabilito che la principale differenza tra le loro religioni era il nome del dio di cui tutti temevano il castigo nel caso avessero infranto le regole imposte dalla fede stessa. Meryam si atteneva ad alcuni dei precetti fondamentali per riflesso o cautela, ma non era di Dio che temeva il castigo. Allah non le avrebbe sputato per strada, non l'avrebbe messa in prigione, violentata o assassinata.

Solo gli uomini facevano cose del genere.

Uomini come Hakan Ceven.

«Quanto ci vorrà perché il governo ci dia l'autorizzazione a salire?», gli chiese.

Hakan era seduto dall'altra parte del tavolo, rigido contro lo schienale della sedia di legno. Si voltò alla sua sinistra, rivolgendosi ad Adam.

«Potrebbe trattarsi di ore o di settimane». La voce gli grattava simile a una cascata di pietre e aveva l'accento forte della regione, ma parlava inglese meglio di quanto si fosse aspettata.

Meryam lanciò un'occhiata a Feyiz, la quarta persona attorno al tavolo. Come lo zio, che era diventato il nuovo capofamiglia a seguito delle morti che avevano colpito il clan nella valanga, Feyiz non incrociava il suo sguardo. Ma

Meryam sapeva che evitava di guardarla per imbarazzo e non per disprezzo. I curdi non erano tradizionalmente ostili alle donne come molti altri islamici del Medio Oriente, ma a giudicare dal suo comportamento Hakan era evidentemente un'eccezione.

«Possiamo fare qualcosa per accelerare la trafila?», chiese Meryam.

Hakan s'irrigidì ulteriormente, levando il mento e dilatando le narici. La folta barba grigia non riusciva a celare l'espressione stizzita delle labbra. Puntò lo sguardo su Adam, cercando di trasmettergli in tutti i modi il messaggio.

«C'è ora mio cugino che sta parlando a un amico del ministero. Se servirà una bustarella, la offriremo e ve la metteremo in conto. Fino ad allora...».

«Hakan», lo interruppe Adam con malcelata irritazione.

Feyiz scosse bruscamente il capo.

«...tutto quello che possiamo fare è aspettare con gli altri», terminò Hakan.

Meryam strinse i denti e guardò l'enorme e rustica sala da pranzo. C'erano già tre squadre di scalatori, ma ne sarebbero arrivate ancora. Parlando con le altre guide, Feyiz aveva appreso che facevano tutti parte di gruppi più grandi, in attesa di rinforzi, e tutti e tre finanziati o guidati da "arcologi", ossia quelli che credevano alla versione biblica della storia dell'arca di Noè e avevano dedicato la vita alla ricerca del luogo in cui si era fermata. Due dei gruppi avevano con loro piccole troupe di documentaristi e quella del terzo era in arrivo. Meryam aveva il suo fidanzato.

«Mi dispiace», disse Adam, abbassando la voce perché potessero sentire solo loro quattro, il piccolo gruppo di scettici, «ma non potrà funzionare se insiste nel...».

Meryam tamburellò piano sul tavolo, attirando l'attenzione dei tre uomini. Feyiz sprizzava ansia da tutti i pori. Adam chiuse la bocca frustrato. Hakan continuò a non guardarla.

«Primo», disse Meryam piano, «non parlare per me, Adam. Non fare il paladino che prende spada e scudo in difesa della sua bella. Non siamo così e lo sai benissimo».

Più tardi, le avrebbe potuto obiettare che le circostanze richiedevano un suo intervento, ma quando sarebbero stati soli: non si sarebbe avventurato in una discussione davanti agli altri.

«Secondo... Hakan, può continuare a far finta che io sia invisibile, che la voce che sente provenga dall'ebreo che sto per sposare, che immagino le piaccia poco più di me. Immagino che l'idea del nostro matrimonio sia un abominio agli occhi di un essere ignorante e pieno di odio come lei...».

Hakan girò di scatto la testa per lanciarle un'occhiataccia. Aveva il labbro superiore contratto e si vedeva la rabbia che gli ardeva dentro di fronte alle parole che la donna aveva osato rivolgergli. Fece una serie di bruschi respiri e poi lentamente si rivoltò a guardare Adam, con le labbra schiuse in un sorriso sottile come una lama.

Meryam si piegò sul tavolo. «È combattuto, lo so. Se mi risponde dovrà accettare che esisto e che sono io a dare gli ordini qui».

Ad Adam – sempre ad Adam – Hakan replicò: «E se me ne andassi? Potrei guidare uno dei gruppi di arcologi. Potrei proibire ai miei familiari e alle altre guide di aiutarvi».

La sera aveva portato un vento freddo che scivolava lungo il pavimento come una lenta marea. Si levarono delle risate da un tavolo all'angolo dove un gruppo di scalatori tedeschi stava stappando altre bottiglie di vino. L'aria secca e frizzante asciugava le bocche dei visitatori, ma c'era sempre altro vino per placare la loro sete. Sempre altre storie sulla montagna, altre guide dagli occhi scuri con i volti segnati dalle intemperie, altre preghiere a un dio che lì, all'ombra della montagna, pareva molto più vicino, e a quelle preghiere anche molto più insensibile.

«Tutte cose che potrebbe fare», convenne Meryam.

Stanca, si stropicciò gli occhi e fece scrocchiare il collo. Era stata una corsa frenetica arrivare lì, comprare le provviste e sistemarsi in quell'albergo scavato nel fianco roccioso di una collina, in cui le camere erano praticamente grotte di lusso. Un camino fatato, secondo la catena svizzera di hotel che l'aveva costruito. Visto dall'esterno, nell'oscurità, con le luci dorate che illuminavano le grotte sulla parete della collina, quel posto aveva un che di magico.

Hakan tirò indietro la sedia e si alzò. Meryam aveva lasciato in sospeso la questione, come una nube cupa che gravava nell'aria, e Hakan aveva deciso di scappare. La guida quarantenne aveva inaspettatamente ereditato gli affari di famiglia senza volerlo o essere in grado di accettare i compromessi che ne derivavano.

«Sta commettendo uno sbaglio», gli disse Adam.

«Se è così, non è il primo sbaglio della serata», replicò Hakan.

«Lei ha delle ambizioni», fece Adam. «Con tutto il dovuto rispetto, Hakan, lei è una guida di montagna e la sua famiglia – malgrado tutte le sue onorate tradizioni – conduce una vita seminomade».

Hakan strinse i pugni. «Come è sempre stato».

«Lei è orgoglioso delle tradizioni», disse Adam, «e fa bene, ma questo non vuol dire che voglia fare questo fino alla morte, o che voglia che lo facciano i suoi figli, o che le sue figlie sposino uomini che potrebbero morire sotto la prossima valanga. Già noleggia i cavalli – o lo fanno i suoi cugini – e allora perché non diventare proprietario di un albergo? O di un negozio?»

«Non è questa la vita che vuoi, zio», intervenne Feyiz.

Hakan gli parlò in kurmanji, ma Meryam capì un'unica parola. *Silenzio.*

«La paghiamo una grossa somma di denaro», continuò Adam con tono pratico. Ragionevole, laddove Meryam sapeva di essere incapace di ragionevolezza. «E sa benissimo che una volta tolto il divieto di salire, saremo i primi a scalare la montagna. Siamo solo noi. Ho la mia telecamera e non aspettiamo nessun altro. Il produttore con cui lavoro sta già parlando con funzionari di qui che hanno controllato le nostre credenziali. Se arriviamo per primi e c'è qualcosa da trovare – e se seguiamo le regole di questo paese sui siti archeologici – si sono detti d'accordo a concederci lo scavo».

Hakan alzò gli occhi al cielo. «Senza una supervisione del governo? Impossibile».

«Se scopriamo qualcosa, manderanno qualcuno».

La guida si accarezzò la folta barba, con le labbra piegate in una smorfia di disgusto. «Senza una guida, buona fortuna».

Stavolta guardò Meryam, come se solo ora, che conficcava l'ultimo chiodo sulla bara dei suoi progetti, ne ammettesse l'esistenza.

«Ce l'hanno una guida», disse piano Feyiz.

Hakan lo fulminò con lo sguardo. «Non oserai».

Ora era Hakan a essere ignorato. Feyiz si rifiutò di guardarlo.

Adam spinse un po' più in là la sedia di Hakan, come a suggerirgli di rimettersi a sedere.

«Noi saliremo», disse Adam. «Se non c'è niente, avremo perso un sacco di tempo e denaro. Ma se c'è qualcosa che vale la pena di scoprire, avremo lo scavo e il documentario. Ci servirà un capoprogetto che conosce le montagne come le sue tasche e che acconsente a farsi filmare. I nostri finanziatori pagheranno tutto. Se si tratta dell'arca, l'interesse sarà tale che i soldi pioveranno dal cielo».

Hakan afferrò lo schienale della sedia, rilassando i muscoli delle spalle, ma non si sedette. La fronte corrugata era passata da un'espressione di irritazione a una di riflessione.

«Ci sono molti "se"», disse Hakan.

Meryam espirò. «Non è necessario che mi guardi quando le parlo. Se la sua fede religiosa le dice che nel suo intimo deve condannare me, e la mia relazione con Adam, è una questione tra lei e Dio. Ma questa cosa la *faremo* e sarebbe molto più semplice per noi e molto più remunerativo per lei se avessimo la collaborazione della famiglia Ceven».

Hakan incrociò il suo sguardo per tre secondi, poi si risedette. Si voltò verso il nipote e a bassa voce gli parlò nella loro lingua nativa.

«Credi nell'arca?», chiese Hakan.

Adam aggrottò la fronte – non conosceva la lingua – ma Meryam scosse impercettibilmente il capo per indicargli che non doveva dire nulla.

«Se è lì, ci crederò», replicò Feyez.

«La caverna sembra troppo piccola per contenerla», disse Hakan.

Feyiz si strinse nelle spalle, ma Meryam si piegò in avanti

e gli parlò, come se lo zio non ci fosse. Poteva fingere anche lei, giocare a quel gioco se questo avesse agevolato le cose.

«Questi altri», disse in turco, accennando leggermente col capo al più vicino tavolo di arcologi, «sono in cerca di una leggenda. Le misure indicate sono simboliche. Se l'arca è esistita, nessuno sa quanto fosse grande. Se è lassù, la misureremo noi. Noi *riscriveremo* la leggenda».

Feyiz sorrise. Era stato della partita fin dal principio, tanto da sfidare lo zio e il resto della famiglia. Aveva perso tre familiari nella valanga, ma i suoi figli erano tutti vivi. Feyiz voleva che si mantenessero tali e sapeva che la scoperta dell'arca avrebbe potuto cambiargli la vita.

«Allora siamo in affari o no?», chiese Adam.

«Zio?», disse Feyiz.

Hakan esitò e Meryam sapeva che non sarebbe stato d'accordo. Avrebbero dovuto fare la scalata senza di lui, e questo avrebbe reso molto più difficoltoso procurarsi i cavalli, reintegrare le provviste e avere il supporto necessario sulla montagna nel caso avessero davvero scoperto qualcosa di importante dal punto di vista archeologico.

Gli arcologi tedeschi scoppiarono in un'altra raffica di risate. Uno di loro oscillò all'indietro e per poco non cascò dalla sedia. Poi riuscì a raddrizzarsi, ma il bicchiere di vino gli cadde sul pavimento: il vetro si ruppe, riversando sull'assito il liquido rosso scuro.

Hakan lanciò loro un'occhiataccia, ma poi Meryam vide che aggrottava la fronte e socchiudeva gli occhi e, voltandosi, si accorse dell'arrivo di un ragazzino che serpeggiava tra i tavoli.

«Zeki», mormorò Feyiz.

Meryam prese ad Adam la mano e sentì un fremito di

eccitazione in petto. Riconobbe il figlio maggiore di Feyiz. Snello e di bell'aspetto, di neanche dodici anni, sicuramente Zeki era destinato a spezzare il cuore di molte ragazze. Quella sera, la sua furtiva rapidità suggeriva che avrebbe potuto avere un destino molto diverso da quello dei suoi avi.

Il ragazzo si accostò al padre, ma quando gli porse un foglio ripiegato, Feyiz gli fece cenno di consegnarlo a Hakan.

Zeki obbedì. Hakan scrutò la stanza. Meryam sapeva che gli altri li avrebbero osservati, interrogandosi sulla presenza del ragazzo, ma a quel punto non potevano farci nulla.

«Allora?», lo sollecitò Adam.

Hakan aprì il foglio, lo scorse rapidamente e poi brontolò. Levò lo sguardo, diretto a Meryam stavolta. «Dobbiamo andare».

«Subito?», chiese Feyiz. «È buio da un'ora».

Meryam sorrise. «E quindi abbiamo tutta la notte per arrivare al Campo Uno... Un ottimo vantaggio».

Mentre si alzavano da tavola, Meryam si fermò ad assaporare l'ultimo goccio di vino in segno di vittoria. Sarebbero stati i primi ad arrivare alla caverna.

I primi a posare gli occhi su qualunque cosa si trovasse lassù.

Il pulmino guidato da Feyiz, con tutta l'attrezzatura stipata dietro, attraversò le strade addormentate di Dogubeyazit. Per gran parte del viaggio, Adam aveva sorriso, pervaso da un'euforia che non provava dall'infanzia. Sotto la luce delle stelle, percorsero strade sconnesse fino a un minuscolo villaggio di nome Eli, dove la strada asfaltata terminava in prossimità di un parcheggio ai piedi della montagna.

Lì in Turchia, Adam si sentiva relativamente tranquillo, ma

la presenza del confine iraniano a pochi chilometri rendeva il cielo da quella parte carico di ombre minacciose. Da un lato era sciocco pensare che tutta la nazione provasse dell'animosità nei suoi confronti, come una nube malvagia in attesa di un cambio di direzione del vento per poterlo inghiottire. Dall'altro, se avesse sconfinato e fosse stato preso, sarebbe stato immediatamente arrestato e messo in prigione. Era assurdo pensarci – non aveva alcuna intenzione di entrare in Iran – ma quelle idee gli passavano per la testa.

Il tragitto fino al Campo Uno era una camminata più che una scalata. Scesero dal pulmino, controllarono un'ultima volta l'attrezzattura e poi indossarono gli zaini. Adam si mise un cappello di lana, abbassò i paraorecchie e mentre il suo corpo si adattava all'aria fredda della notte ebbe un brivido. *È una follia*, pensò guardando la montagna, mentre il vento soffiava tutt'intorno. Poi Meryam si voltò verso di lui e le vide negli occhi un luccichio euforico e il sorriso in volto, e ricordò che la follia era il loro pane quotidiano. Lo scopo dei loro libri e dei video online era aiutare la gente normale a superare la paura dei rischi.

Prese la telecamera dal retro del pulmino, inquadrò Meryam e cominciò a girare: «E questa come la chiameremo? *Adamo ed Eva trovano l'Arca*?»

«Prima di dirlo troviamola davvero, l'arca», disse Meryam con un sorriso che lo fece sciogliere. Era un sorriso a cui non poteva rifiutare nulla e che era la migliore delle promesse.

La ragazza si sistemò lo zaino sulle spalle e si voltò verso la montagna. Feyiz e Hakan avevano già cominciato a salire, senza aspettarli o offrire loro aiuto. Feyiz sapeva che non ne avevano bisogno. A Hakan non importava un fico secco.

Camminarono per circa ottocento metri prima che Adam

riprendesse a girare con la telecamera. Alla luce delle stelle, il paesaggio era spettrale e voleva aspettare che fossero abbastanza lontani dal parcheggio in modo che non ci fosse alcuna luce del villaggio o della strada a interferire con l'atmosfera che voleva creare. Di solito avrebbero avuto dei cavalli, forse un mulo o due, ma ora erano solo in quattro e il loro scopo era raggiungere la caverna per primi e far valere i loro diritti. Non potevano permettersi che uno di loro restasse a guardia degli animali nel Campo Due mentre il resto scalava la parete sudest che si era spaccata. Non c'erano modi sicuri per raggiungere la nuova grotta, ma l'opzione meno pericolosa era calarsi da un punto sopra l'apertura piuttosto che cercare di scalare la terra e le pietre instabili sotto di essa. Provocare un'altra valanga li avrebbe uccisi tutti. Adam e Meryam avevano fatto del rischio calcolato la loro professione, ma nessuno dei due voleva morire per stupidità.

«Feyiz», disse Adam, raggiungendo la guida e azionando la telecamera, «abbiamo già fatto con te quest'esperienza, ma per gli spettatori che non ci conoscono, potresti darci qualche particolare su quello che ci aspetta?».

La guida lanciò un'occhiata circospetta allo zio, che si era irrigidito. Hakan strinse le labbra con aria di disapprovazione, ma sogghignò sarcastico e accelerò il passo per allontanarsi. Come tutti loro voleva trovare l'arca, ma non aveva alcun interesse a documentare la ricerca.

«Abbiamo lasciato il pulmino nel villaggio di Eli, che si trova a circa duemila metri», cominciò Feyiz. «Il sentiero fino al Campo Uno è di nove chilometri e dovremmo metterci in tutto meno di quattro ore. Il terreno non pone difficoltà per degli scalatori in forma...».

Meryam s'intromise nell'inquadratura, guardando la telecamera e continuando a camminare. «In questo momento, Adam vorrebbe non aver mangiato quell'enorme porzione di kunefe dopo cena».

«Assolutamente vero», gemette lui.

La camminata continuò nello stesso modo, con Adam che fungeva da cameraman e intervistatore, Meryam da conduttrice e commentatrice e Feyiz che forniva i dettagli. Nei momenti di silenzio, quando le battute languivano per via dell'ora tarda, Adam guardava la montagna e sentiva un brivido di terrore corrergli per la schiena. E ogni volta questo si dissolveva prima di raggiungere il cervello, come i sogni svaporano nei primi momenti del risveglio.

Spostò il peso dello zaino e continuò a camminare, controllando dove metteva i piedi. Quando guardò di nuovo la montagna gli parve di aver individuato il punto in cui la valanga aveva creato una nuova cicatrice che aveva cambiato la fisionomia dell'Ararat.

Meryam gli comparve al fianco prima ancora che lui si accorgesse che aveva rallentato il passo per aspettarlo.

«Stai bene?», gli chiese piano, anche se nel cupo silenzio della montagna si sentiva anche un bisbiglio. Feyiz e Hakan proseguirono, ignorandoli.

Adam annuì. «Un po' assonnato forse».

«Non ci sarà molto tempo per dormire nei prossimi giorni».

«Nei prossimi mesi, se saremo fortunati».

Meryam sorrise, con gli occhi ardenti. «Dalle tue labbra alle orecchie di Dio».

«Dio?», chiese Adam, aggrottando la fronte.

«Chiunque sia in ascolto», si corresse lei.

Adam le prese la mano. Reggendo la telecamera con la destra e stringendo le dita di Meryam con la sinistra, si sentiva in perfetto equilibrio. Quei due elementi erano tutto ciò che gli serviva nella vita. Ispirato e più sveglio, le lasciò la mano e accese la telecamera per registrare.

«Come mai sei tanto sicura di te?», chiese a Meryam. Gli scarponi scricchiolavano sul pietrisco e sul ghiaccio friabile. «Ci sono almeno due squadre di esperti arcologi a Dogubeyazit. Ci staranno alle calcagna».

Meryam si tolse dagli occhi una massa di ricci e guardò accigliata Adam. La telecamera.

«Abbiamo un vantaggio e viaggiamo leggeri», rispose lei, più rivolta alla telecamera che a lui. «Se lassù ci aspettano dei misteri, saremo noi a risolverli».

Meryam sorrise. Adam spense la telecamera e ricambiò il sorriso, ma era solo una maschera. Era stato invaso da un'inquietudine che non aveva mai provato prima in vita sua. Gli provocava la pelle d'oca, dandogli la sensazione di essere scrutato da occhi nascosti. A ogni passo, gli pareva di camminare sotto lo sguardo di nemici ignoti.

«Hai bisogno di dormire», disse Meryam, con un'espressione preoccupata.

«Solo qualche ora, quando arriveremo al Campo Uno», replicò Adam. «Poi continueremo a salire».

Qualunque cosa gli provocasse quella sensazione sarebbe svanita all'alba.

Ne era certo.

QUATTRO

Adam si svegliò di soprassalto, sfuggendo a una decina di incubi. Si sentì scuotere la spalla e ancora prima di aprire gli occhi strinse con la destra un collo. Dissipando le ultime nebbie di sonno, mise a fuoco la faccia che gli stava sopra e si accorse che stava strozzando Feyiz.

«Cazzo», sussurrò, liberandolo. «Mi dispiace, amico. Mi dispiace tanto. Mi hai sorpreso nel bel mezzo di un incubo».

Erano arrivati in poco tempo al Campo Uno, ma non avendo dormito affatto, avevano deciso fossero necessarie alcune ore di sonno prima di proseguire la scalata. Ora Adam si sentiva la testa piena di ovatta e gli occhi gli dolevano per la stanchezza. A volte dormire poco era peggio che non dormire affatto.

Feyiz emise un rantolo e si massaggiò la gola. «Cavolo, Adam…».

«Davvero, mi dispiace. Era come se stessi ancora sognando».

Per un momento, parve che Feyiz fosse arrabbiato sul serio e stesse per fare una scenata a causa del violento risveglio di Adam, ma mutò espressione e la ragione per cui era entrato nella tenda e l'aveva svegliato ebbe la precedenza.

«È appena passata la squadra di Olivieri», disse Feyiz. Si schiarì la voce. «Meryam mi ha mandato a svegliarti».

Disperdendo gli ultimi brandelli di un incubo – in cui

da dietro la pendola del nonno erano uscite delle braccia lunghe e rinsecchite – Adam uscì dal sacco a pelo e s'infilò gli scarponi. L'aria fredda di montagna soffiava dal lembo aperto della tenda e, afferrando la giacca, Adam rabbrividì. Accarezzandosi la barba ispida, ripensò al suo primo viaggio in Alaska. Faceva freddo in quelle ore antelucane, ma in confronto a quel viaggio, sull'Ararat pareva quasi di stare ai tropici.

«Che brutti sogni», disse Adam con una scrollata di spalle.

Feyiz annuì. «Capitano a tutti».

Verissimo, ma l'ansia suscitata dal suo incubo non accennava a svanire. Adam aprì la tenda e uscì. Sul terreno erboso che costituiva il Campo Uno erano caduti un paio di centimetri di neve e qualche fiocco vagante ancora turbinava nell'aria. Grazie alle formazioni rocciose che emergevano dal terreno e consentivano di erigere le tende dietro a frangivento naturali, era un posto perfetto per accamparsi. Gran parte dell'anno era un luogo abbastanza comodo, ma ora l'inverno aveva bussato alla porta e il clima poteva essere imprevedibile.

Meryam e Hakan erano a meno di dieci metri e sorseggiavano del caffè dai thermos. Avevano sistemato un fornello da campo e preso l'acqua da un ruscello vicino: più su per avere dell'acqua avrebbero dovuto sciogliere la neve. Ma in quel momento, il fornello pareva un lusso che non potevano concedersi, non quando un altro gruppo di scalatori stava superando il campo senza fermarsi a riposare. Adam contò una dozzina di teste, metà del gruppo era a cavallo e gli altri conducevano muli carichi di attrezzature. Il terzo cavaliere era un uomo robusto con una barba precocemente grigia e degli occhialini di protezione sulla fronte che Adam sapeva avere la stessa gradazione degli occhiali da vista. Armando Olivieri era il tipo d'uomo che non lasciava nulla al caso e quegli occhialini servivano sempre a ricordare ad Adam la determinazione del professore.

Olivieri lo vide vicino alla tenda e lo salutò con un cenno della mano mentre il corteo proseguiva. Preoccupato e irritato, Adam si avvicinò a grandi passi a Meryam e Hakan. I due si erano ignorati durante la camminata fino al Campo Uno la sera prima e non si potevano certo definire grandi amici, ma per il momento almeno erano dalla stessa parte.

«Che diavolo pensa di fare Olivieri?», chiese Adam.

Meryam gli lanciò un'occhiata. «Andare al Campo Due, presumo».

Adam rise piano. Dopo la faticosa camminata fino al Campo Uno, sarebbe stato intelligente fermarsi a riposare, ma visto che erano in gara il professore pensava di poter saltare quella sosta. La mossa successiva sarebbe stata salire a quattromila metri o anche più in alto – più o meno la stessa altitudine del Campo Due – e poi ridiscendere per acclimatarsi, evitando il rischio del mal di montagna. Poi sarebbe seguita una notte di sonno e lo scalatore esperto si sarebbe alzato alle prime luci dell'alba per affrontare la salita più ripida verso il Campo Due, fermandosi lì per un'altra notte prima dell'ultimo tratto. Se avessero dovuto raggiungere la cima, ci sarebbero state altre sei ore di scalata e poi una discesa molto più rapida, ma non dovevano arrivare in cima.

«Pensi davvero che provino ad andare direttamente al Campo Due e si fermino lì?», chiese Adam. «Senza nessun acclimatamento?».

Hakan brontolò. «Che altro possono fare?»

«Se Olivieri vuole tentare di arrivare per primo alla grotta, ci deve battere lì».

«Cazzo», gracchiò Adam. Si voltò per chiamare Feyiz, ma vide che la guida aveva già tirato fuori dalle tende l'attrezzattura e cominciato a smontare il campo. Era chiaro che comprendeva l'urgenza della situazione.

«Lo supereremo», disse Meryam. «Un quarto d'ora e andiamo. Prepara le cose, fa' pipì e appronta la telecamera. Un altro giorno, un'altra avventura».

«Non dire che te l'aspettavi che riuscissero a raggiungerci tanto in fretta. Abbiamo dormito solo quattro ore e sono già qui...».

«Senza aver dormito», aggiunse Meryam. «E senza Feyiz e Hakan come guide. Dodici persone, gran parte delle quali poco abituata alle scalate. È ben probabile che a qualcuno venga il mal di montagna. Noi non ne abbiamo mai sofferto. Se dovremo saltare l'acclimatamento, penso che ce la faremo, ma nel team di Olivieri ci sono due arcologi snob e uno studioso rabbinico sessantenne. Dovranno fermarsi. Per forza».

Adam annuì, dicendosi che era tutto logico, ma in un angolino della sua mente qualcosa lo tormentava. «E che mi dite di quelle guide? Chi diavolo sono?».

Si voltò verso Hakan, che bevve un lungo sorso del suo caffè fumante, poi versò il resto sul fuoco e cominciò a ricoprirlo con i piedi di terra e neve fresca.

Per la prima volta, Meryam parve insicura. Adam la amava per la sua fiducia in se stessa, ma sapeva che non sempre analizzava a fondo le cose. Si voltò e vide Feyiz che chiudeva uno zaino.

«Credevo che la vostra famiglia avesse il monopolio del mercato».

Feyiz aggrottò la fronte e scrutò lo zio. «Zio Hakan e suo cugino Baris non hanno la stessa opinione su chi dovrebbe dare gli ordini. Su quest'argomento, la famiglia è divisa. Ancora non è stata presa una decisione definitiva».

Meryam imprecò, girandosi di scatto verso Hakan. «Ci ha fatto credere che nessuna guida esperta avrebbe aiutato gli arcologi, che erano tutte sotto il suo controllo».

Hakan si avvicinò, spinse da parte Feyiz, s'inginocchiò e cominciò ad aprire e rifare lo zaino, una tacita affermazione di potere. Lui sapeva farlo meglio, stava dicendo. Feyiz era una guida passabile, ma era lui al comando.

«Di nuovo la politica del silenzio», fece Adam. «Perfetto». Il vento di montagna gli soffiava attorno e Adam rabbrividì, infilandosi le mani nelle tasche della giacca. «Quindi Baris sta aiutando Olivieri. E se arrivano alla caverna per primi...».

«Non sarà solo il suo amico professore a conquistare la vittoria», disse Hakan. «La famiglia considererà mio cugino più bravo e sarà lui a diventare il capo delle guide. La controversia verrà così risolta. Baris non teme il mal di montagna. Se qualcuno si sentirà male, lo farà accompagnare giù da uno dei suoi uomini».

Meryam porse ad Adam il thermos del caffè. «Questa è l'unica cosa calda. Ci sono pane e miele. Mangia in fretta».

Adam non aveva voglia di mangiare, ma sapeva che era meglio avere la pancia piena. Si volse verso Feyiz, che aveva cominciato a smontare la seconda tenda.

«Aspettate», disse Hakan, estraendo un flacone di plastica dalla tasca interna della giacca. Svitò il tappo e cominciò a versare delle pillole sul palmo del guanto. «Prima prendete queste. Due pillole diverse, una di ciascun tipo».

Meryam prese senza esitare le medicine dalla mano di Hakan.

Adam esaminò le pillole, aggrottando la fronte. «Immagino che una sia Diamox. E l'altra cos'è?»

«Procardia», rispose Hakan. «Per la pressione sanguigna. Dovrebbe prevenire...». Si rivolse a Feyiz parlando nella loro lingua.

«L'edema», tradusse Feyiz.

«Queste medicine non danno alcuna garanzia», proseguì Hakan, «ma prendetele e bevete molta acqua, e con un po' di fortuna non dovremo riportarvi giù».

Adam prese le pillole, scrutando Hakan in volto. «Questo cugino di cui non ci aveva parlato... immagino che abbia dato al suo gruppo le stesse medicine».

Hakan chiuse il flacone, se lo rimise nella giacca e calpestò le ultime braci del fuoco. Meryam si avvicinò ad Adam e gli prese la guancia ispida con la mano. Lui si voltò e la vide inghiottire le pillole senz'acqua e sorridergli.

«Andiamo, amore mio», fece lei. «Ora andiamo un po' di fretta».

«Olivieri ha cavalli e muli», replicò Adam piano, stringendo in pugno le pillole.

«E tu hai me. Preparati e comincia a girare».

«Hai un piano?».

Meryam scoppiò a ridere. «Il solo piano possibile. Vorranno usare gli animali il più a lungo possibile. Andranno al Campo Due e poi dritti verso la parete sudorientale, sopra la caverna, proprio come avevamo pensato noi».

Adam pensò alla roccia crepata e alla terra smossa dalla

valanga sul fianco della montagna sotto l'ingresso della grotta. Pensò ai centimetri di neve che si erano aggiunti durante la notte.

«E noi ci manterremo a ovest dei massi caduti, andando dritti su, ma non per l'area della valanga», disse. «Non un vero e proprio suicidio, ma pericoloso da morire».

Mentre il margine ardente del sole raggiungeva l'orizzonte orientale, a Meryam luccicarono gli occhi. «Elettrizzante, vero?».

Quando Meryam avrebbe rivisto Olivieri sarebbe stato più di nove ore dopo. Aveva conficcato la piccozza nella roccia ghiacciata e cercava con le punte dei ramponi un appoggio. Aveva un dolore alla testa, lo stomaco sottosopra e la bile le bruciava in gola, ma si sforzava di non vomitare. Il mal di montagna si poteva combattere. Aveva già ripreso le medicine e pregato e maledetto il suo dio e quello altrui. Si disse che sarebbe andato tutto bene, e forse era così. Se i polmoni non si fossero riempiti di liquido e il cervello non si fosse gonfiato – come conseguenza di un edema cerebrale – gli altri sintomi alla fine sarebbero passati.

Se le fosse venuto un edema e non fosse scesa subito, sarebbe stata tutt'altra storia. Sarebbe morta.

Respirando profondamente nell'aria rarefatta, Meryam conficcò la punta dello scarpone nel ghiaccio e si issò, estrasse la piccozza e l'affondò nuovamente nella montagna al di sopra della sua testa. Saltare l'acclimatamento era stata un'idea stupidissima. Mettersi in marcia da soli, anche con guide che conoscevano i segreti della montagna meglio delle curve delle proprie mogli, era stato idiota.

L'orizzonte si era fatto indaco scuro a un'estremità del

cielo, mentre il sole si nascondeva lentamente nell'altra. Una mano le sfiorò la schiena e si guardò a destra, sorpresa nello scoprire che Adam l'aveva superata. Il vento le sferzava il volto, facendole strizzare gli occhi.

«Non hai sentito che ti chiamavo?»

«Il vento», rispose Meryam, appoggiandosi alla montagna. «C'è qualche problema?»

«Feyiz ha ragione. Avremmo dovuto fermarci su quella sporgenza che abbiamo superato mezz'ora fa. Penso che dovremmo tornare indietro».

Con la mano stretta sul manico della piccozza, lo guardò. Aveva la nausea, la testa che pulsava e dovette ripetersi mentalmente le parole per essere sicura di aver capito bene.

«Hakan ha detto che potevamo farcela! Ha detto che eravamo quasi arrivati!».

L'espressione di Adam s'indurì per la frustrazione. «È stato un'ora fa e dove siamo ora? Per caso vedi quella dannata caverna? Anche se ci arrivassimo, sai benissimo come me che dentro non c'è nessun'arca. Sicuramente ne verrà fuori un bel servizio, ma è impossibile che un'inondazione sia riuscita ad arrivare a quest'altezza...».

«Chi è che parla ora?», disse Meryam. «Non il mio Adam. Nella coppia l'atea sono io, se non sbaglio. Cos'è impossibile quando c'è di mezzo Dio?».

I suoi genitori e il fratello rifiutavano di parlarle, o anche solo di ammettere che vivesse nel loro stesso pianeta. Quell'allontanamento le aveva spezzato il cuore e al contempo l'aveva spinta a realizzare i suoi sogni, ma si sentiva molto sola. L'ultima volta che li aveva incontrati, un caldo giorno di luglio a Londra sei anni prima, aveva visto tristezza e nostalgia negli occhi della madre ma solo odio e disprezzo in quelli del padre e del fratello. Se la madre avesse avuto il coraggio di sfidare la volontà del marito, forse un giorno avrebbero potuto riparlarsi, ma dubitava che sarebbe mai successo. Dichiararsi atea era stato come sputare in faccia al padre e ne era stata consapevole anche prima di pronunciare quelle parole. L'aveva comunque fatto, decisa a non nascondere la vera se stessa. Mai.

E ora, aveva un desiderio folle di trovare per prima ciò che si trovava in quella grotta. Una parte di lei voleva trovarla vuota e gettare quel vuoto in faccia ai bastardi ipocriti di ogni fede che aveva conosciuto. Ma un'altra parte voleva disperatamente trovare qualcosa... una qualsiasi cosa in cui credere. Una qualsiasi cosa che potesse accendere in lei una scintilla di fede e condurla, se non a casa, almeno in un luogo in cui lei e la sua famiglia potessero di nuovo dialogare.

«Possiamo discuterne dopo?», fece Adam. «Dobbiamo fare qualcosa. Non possiamo raggiungere la caverna prima del tramonto ed è troppo pericoloso...».

La ragazza appoggiò il ginocchio contro il sottile strato di neve e lasciò la piccozza, reggendosi solo con i ramponi degli scarponi. «Ma dài! Non è una parete verticale. Se cadessi mi farei un male cane, ma non è che precipiterei in un abisso».

Adam le rivolse uno sguardo glaciale. «Piantala».

Meryam sospirò e si riafferrò alla piccozza. Sì, avrebbero dovuto portare chiodi e corda, e se li avessero avuti li avrebbero usati ora. E, sì, se fosse caduta nel punto sbagliato e non avesse potuto rallentare la discesa, c'era la possibilità che andasse a fracassarsi contro una roccia o che finisse in un crepaccio, ma il terreno a est era molto più scosceso. Una parete a picco e frastagliata, persino sotto lo strato di neve. Finché continuavano a salire dritti...

«No», disse Adam, leggendole in volto. «Siamo già vicini ai massi caduti della valanga. Non sappiamo quanto. Non lo sa nemmeno Hakan. Dobbiamo tornare a quella cengia e accamparci per la notte».

Meryam strinse la piccozza e si sentì sgonfiare. «Se ci fermiamo, non sono sicura di quanto ci vorrà perché riesca a proseguire».

Adam si appoggiò accanto a lei contro la montagna. «Avresti dovuto dirlo».

Hakan gli urlò qualcosa da sotto. Meryam si sentì rizzare i peli della nuca, pronta a rispondergli male per la sua impazienza, ma poi afferrò il suono delle parole e mise insieme le sillabe a formare un nome. *Olivieri.*

Guardò giù e vide Hakan che indicava un punto in alto a ovest, allora sollevò lo sguardo e strizzò gli occhi nell'ardente luce dorata del tramonto. Più su, sulla montagna, ancora ad almeno ottocento metri sotto la cima, una fila di sagome nere risaliva un crinale ricoperto di neve.

«Merda».

«Meryam...», cominciò Adam.

La ragazza voltò di scatto la testa per guardarlo e si sentì invadere dal caldo la faccia, senza poter spiegare l'urgenza, la necessità, la sua ossessione nel fare quella scoperta per prima. Rude e attraente in quel suo modo un po' trasandato, con il calore e l'intelligenza dei suoi occhi Adam era sempre riuscito a capirla – a sostenerla nei tanti viaggi – ma c'erano cose che non poteva dirgli. Non ora.

In quel momento, aveva una sola parola per l'uomo che amava.

«Sali!».

«Ma cosa...».

«Adam, sali e basta!», esclamò lei. Riprese la piccozza, la piantò nella roccia ghiacciata al di sopra della sua testa e si tirò su. Scalciò con il piede sinistro contro la montagna, conficcò le punte dei ramponi su un appiglio e si arrampicò. Mentre si allontanava dal suo campo visivo, sentì Adam imprecare dopo aver capito il motivo della reazione sua e di Hakan. Meryam riguardò in alto e vide la fila di sei figure che si muoveva lungo il crinale verso ovest, solo delle sagome scure contro il bagliore dorato del tramonto, forme che avanzavano nell'ora delle ombre più lunghe.

Non si scambiarono più neanche una parola. Adam si arrampicava e i suoi grugniti di fatica dopo nove lunghe ore erano perfettamente sincronizzati con quelli di Meryam. Si erano fermati a riposare diverse volte e avevano discusso sulla possibilità di fermarsi per la notte, ma la combinazione tra il cocente desiderio di Meryam e la determinazione di Hakan di battere il cugino li aveva spinti avanti. Più di una volta aveva pensato che si stessero comportando in modo assurdo, che la squadra di Olivieri si sarebbe accampata a riposare altrimenti non ce l'avrebbe fatta. Dei dodici membri originali ne erano rimasti solo sei o sette, e questo significava che alcuni si erano fermati o si erano sentiti male ed erano dovuti scendere, ma Olivieri e lo zio di Feyiz, Baris, avevano spinto gli altri a proseguire.

Scavando con la mano sinistra nella neve in cerca di un appiglio solido, Meryam continuò ad arrampicarsi. Piccozza, scarpone, mano, scarpone, puntellandosi con le ginocchia. Il sole era stato caldo, ma ora che scivolava dietro l'orizzonte lontano e frastagliato, la temperatura stava calando precipitosamente e il vento li sferzava ululando e colpendo la parete della montagna. Meryam si arrampicava, un goffo ragno munito di artigli. Feyiz e Hakan cominciarono a urlarsi l'un l'altro, ma Meryam non riusciva a concentrarsi sulla scalata e a tradurre allo stesso tempo, perciò li ignorò.

«Meryam», disse Adam, «parlami. Tutto bene?».

Ignorò anche lui. Lo amava, ma non poteva prendere il fiato necessario a rispondere. Il freddo che emanava dalla montagna le era penetrato dentro, fino a farle dolere le ossa. Ora che il vento si era rinforzato, le bruciavano la faccia e il naso. Piccozza, scarpone, mano, scarpone. Con il cuore che le martellava forte in petto, le labbra talmente secche che le sentiva spaccarsi, Meryam alzò nuovamente la piccozza ma vacillò. Un dolore lancinante le trafisse la testa e la vista le si offuscò ai lati. Per un secondo, perse ogni cognizione, dimenticò dove fosse, e poi la colse un'altra ondata di nausea e in fondo alla gola sentì risalire la bile calda.

No.

Rifiutandosi di accettarlo, con la bava sulle labbra, la ricacciò indietro, e si sforzò di placare lo stomaco. La testa le pulsava come se degli enormi pugni le colpissero il cranio. Fece dei respiri profondi e regolari, in attesa che il dolore diminuisse. Il terrore le fece rizzare i peli sulla nuca, una sensazione di vulnerabilità, come se tutta la cattiveria del mondo le si fosse di botto rivolta contro. Quel terrore si trasformò in un migliaio di minuscoli spilli di ghiaccio che le attraversarono tutta la schiena prima di sparire.

«Che diavolo era?», sussurrò, senza quasi rendersi conto di aver parlato. Gelide lacrime salate le spuntarono negli occhi e batté le palpebre per scacciarle.

Ancor prima di rendersi conto che per un attimo era calato il silenzio, il rumore ricomparve con prepotenza. Per un momento, aveva avuto un vuoto di memoria, proprio come a casa loro durante un violento temporale se ne andava per un attimo la corrente. Le luci tremolavano e tutti gli orologi si resettavano segnando lampeggianti le ore dodici. Col cuore che batteva all'impazzata e il sangue che le saliva in volto, Meryam inspirò a fatica e cominciò ad accasciarsi all'indietro.

Adam la chiamò. Le mise una mano sulla schiena e così facendo perse a sua volta l'appiglio. Scalciando, spingendo la punta degli scarponi contro la roccia e la neve, cominciò a scivolare e la montagna con lui. Caddero delle pietre e Meryam urlò il suo nome, cercando di raggiungerlo prima che un'altra mano l'afferrasse da sinistra, Feyiz, impedendole di fare una sciocchezza.

«Non muoverti!», le urlò.

Una coltre di neve cominciò a franare alla loro destra, pietra, terra e bianco che si spostavano e precipitavano. Hakan recitò una preghiera, ma nessuno di loro si mosse, limitandosi ad ascoltare il sommesso rombo di disapprovazione della montagna. Adam non parlava più ma continuava a muoversi, annaspare e colpire con la piccozza la roccia in movimento. Erano arrivati esattamente accanto al punto della valanga ma la neve aveva nascosto i massi caduti, e Adam ci si era arrampicato sopra.

È morto, pensò Meryam, e la nausea si trasformò in un pozzo gelido. Un vuoto assoluto. Le si fermò il cuore. Trattenne il respiro.

Con un suono simile a un coro di voci che la zittivano, la frana rallentò e poi si fermò del tutto. Adam ci era appollaiato sopra, con la piccozza conficcata in una massa di pietre sciolte, immobile, in attesa di capire se fosse davvero finita.

Meryam fece dei brevi respiri, col cuore che le batteva forte. Sentì pulsarle le tempie ma la fitta alla testa si era placata trasformandosi in un dolore sordo. Si inumidì le labbra.

«Muoviti!», gli gridò, poi sussultò alla forza della sua voce, temendo che potesse provocare un'altra valanga. «Piano, ma muoviti!».

Hakan cominciò a scendere e la montagna sotto di lui era ancora compatta. Erano saliti accanto alle pietre cadute finché Adam non le era venuto vicino, ma Meryam sapeva che il terreno intorno alla valanga era pieno di crepe e terra. Dovevano fare molta attenzione.

Adam spostò la mano sinistra. Precipitarono delle pietre, ma mosse comunque il piede sinistro. Nuovamente un'area di massi caduti di quattro metri e mezzo si smosse, ma solo di poco. Meryam lasciò che la montagna sostenesse il suo peso, che la cullasse, e intanto respirò e pregò qualsiasi dio fosse in ascolto. Non sarebbe stato giusto. Per niente.

Feyiz le parlava piano, dandole piccoli incoraggiamenti e rassicurazioni che si traducevano tutti in un unico pensiero: «Ce la farà». Ma non potevano averne la certezza.

Corde, pensava lei. *Chiodi da roccia. Una squadra più numerosa, precauzioni adatte. Mio Dio, l'ho ucciso.*

Adam estrasse la piccozza dalle pietre e il terreno sotto di lui ricominciò a cedere. Non imprecò, né implorò Dio. Gridò invece il nome di Meryam, più angosciato per essere separato da lei che per la prospettiva di ciò che poteva accadergli.

«Rotola!», gli urlò Hakan.

La montagna scorreva verso il basso ma Adam lo sentì, e invece di cercare un appiglio rotolò verso sinistra. Mentre Adam cavalcava i massi e la neve in movimento, rotolò di lato. Gli ci vollero solo un paio di metri e atterrò sulla parete immobile e solida della montagna. Hakan scese per andargli incontro mentre Adam riusciva a trovare un nuovo punto d'appoggio e a conficcare la piccozza e le punte dei ramponi.

«Adam», sussurrò Meryam tra sé e sé, recitando un altro tipo di preghiera.

Circa dodici metri sotto il punto in cui erano appollaiati lei e Feyiz, Hakan raggiunse Adam e gli parlò piano, controllando la presenza di ossa rotte e la dilatazione delle pupille, nel caso fosse stato colpito alla testa. A occidente, il sole aveva cominciato a scomparire, mentre la corona superiore assumeva dei colori intensi che si diffondevano lungo la linea dell'orizzonte. Mancavano pochi minuti prima che anche quella luce dorata svanisse lasciando solo il bagliore delle stelle e della falce di luna. Scalare quel pendio non era difficile: la frana avrebbe potuto uccidere Adam, ma altrimenti quella parte della parete richiedeva solo resistenza, cautela e un po' di abilità. In fin dei conti la scalata era stata abbastanza facile… ma fermarsi lì era impossibile.

Alla luce del crepuscolo, Meryam vide il sangue sul volto di Adam, che, proveniente da un taglio o un graffio sulla fronte, scorreva in rivoli scuri sulla guancia fino alla barba. Era malconcio, ma quando incrociò il suo sguardo, capì che stava bene. Che era ancora con lei. Ancora in quell'avventura.

«Dobbiamo salire», disse, rivolta a Feyiz.

Dal momento in cui le era parso che il corpo l'abbandonasse, quando era stata oppressa da quella terribile sensazione di malessere, aveva tratto forza dalla presenza della guida, ma solo nel vedere la preoccupazione nei suo occhi, aveva capito che Feyiz era più di una guida o un alleato. Era un amico. Spesso le era capitato di non riconoscere le amicizie nel momento in cui si concretizzavano, in cui diventavano sincere e solide come Pinocchio che si trasformava in un bambino vero. Quella carenza le era costata molto in passato, ma ora l'aveva sentito.

«Andiamo, Feyiz», disse. «Dobbiamo...».

Hakan urlò di guardare in alto. Con una smorfia, Meryam appoggiò le spalle alla montagna e chinò la testa, temendo che sopra di loro si fosse staccato qualcosa. Vedendo che non cadeva niente, batté le palpebre e allungò il collo per guardare verso la cima, ma un crinale frastagliato le bloccava la visuale. Fu invasa da un'ondata di sollievo: una sporgenza, circa settanta metri più su. Ci avrebbero messo un po', ma...

Batté le palpebre.

Feyiz stava recitando una preghiera di ringraziamento. Con la coda dell'occhio, nell'ultimo bagliore dorato del sole, lo vide sorridere. Solo allora capì, e sorrise a sua volta.

La caverna.

Meryam estrasse la piccozza dalla parete della montagna e si allungò verso l'alto. Piccozza, scarpone, mano, scarpone. Più rapida di quanto fosse stata all'inizio, senza più alcun dolore alla testa. Lanciò un'occhiata alle sagome della squadra di Olivieri, solo punti neri contro la montagna che si scuriva, e capì che l'avrebbe battuto.

Feyiz la seguì. Dodici metri più in basso, ferito o no, Adam aveva ricominciato a salire, con Hakan che lo sorvegliava.

Meryam aveva ancora un po' di nausea, ma continuò a muoversi e a fare respiri profondi. Quando fossero arrivati alla sporgenza avrebbe preso altre medicine. Ma solo una minuscola parte del cervello percepiva il malessere. Il resto dei suoi pensieri era concentrato sulla scalata verso il mistero che li aveva condotti fin lì. Cercò di non fantasticare, di non sperare, ma anche se avessero trovato solo una gigantesca ferita sul fianco della montagna, almeno ci sarebbe arrivata per prima.

I muscoli della schiena le bruciavano. Sentiva le braccia deboli, come se nelle ultime ore, continuando a scalare, avesse ingannato il proprio corpo, convincendo carne e ossa che non aveva chiesto loro di resistere più di quanto fosse ragionevole aspettarsi. Ora bastava solo un altro po'. Cominciò ad avere la meglio la stanchezza, affondando in lei le sue lame. Sapere di essere vicina alla meta rendeva ancora più difficile trovare un appiglio, le appesantiva il corpo a ogni centimetro che si issava su per la montagna.

Sotto, Hakan e Adam parlavano. Le parole le arrivavano ma non si curò di ascoltarle per sapere se stessero facendo ipotesi, o valutando le ferite di Adam.

«Meryam», fece Feyiz, vedendola rallentare e arrivandole accanto. «Vuoi che ti...».

La ragazza lo fulminò con lo sguardo. «*Non* aiutarmi».

Il tono duro della sua voce era stato esagerato. Lo sapeva, ma vide le ombre che si muovevano sul volto di Feyiz e la luce della luna che gli luccicava negli occhi e capì che aveva compreso. Non era arrivata fino a quel punto per farsi aiutare. Fin dall'inizio era stata la sua ricerca – neanche sua e di Adam, solo sua – e non avrebbe accettato una mano da nessuno a meno che non stesse precipitando. E forse neanche in quel caso.

Il chiaro di luna, pensò. Per la prima volta notò che mentre si arrampicavano, in pochi minuti il sole era sparito. Il suo bagliore ancora tingeva l'orizzonte occidentale ma era svanito oltre il limite del mondo.

Al buio, levò la mano libera e non trovò che aria. Guardando in su, vide il bordo della sporgenza. L'angolo inferiore della nuova caverna comparsa sulla parete dell'Ararat.

Fece un sorriso e un calore le invase il petto. Conficcò la punta della piccozza nel bordo piatto della sporgenza e si tirò su dentro la caverna.

Sdraiata di schiena, mentre osservava splendere le prime stelle, Meryam cominciò a ridere.

Poi si voltò mettendosi a quattro zampe e vomitò.

Adam voleva gettare lo zaino sul pavimento della caverna e crollare. I muscoli dei polpacci e delle spalle gli bruciavano e le ginocchia erano rigide come a dargli un assaggio di ciò che sarebbe avvenuto quando la sua giovanile tendenza a strafare gli avrebbe fatto venire un'artrite alle articolazioni. Voleva acqua e qualcosa da mettere sotto i denti e voleva avere un momento per festeggiare la vittoria sulla squadra di Olivieri, anche se nella caverna non avessero trovato niente.

Poi Meryam cominciò ad avere dei conati.

«Meryam?», disse, correndo da lei mentre Feyiz e Hakan accendevano le torce e cominciavano a esaminare le profonde ombre della grotta.

Al chiarore della luna che sfiorava i primi tre metri dell'interno della caverna, Meryam gli fece cenno con la mano di stare lontano. «Sto bene».

«Stronzate». Le prese la mano, sentì il polso e le chiese se riusciva a respirare bene.

«Non mentre sto…».

Fu interrotta da un altro breve attacco di vomito. Stava carponi, cercando di trattenere il respiro. Adam le mise una mano sulla schiena e cercò di confortarla.

«È tutto a posto», disse con più sicurezza di quanta provasse in realtà. «Andrà tutto bene. Se dovessimo riportarti giù...».

«No».

«...ci siamo comunque assicurati l'ingresso. Siamo qui. La squadra di Olivieri potrebbe arrivare all'alba, ma non potrà reclamare lo scavo, soprattutto dopo l'accordo che hai fatto con il governo. Se ci sarà, uno scavo».

«Io non... scenderò».

«Puoi acclimatarti», proseguì Adam. «Va' con Feyiz. Riposati qui qualche ora e poi...».

Meryam bisbigliò qualcosa che Adam non riuscì ad afferrare. Si chinò, le chiese di ripetere e la ragazza si voltò. Gli occhi rifletterono la luce della luna ma invece di un color argento per un attimo luccicarono di un rosso ramato. Un gioco della luce, e della notte.

Meryam fece un respiro profondo e gli tese la mano. «Aiutami ad alzarmi».

Adam si sentì raggelare e gli si rizzarono i peli della nuca. «Sai cosa può succedere con il mal di montagna. Su, non peggiorare le cose».

«Io...», cominciò lei, prima di bloccarsi prevedendo un'altra ondata di nausea. Respirando dal naso e stringendo i denti, riuscì a respingerla.

Adam le si inginocchiò accanto. Le riprese il polso, preoccupato per il battito troppo rapido.

«Non è mal di montagna», disse lei, inclinando di scatto la testa all'indietro. «Smettila».

«E allora cos'è?». Anche lui si era sentito male: una patina umidiccia, quasi febbrile sulla pelle e dei colpi alla testa. «Lascia perdere quante pillole ci ha fatto trangugiare Hakan, non si può salire così in alto in un giorno solo senza che il corpo non ne risenta. Anche io mi sento tutto sottosopra».

«Non è mal di montagna», ripeté lei. Tenendosi forte la testa e facendo respiri regolari.

«E cos'è?».

Meryam lo guardò pallida e triste. «D'accordo, forse è mal di montagna, ma non andrò giù. Non sono arrivata a questo punto per tornare indietro senza neanche...».

Feyiz li chiamò. Adam scrutò Meryam in volto, in cerca di quello che sicuramente gli stava nascondendo. Forse si sentiva peggio di quanto volesse ammettere, oppure riguardava il muro che aveva eretto tra loro. Era da un po' che ad Adam era preclusa quella parte di verità, ma ora ne risentiva più acutamente che mai.

«Meryam...», cominciò.

Feyiz urlò, e stavolta percepirono entrambi nella sua voce una certa urgenza.

«Arriviamo!», rispose Adam. Aprì lo zaino di Meryam, tirò fuori la torcia, gliela porse e poi prese anche la sua.

Meryam gli afferrò il braccio e si alzò incerta, accendendo la luce. Il pavimento era in leggera pendenza verso il basso. Solo quando si voltarono insieme e penetrarono nella caverna, avanzando oltre la zona illuminata dal chiarore lunare, sentirono le sommesse preghiere provenienti da sinistra. Adam puntò la luce della torcia in quella direzione e vide Hakan. Meryam mosse la torcia lentamente lungo il pavimento della grotta e rimase paralizzata quando illuminò una forma che un tempo poteva essere appartenuta a un animale. Sagome simili a ossa erano sepolte da uno strato in parte di neve e in parte di una polvere gessosa. Una striscia sottile di pelle o stoffa sventolava all'aria.

Meryam prese Adam per mano.

Feyiz continuava a chiamarli, ma ora nessuno dei due pareva in grado di rispondere. Adam notò Hakan muoversi verso il fondo della caverna alla loro sinistra, ma la sua presenza passava in secondo piano. L'unica cosa che importava era il prossimo respiro, il prossimo passo e il modo in cui le luci delle loro torce ondeggiavano lungo la parte più vicina della grotta. L'imboccatura – quell'enorme ferita sul fianco della montagna – doveva essere ampia almeno trenta metri e i fasci di luce delle torce non erano abbastanza potenti da disperdere tutto quel buio. Ma mentre Adam e Meryam avanzavano, mano nella mano, le luci rivelavano sempre più ciò che li aspettava nell'oscurità.

Dal pavimento della caverna emergevano delle polverose assi legate. No, *erano* il pavimento della caverna.

Adam si sentiva come in fondo all'oceano, come se si muovesse appesantito e rallentato attraverso le acque degli abissi. Il fascio di luce della sua torcia illuminò i resti semicrollati di una struttura scricchiolante che un tempo poteva appartenere a una scala. I granelli di polvere danzavano nei pozzi di luce creati dalle torce come del plancton in movimento sottacqua. Poi il vento ululò all'imboccatura della caverna e le travi scricchiolarono nuovamente dissolvendo l'illusione del fondo dell'oceano. Aveva la bocca e la pelle secca e la testa gli pulsava.

Meryam gli lasciò la mano e fece un passo avanti, e il pavimento inclinato della grotta le gemette sotto i piedi. Con un sussulto, abbassò gli occhi, Adam seguì il suo sguardo e vide che aveva calpestato un'altra trave.

«Porca miseria», bisbigliò Adam paralizzato.

Mosse la torcia verso destra e illuminò delle rozze e massicce colonne di legno, in parte annerite da spesse strisce di bitume. La visuale era parzialmente bloccata da pareti basse che avrebbero potuto essere recinti di animali, ma si vedevano altri mucchi di ossa rinsecchite, grandi e piccole. Gran parte dei resti mummificati apparteneva ad animali, ma la luce della torcia ondeggiò su due sagome che avrebbero potuto essere umane. Indirizzò in alto la luce e vide la travatura che ancora sorreggeva un secondo piano, e forse un terzo.

Non piani, pensò Adam. *Ponti. Che Dio mi aiuti, sono ponti.* Già le ossa degli animali erano una prova, ma fino a quel momento nessuno dei due aveva avuto il coraggio di dirlo ad alta voce. Fu scosso da tremiti di gioia.

Meryam avanzò ancora lentamente e a ogni passo il legno secco gemeva sotto il suo peso. «È davvero lei».

«O è la più grande truffa della storia», disse Adam. Ma no, era troppo reale. Troppo silenziosa, antica e minacciosa, come se l'arca stessa avesse una propria personalità e consapevolezza, come se sapesse che erano arrivati. Come se stesse aspettando. Aveva anche un *odore* reale, anche se non riusciva a identificarlo.

«Da questa parte!», gridò Hakan e Adam si ricordò che Feyiz li aveva chiamati e lo avevano ignorato.

Adam scrutò nell'oscurità della caverna e vide il tremolio della torcia di Feyiz. Dovevano andare a vedere cosa voleva, ma Hakan era molto più vicino – a una ventina di metri, vicino alla parete occidentale della caverna – e Adam si diresse innanzitutto verso di lui. Meryam espirò aria dalle labbra e si mise una mano sulla pancia.

«Tutto bene?», chiese lui.

«Niente di importante».

Con le torce che illuminavano il percorso inclinato, si diressero con cautela da Hakan. Adam sentì l'antico legno fragile e secco sotto i piedi e scivolò nuovamente in quello strano sogno a occhi aperti che lo aveva avviluppato nel momento in cui aveva visto le travi crollate e le ossa di animali. La luce combinata delle tre torce generò un chiarore tale che una chiazza d'ombra prese vita in un sinistro bagliore dorato. Meryam si fermò a circa sei metri da Hakan, ma Adam avanzò un altro po' prima di capire cosa l'avesse fatta arrestare.

Vicinissima alla parete della caverna, il fascio di luce della torcia di Hakan evidenziava un ampio cerchio. Le travi assomigliavano a lunghe ossa, quasi fossero entrati nella pancia di un'enorme balena, di cui restava solo lo scheletro. Giona, quattromila anni dopo. Le giunture erano state tutte trattate con bitume per renderle impermeabili.

«Non sono un archeologo...», cominciò Hakan,

«Neanche noi», lo interruppe Adam. «E probabilmente è stato uno sbaglio non seguire quel corso di laurea».

Hakan si voltò e, dimenticando per un momento i suoi principi, guardò anche Meryam. «Questa non è affatto una caverna. L'intera caverna *è* l'arca. Rimasta sepolta qui per millenni».

Adam non riusciva a proferire parola.

«Favoloso», disse Meryam, mentre un sorriso le si disegnava in volto. Poi diede ad Adam un leggero pugno sulla spalla. «Che combini, amore? Tira fuori quella dannata telecamera!».

Adam imprecò. In preda a stanchezza e stupore, se n'era completamente dimenticato. Ridendo euforico al pensiero dei giorni e settimane – mesi, cavolo! – che li attendevano, estrasse la telecamera e cominciò a girare, iniziando dalle travi affondate nella parete.

«È straordinario».

Qualcosa si mosse nel buio alla loro destra, più avanti nella caverna. Adam girò la telecamera e la sua luce rivelò il volto serio di Feyiz. Si era fatto pallido e sembrava quasi si sentisse male.

«Pensate di aver trovato qualcosa?», cominciò Feyiz, schermandosi gli occhi contro la luce e fissando la telecamera. «Allora venite a vedere qua».

Meryam stava per chiedergli se stesse bene, ma Feyiz voltò loro le spalle. Il fascio di luce della sua torcia li precedeva lungo un passaggio che superava una fila di ampie stalle. Adam intanto filmava tutto, seguendo Meryan e Feyiz, mentre Hakan era l'ultimo. Il vento che ululava all'esterno non arrivava in quel punto della caverna, *dell'arca*, si corresse Adam. Fuori la temperatura era scesa vertiginosamente, ma lì nei recessi dell'arca l'aria cominciava a essere viziata e stranamente calda. Adam avvertì una leggera nausea e la pancia gli brontolò, ma tenne ferma la telecamera mentre procedevano lungo il passaggio in pendenza fino alla presunta sezione posteriore dell'arca, dove un tempo doveva essere la parete esterna.

«Là», disse Meryam, indicando un corpo mummificato appoggiato contro una trave verticale. Aveva i denti scoperti in quello che sicuramente non aveva voluto essere un sorriso, era senza labbra e gli occhi non erano che due fori polverosi in un volto che sembrava fatto più di papiro che di carne.

«Naamah», disse piano Adam. La moglie di Noè. Il nome gli era venuto improvvisamente in mente e gli era salito alle labbra. Era ben probabile che chiunque avesse costruito quella nave non si fosse chiamato Noè, né sua moglie Naamah, ma i nomi, in realtà, non avevano alcuna importanza.

«È impossibile», mormorò Meryam, guardandosi intorno come in trance. «Nessun'inondazione poteva arrivare tanto in alto. E anche se... se fosse tutto vero... non potrebbe essersi conservata così bene».

«Ci siamo dentro», le ricordò Adam.

Non poteva contestare le sue obiezioni. Erano assolutamente logiche. Eppure si trovavano lì dentro. Quella nave non dimostrava che la storia biblica era una descrizione precisa, ma dimostrava che c'era stato un diluvio e che c'era stato un Noè, quale che fosse il suo nome. No, i nomi non avevano importanza. Noè poteva andare, e quindi potevano anche chiamare quella Naamah.

«E queste che sono?», disse Meryam.

Adam fece una panoramica con la telecamera, trovò Meryam e l'obiettivo seguì il suo sguardo rivolto al pavimento dove la luce della torcia evidenziava delle luccicanti pietre nere sparse in terra.

«Rocce vulcaniche?», chiese Adam.

Hakan entrò nel riquadro della telecamera e si inginocchiò per prendere una delle pietre. «L'Ararat è un vulcano, sì... ma non ci sono eruzioni da quasi duecento anni».

Meryam continuò a esaminare il posto con la torcia. «Questa cosa è qui da molto più di duecento anni».

«Non è roccia vulcanica», disse Feyiz dall'ombra davanti a loro.

Meryam sollevò la torcia e la indirizzò dalla sua parte. Adam la imitò con la telecamera e trovò la torcia accesa che Feyiz aveva appoggiato tra un cumulo di terra e pietre nere. La luce della telecamera si unì a quelle di Meryam e Hakan puntando su Feyiz. Le luci forti e le strane ombre facevano apparire la giovane guida barbuta quasi bidimensionale, come se da uomo si fosse trasformato in un ritratto dipinto nell'aria.

«È bitume indurito», proseguì Feyiz.

Sul pavimento davanti a lui si trovava un enorme oggetto che Adam in principio prese per una sorta di obelisco fatto del medesimo bitume nero e scintillante, forse una specie di altare. Ma poi Feyiz staccò un pezzo di bitume e Adam si avvicinò, zoomando per fare un primo piano.

«Cos'è?», chiese Hakan. «Una cassa?».

Adam passò dietro Feyiz. Ora che era illuminato, vide che tutto l'involucro nero sul lato opposto dell'obelisco si era staccato, rivelando al di sotto un materiale diverso. Una grande cassa rettangolare di legno massiccio e annerito. Il coperchio era stato sigillato con il medesimo bitume, ma Feyiz aveva cominciato a scorrere le dita sul bordo dell'apertura e Adam con una zoomata vide che la sigillatura era stata rotta e pezzi di bitume erano sparsi in terra.

Avvicinandosi ancora, la telecamera inquadrò strani segni incisi sulla superficie nera, sia all'esterno della cassa che sul sigillo rotto.

«È una specie di sarcofago», disse Meryam.

«È egiziano?», chiese Adam.

La ragazza gli rivolse uno sguardo tagliente. «Come faccio a saperlo?»

«I sarcofagi sono egiziani».

«Abbiamo stabilito che tra noi non ci sono archeologi», fece Meryam. «Dico solo che mi pare una specie di bara».

«Una tomba», disse piano Hakan.

«Allora, niente egiziani?», fece scherzando Adam, fremente per l'euforia della scoperta. Sentiva che per loro tutto era cambiato. Il futuro cominciava in quel momento.

Ma Meryam non sorrideva più. Era impallidita e il sudore gli imperlava la fronte. La pelle aveva assunto una preoccupante sfumatura giallastra.

Sempre accucciato presso la tomba, Feyiz mormorò qualcosa nella sua lingua, poi si accasciò scompostamente su un fianco e rimase immobile. Hakan urlò il nome del nipote e diede uno spintone a Meryam per passare. Adam arrivò troppo tardi e Meryam roteò su un lato, cadde in ginocchio e vomitò di nuovo. Un attimo dopo si afferrò la testa con le mani e cominciò a urlare per il dolore, gridando che si sentiva spaccare il cranio.

La telecamera filmò tutto.

Fuori dell'arca, il vento freddo continuava a ululare. Una nube passò sopra la luna e, in cima al monte Ararat, tutto fu buio.

TRE SETTIMANE DOPO

CINQUE

Ben Walker si tirò su il bavero della giacca e chiuse la lampo fino in fondo, tenendo bocca e naso al caldo. Avvicinandosi alla montagna, l'elicottero militare s'inclinò in virata verso sinistra. Centinaia di metri di luce grigiastra separavano l'apparecchio da terra, ma non era l'altezza che turbava Walker, bensì il vento. Gli elicotteri commerciali non erano autorizzati a volare tanto vicino alla montagna. L'unico modo per arrivare sulla cima dell'Ararat senza scalarlo era chiedere un passaggio a un mezzo militare turco.

Una corrente ascensionale investì l'apparecchio e poi attraversarono uno spazio morto, con un'aria talmente rarefatta per l'altezza che quando il vento cessò, i rotori sibilarono e parve che stessero cadendo. Walker strinse i denti e guardò fuori dal finestrino mentre arrivavano in vista dello scuro sfregio sulla parete della montagna. Suo figlio, Charlie, uno scavezzacollo di nove anni, diceva sempre di voler volare in elicottero un giorno. Walker pensò che alla fine avrebbe dovuto accontentarlo, ma in condizioni meno rischiose.

Non dire sciocchezze, pensò. *Amanda non te lo permetterebbe mai.*

La sua ex moglie, Amanda. La madre di Charlie. Più erano stati insieme, più Walker era stato via e le situazioni in cui si era trovato erano diventate sempre più pericolose e spaventose. Le sue cicatrici agitavano Amanda, ma non quanto la riluttanza a raccontarle come se l'era fatte. Gli aveva detto che quel riserbo significava che non si fidava di lei e, per quanto l'avesse negato, Walker sapeva che era vero. Amanda aveva un bel sorriso e una risata spensierata che le faceva brillare gli occhi di autentica gioia. Cercava sempre di vedere il meglio nelle persone, e questo la rendeva il tipo peggiore di persona con cui condividere cose che dovevano restare segrete. Mantenere segreti l'avrebbe fatta impazzire. E la sola conoscenza che il mondo conteneva alcuni degli orrori in cui si era imbattuto Walker l'avrebbe contaminata, e lui non voleva esserne responsabile.

Charlie non avrebbe potuto avere una madre migliore. Amanda lo avrebbe allevato in modo da accogliere il mondo con mente aperta e ottimismo. Perciò quando gli aveva detto che la sua tetraggine e il suo riserbo stavano avvelenando il loro matrimonio, Walker si era detto d'accordo. Lo sguardo sbalordito negli occhi di Amanda – l'improvvisa e dolorosa consapevolezza che non sarebbe cambiato per lei – ancora lo tormentavano. Ma la moglie aveva trovato un percorso lontano da lui, aveva cominciato a costruirsi una vita senza di lui, circondandosi di amici. L'ultima volta che l'aveva visto, Charlie gli aveva detto che la madre aveva cominciato a frequentare un artista di nome George, che disegnava al bambino vignette piene di fantasmi, maghi e buffi animali. Lo aveva ferito sentire l'affetto nella voce del figlio, ma ne era comunque stato felice.

Qualcuno gli diede una leggera gomitata e Walker guardò alla sua sinistra, rendendosi conto in ritardo che Kim Seong gli stava parlando. Con il bavero alzato e il rumore dell'elicottero, non l'aveva sentita.

«Mi scusi, diceva?», le chiese chinandosi verso di lei.

«Ho detto "se questo è il tempo che ritengono sicuro per volare, sono davvero contenta che non sia riuscito a convincerli a decollare quando nevicava!"».

«Anch'io».

Le sorrise, ma non aveva ancora deciso cosa fare con Ms Kim. La donna coreana era uno strano e forse sgradito acquisto per quella missione. A quanto pare, Meryam Karga e Adam Holzer avevano promesso al governo turco un'ottima copertura nel documentario e nel libro su cui stavano lavorando nonché una parte dei proventi di quelle iniziative, ma Walker riteneva che gli esploratori avessero fatto anche altre promesse, che riguardavano coperture dei media, turismo e la disponibilità ad accettare qualsiasi regola stabilita dai turchi.

Quando all'inizio Karga e Holzer avevano organizzato il loro team, avevano chiamato persone di diverse nazioni e discipline e i turchi si erano limitati a mandare sul sito un paio di tirapiedi del governo. Ma nel momento in cui gli Stati Uniti avevano chiesto di inviare un rappresentante della National Science Foundation – Walker – il governo turco aveva deciso che fosse necessario un osservatore indipendente e ne aveva fatto richiesta alle Nazioni Unite. L'osservatore era Kim Seong. Esperta di politica mondiale, e in particolare di negoziati internazionali, Kim pareva una scelta strana per quel compito, ma da quando si erano conosciuti a Instabul aveva dimostrato a Walker di essere professionale, intelligente e soprattutto interessata a quello che gli esploratori avevano davvero scoperto sull'Ararat.

Tuttavia, non gli piaceva l'idea di avere una babysitter, a prescindere da quanto potesse andarci d'accordo.

Walker tirò la cintura di sicurezza per potersi guardare alle spalle. Padre Cornelius Hughes era diventato pallido come la cima innevata della montagna ma fece un rapido cenno del capo per indicare il suo stato di benessere generale. L'anziano sacerdote aveva un volto solcato da profonde rughe e un'aura di saggezza che pareva provenire da un'altra epoca. Era esperto di lingue e civiltà antiche, ma malgrado quella formazione accademica Walker era stato piacevolmente sorpreso nello scoprire che padre Cornelius aveva una mente aperta riguardo alla storia biblica del diluvio.

Non un granché come squadra, ma se Walker avesse cercato di portare un addetto della sicurezza, si sarebbe forse capito che la National Science Foundation altro non era che una facciata, un prestanome che da decenni il dipartimento della Difesa degli Stati Uniti utilizzava quando non voleva che si venisse a sapere della presenza sulla scena della DARPA. Neanche il sacerdote sapeva per chi lavorava, e Walker era stracerto che non l'avrebbe detto neppure a Ms Kim. Le Nazioni Unite di rado approvavano che la DARPA facesse indagini senza autorizzazione e avrebbero subito informato i turchi, che a loro volta avrebbero ritirato a Walker il permesso di recarsi sul sito.

La missione sarebbe stata annullata e i superiori di Walker non ne sarebbero stati affatto contenti. La Defence Advanced Research Projects Agency[1] aveva un nome complicato ma un compito relativamente semplice: analizzare le scienze emergenti e i fenomeni inspiegabili per assicurarsi al cento per cento che, se fosse stato possibile ricavarne un'arma, gli Stati Uniti sarebbero stati i primi a farlo. In realtà, Walker non amava lavorare per la DARPA – non gli piaceva l'idea di

[1] Letteralmente, "agenzia per i progetti di ricerca avanzata per la difesa". (*N.d.t.*)

trasformare in arma la scienza – ma era da sempre affascinato dai misteri naturali e innaturali, e aveva una sete inestinguibile per le spiegazioni. E se quelle cose si dimostravano potenzialmente pericolose, allora preferiva che si trovassero nelle mani del suo governo.

Non che si fidasse dei suoi superiori. Li considerava semplicemente il male minore.

«Mr Walker!», gridò il pilota. «È ora di muoversi!».

Walker si voltò e vide accanto a sé la montagna coperta di neve e, sotto, l'imboccatura scura della caverna. Il lato sinistro della grotta misurava circa dodici metri d'altezza, ma si abbassava lungo la parete innevata con un angolo frastagliato di settantacinque gradi fino ad arrivare a un'altezza di soli tre, quattro metri sul lato destro. Il secondo pilota si slacciò la cintura e andò dietro per unirsi a loro. Chinandosi leggermente, cominciò a srotolare una corda spessa che Walker subito identificò come un'imbracatura.

Fino a quel momento, Kim Seong aveva emanato un'aura di amabile serenità, ma ora afferrò il braccio di Walker e lo strinse forte. «Non voglio andare per prima».

«Non gliel'avrei chiesto. La squadra è mia, e anche il rischio», replicò lui facendosi coraggio.

«Sono sicura che non c'è alcun pericolo», aggiunse in fretta Kim.

Walker slacciò la cintura e con l'aiuto del secondo pilota infilò l'imbracatura. Questi aprì lo sportello sul fianco sinistro dell'elicottero e gli fece cenno. Quell'uomo avrebbe controllato il verricello che avrebbe fatto scendere Walker verso il fianco della montagna, ma nessuno avrebbe potuto superare quello sportello al posto suo.

Tirò l'imbracatura, mollò un po' di corda, poi diede le

spalle al vuoto prima di saltare in caduta libera. Usò il piede destro, non fidandosi del sinistro. L'elicottero oscillava sopra di lui creando una violenta corrente ascensionale e Walker ondeggiò da una parte all'altra disegnando un arco vorticoso prima che la fune dell'imbracatura cominciasse a liberarsi e lui iniziasse a scendere verso il fianco della montagna.

In basso, sulla destra, si scorgeva l'imboccatura della caverna e, mentre ruotava all'estremità della corda, la seguì con lo sguardo.

Il vento riprese forza, una raffica ghiacciata gli trafisse il cranio con un dolore così lancinante che per diversi secondi oscillò come un pendolo immobilizzato all'estremità del proprio arco. L'elicottero s'inclinò con lui e poi nel giro di pochi secondi precipitò di sei metri. Walker imprecò, ma il vento era cessato e aveva ricominciato a scendere in modo normale. Il freddo gli penetrava nelle ossa, trapassando gli indumenti.

Chiuse forte gli occhi, scoprendo i denti e poi gli parve di essere attraversato da un altro tipo di vento. Una sensazione di qualcosa di nauseabondo lo fece rabbrividire, ma non era il freddo. Gli parve per un momento di essersi immerso in un sudiciume che gli impregnava la pelle. Ebbe la pelle d'oca per la ripugnanza e aprì gli occhi, guardandosi intorno disperato mentre ruotava nell'imbracatura.

Di sotto, dalla caverna erano uscite delle persone che facevano cenno all'elicottero di avvicinarsi. Due sagome erano scese in un punto circa sei metri sotto l'apertura della caverna, dove era stata innalzata una sorta di piattaforma, i cui montanti affondavano nella parete della montagna.

Lo invase la paura, strisciandogli fino allo stomaco sotto forma di acido e bile. Fu preso da una grande debolezza.

Per tanto tempo si era ritenuto esente dalla paura, ma ora quel terrore lo attanagliava dentro quanto il gelo della montagna.

Per dei lunghi secondi, sentì la mente vuota. *Che diavolo succede?*

Poi una mano gli afferrò la caviglia e Walker girò di scatto la testa, sul punto di urlare, finché non vide il volto dell'uomo che lo aveva preso. Un volto che aveva visto in documentari e copertine dei libri che aveva scorso sull'aereo da Washington D.C. a Istanbul.

«Holzer», disse Walker.

L'esploratore lo tirò giù e lo liberò dall'imbracatura non appena Walker mise piede sulla montagna innevata.

«Mi chiami pure Adam», disse l'uomo, dando uno strattone all'imbracatura. Subito, questa cominciò a risalire tirata dal verricello in modo che potesse scendere il prossimo membro della squadra. «Lei deve essere il dottor Walker».

«Mi chiami pure Walker». La replica voleva essere una battuta, ma gli girava la testa e aveva ancora quella sensazione di nausea, di malessere, che lo aveva invaso prima e, preoccupato che la sua presentazione fosse sembrata sarcastica, aggiunse: «Piacere di conoscerla».

Holzer – Adam – gli strinse la mano. «Benvenuto sul monte Ararat».

«Forse dovrebbe dire sull'arca di Noè».

Adam si rabbuiò. «Forse è meglio che lo stabilisca lei stesso».

«Senta, non voglio partire col piede sbagliato», fece Walker. «So che non mi volevate qui».

«È stato il governo degli Stati Uniti a volerla qui e la società che finanzia il progetto ha gentilmente acconsentito», replicò Adam. «E questo vuol dire che sarà il benvenuto se si renderà utile o per lo meno non sarà d'intralcio».

«Messaggio ricevuto», disse Walker.

Adam lo prese per il braccio e lo guidò verso un altro uomo, che con la sua folta barba e l'abbigliamento vissuto suggeriva una grande esperienza della montagna.

«Hakan, il nostro capoprogetto», fece Adam, alzando un po' la voce per farsi sentire al di sopra del rumore dei rotori. «L'accompagnerà alla caverna».

Walker alzò gli occhi e vide Kim già in piedi davanti allo sportello aperto sul fianco dell'elicottero e il secondo pilota appena visibile che le dava istruzioni, probabilmente ripassando il breve addestramento che avevano ricevuto il giorno prima.

«Non si preoccupi», disse Adam. «Mi occuperò io di farli scendere sani e salvi». Poi il suo sorriso svanì. «Si fidi se le dico che questa non è la cosa più paurosa che vedrà oggi».

Walker stava per chiedergli spiegazioni, ma Hakan lo aveva già preso in consegna e dovette cominciare ad arrampicarsi. Da qualche parte nella caverna erano state fissate delle corde e Hakan fece passare avanti Walker spiegandogli come usarle per salire. Senza i ramponi agli scarponi e con la corda per reggersi fissata a un terreno instabile, Walker era certo che sarebbe caduto. Nel corso di una missione particolarmente difficile, si era procurato una serie di ferite alla schiena e alla gamba e, per via del freddo e della scalata, avevano cominciato a risvegliarsi.

Guardò l'elicottero e vide Kim Seong che stava calando. Una volta che l'apparecchio fosse rientrato alla base, non ci sarebbe stato altro modo di lasciare la montagna se non scendendo a piedi. Con sua grande sorpresa, quel pensiero gli mise una profonda inquietudine. A ogni passo in su, sentiva un desiderio tanto potente di allontanarsi che arrivò alla caverna quasi senza accorgersene. Si ritrovò in ginocchio sull'orlo della rupe davanti a diversi membri della squadra di scavo.

Walker riconobbe Meryam Karga dai libri e i documentari, proprio come era stato per il suo fidanzato. La tensione negli occhi e le spalle curve le davano quasi un'aria predatoria, simile a quella di un serpente avvolto a spirale pronto a guizzare in avanti. Anche gli altri sembravano nervosi, e Walker si chiese se il Progetto Arca non avesse incontrato qualche intoppo.

«Venga, dottor Walker», disse Meryam, abbracciandosi per proteggersi dal vento. «Prenda una tazza di caffè mentre aspettiamo gli altri, poi potrà dare un'occhiata a quello che vuole vedere».

Walker si guardò intorno, scrutando i fari, le antiche travi e le persone che lavoravano in giro per la caverna.

«L'arca di Noè», fece Walker, alzandosi in piedi.

«Così pensiamo», replicò Meryam. «Ma non è venuto a vedere l'arca».

Lo invase una strana calma. Il dolore alla gamba diminuì.

No, pensò. *Verissimo*. Non gliene fregava niente se il legno che guardava aveva o meno un tempo costituito la struttura di una barca, di Noè o di chicchessia.

Ciò che lo interessava era quello che avevano trovato dentro l'arca.

L'arca – se era quella davvero la parola per definirla – era rimasta sepolta nel monte Ararat come un tumore in un corpo umano, in attesa solo di essere scoperta. Walker avrebbe considerato impossibile localizzarla sull'Ararat, dopo tutto il tempo e i soldi che la gente aveva speso negli anni per cercarla, ma ora si trovava al suo interno.

Avevano fatto un breve giro introduttivo alla struttura di base della nave. Erano stati appesi dei fari che però creavano solo piccole pozze di luce. C'erano dei generatori che fornivano elettricità a piccoli termoconvettori in alcune delle stalle allineate sui tre ponti e le luci diffondevano un po' di calore, ma non si potevano accendere dei fuochi. Con un legno tanto antico, i membri di quello che ora aveva assunto il nome di Progetto Arca Karga-Holzer– PAKH – dovevano fare estrema attenzione a non ridurre in cenere l'intero manufatto. Faceva un freddo cane, e persino negli anfratti del labirinto di stalle e passaggi, a ogni folata di vento s'insinuava il gelo della montagna.

Un rapido esame visivo aveva confermato quello che aveva visto dall'elicottero. L'estremità sinistra, o occidentale, della caverna indicava che la valanga aveva messo in luce quel fianco dell'arca in tutta la sua interezza, dalla cima alla base. Sulla destra, invece, la roccia e la terra che l'avevano sepolta per migliaia di anni erano ancora in parte al loro posto, come anche le travi della parete esterna. Da quel lato – quello orientale – l'apertura si riduceva a un varco di circa tre metri. Quella parte dell'arca sarebbe stata quindi molto più buia, ma anche un po' più calda e meno esposta agli spifferi.

Dopo le presentazioni, Meryam e Adam condussero Kim Seong e padre Cornelius su al livello tre. Walker si trattenne al primo, fermandosi a osservare una squadra di archeologi al lavoro attorno a un mucchio polveroso di ossa umane a cui erano ancora attaccati resti grigiastri di pelle e indumenti:

la pelle umana e quella animale non si distinguevano l'una dall'altra. Osservò che uno dei corpi aveva uno spesso laccio di cuoio attorno al collo, a cui era appesa a mo' di amuleto una scheggia di pietra nera. Gli parve di vederne uno anche sull'altro cadavere.

«Due corpi?», chiese, perché gli pareva che ci fossero più arti del necessario.

Una degli archeologi sollevò la testa, battendo sorpresa le palpebre. Era tanto concentrata sul suo compito che non si era accorta di essere osservata.

«Tre. Due adulti e un bambino», disse con accento inglese.

Walker sussultò alla menzione di un bambino, poi si riprese. Quei resti avevano migliaia di anni. Nei tempi antichi, i bambini morivano per svariate ragioni. Se un diluvio, in qualche modo simile a quello descritto nella Bibbia, aveva davvero avuto luogo, dovevano essere morti innumerevoli bambini. Trasalire alla notizia della morte di quell'unico bambino lo fece sentire un pivello alle prime armi, poco abituato alle tragedie che si verificavano continuamente nel mondo.

Il diluvio, pensò, ripercorrendo i suoi pensieri, sorpreso di aver accettato con tanta facilità quell'idea. *Poteva essere vero?*

Aveva incontrato mostri prima d'allora, cose il cui solo pensiero avrebbe fatto urlare di terrore una persona normale, ma tutti avevano rivelato di avere una solida spiegazione scientifica. Innaturale, forse, ma non soprannaturale. E tuttavia, la presenza stessa di quella nave, sepolta nel fianco di una montagna, implicava che in uno dei miti più noti di tutte le religioni del mondo ci fosse un nucleo di verità. Walker aveva fatto scelte difficili riguardo alla sua famiglia e alla sua vita e, in tal modo, aveva perso la fiducia in se stesso. Ora, era lì, alla ricerca di qualcosa in cui credere.

Cristo, pensò. *Quello che ti ci vorrebbe ora sarebbe una bottiglia di birra e una triste canzone country in un jukebox.* Si sforzò di concentrarsi sugli archeologi che lavoravano alla conservazione degli antichi resti.

Si trovavano a quattromila metri sopra il livello del mare. Sui reali avvenimenti che avevano potuto ispirare i racconti del diluvio era stata formulata ogni sorta di teorie. Alcune di queste erano state elaborate da mattoidi, altre da stimati studiosi, ma Walker non aveva visto neanche una teoria non religiosa in grado di spiegare l'approdo dell'arca a quell'altezza.

Eppure era lì.

L'arca era disposta obliquamente alla montagna. A un certo punto si era arenata sul crinale di una montagna e secoli di frane l'avevano ricoperta, avvolta di terra e pietre e riempito il crinale. Meryam aveva detto che il suo team riteneva che sotto l'arca ci fosse un crepaccio, quindi si muovevano tutti con molta cautela.

«Mi scusi, chi è lei?», domandò l'archeologa.

Dopo che si fu presentato, la donna aggrottò la fronte, chiedendosi forse come mai gli Stati Uniti avessero mandato qualcuno dalla National Science Foundation, qualcuno la cui incapacità di identificare antichi resti umani lo classificava chiaramente come *non* archeologo. *O forse si sta chiedendo perché nessuno l'ha avvertita che al progetto si stavano aggiungendo nuove leve.*

«Piacere di conoscerla, dottor Walker», disse. «Mi chiamo Helen Marshall. Casualmente a capo di questa missione archeologica. Mi hanno trascinato qui da Oxford. Questa è Polly Bennett, il mio braccio destro nel gruppo di laureati che ho arruolato a forza in questo progetto».

Alta e muscolosa, Polly aveva un piccolo stormo di uccelli

in volo tatuato sulla nuca, la parte sinistra della testa rasata e l'altra parte con i capelli lunghi fino alla spalla e tinti di un verde brillante. Walker pensò che non aveva l'aria della tipica laureata in archeologia, ma poi si rimproverò. Le apparenze in quel lavoro non contavano.

Polly quasi non alzò lo sguardo tanto era concentrata sul suo lavoro, ma fece un leggero cenno del capo.

La professoressa Marshall inarcò un sopracciglio. «Le darei la mano, ma...».

Alzò entrambe le mani ricoperte di guanti polverosi e si strinse nelle spalle.

«Certo, e anzi mi di dispiace di aver interrotto il suo lavoro».

«Si figuri. Sono contenta che la interessi. Una cosa tanto impossibile non si vede tutti i giorni».

Walker annuì. «Sono d'accordo. Ma come mai ho l'impressione che non stia parlando solo dell'altezza?».

La professoressa Marshall aprì le braccia per indicare l'ambiente circostante. «Questa cosa ha almeno cinquemila anni, secondo la migliore delle ipotesi. Più o meno la stessa epoca in cui gli egiziani scoprivano come legare insieme delle assi per costruire uno scafo, anche se questa potrebbe essere anche più antica. Ma questa nave...».

«L'arca».

«Se preferisce. L'arca è molto più grande e complessa di qualsiasi manufatto costruito in quell'epoca. La barca di Cheope fu sepolta ai piedi della Grande Piramide di Giza circa cinquecento anni dopo, la lunghezza era simile ma era poco più di una chiatta».

Walker la scrutò in volto. «Mi sta dicendo che non dovrebbe esistere?»

«Non mi fraintenda. Sono elettrizzata da questa scoperta. È come un sogno – una cosa di cui non avrei mai potuto sperare di far parte – ma quando dico che è come un sogno, lo intendo in più di un senso. È talmente surreale. Se vuole restare ancora più sbalordito da quanto sia inconcepibile, parli con il professor Olivieri».

Non chiese chi fosse, presumendo che l'avrebbe ben presto incontrato. L'arca non era poi così grande.

«Quindi», disse Walker, «lei pensa che la storia biblica sia vera? Dio mandò il diluvio per…».

La professoressa Marshall gli rivolse uno sguardo tagliente. «Non metta di mezzo Dio, dottor Walker. Siamo qui per esaminare e riferire, non per spiegare. Questo lo lasceremo ad altri».

Mentre la donna tornava al proprio lavoro, Walker guardò la parete dove stava lavorando la sua squadra. Aveva visto dei lunghi solchi incisi nelle travi attorno a quella che doveva essere stata una porta.

«Quelli sono…».

La professoressa alzò gli occhi. «Prego?».

Walker indicò i graffi sulla porta. Una porta che era inclinata e premuta contro la montagna, in modo da intrappolare dentro delle persone. «… Ciò che sembrano?».

La donna fece un cenno turbato e serio del capo, come un oncologo che confermi il peggio. «Pensiamo di sì».

«Ma perché? C'erano altre persone a bordo. Dovevano avere riserve di cibo…».

La professoressa Marshall sorrise debolmente, apparendo al bagliore dei fari di un pallore mortale. Solo gli occhi erano scuri, con la pelle raggrinzita agli angoli.

«C'erano ancora riserve di cibo quando morì l'ultimo dei

passeggeri, per non parlare degli animali che avrebbero potuto mangiare», disse. «C'erano altri modi di uscire se volevano rischiare una discesa dalla montagna. Dovevano sapere che la porta era bloccata ma morirono nel tentativo di aprirla».

«E che teoria avete?», chiese Walker.

Il sorriso della professoressa svanì. Gli altri avevano continuato a lavorare, uno faceva delle fotografie mentre l'altro preparava le ossa per spostarle.

«Ancora non l'abbiamo», disse, e si allontanò.

Percependo la sua frustrazione, Walker non insistette.

«Tutto bene?», chiese una voce alle sue spalle.

Walker si voltò e vide Adam Holzer che si avvicinava con due tazze di caffè, porgendogliene una.

«Ora sì». Si tolse un guanto e se l'infilò in tasca. «Immagino che nell'arca non ci sia uno Starbucks».

Adam levò la tazza per brindare. «Oh, il caffè è orrendo, ma è caldo e pieno di caffeina».

«In altre parole, esattamente quello che ha prescritto il dottore».

Walker bevve un sorso e si trattenne dal fare una smorfia. Il caffè turco poteva essere forte, ma quello che si beveva al PAKH sapeva di ruggine.

Con un sorriso, Adam lanciò un'occhiata agli archeologi. «La sua squadra si è sistemata. Ms Kim ha rifiutato il caffè – forse è la più sveglia di tutti noi – e padre Cornelius si sta riscaldando. Perché non tralasciamo tutte le formalità e passiamo a vedere la cassa sepolcrale?».

Walker fu attraversato da un brivido che quel caffè schifoso non riuscì a scacciare.

Seguì Adam nel cuore dell'arca e poi su per dei gradini che erano stati massicciamente rinforzati e in alcuni casi sostituiti dallo staff del Progetto Arca. Al livello tre, attraversarono una soglia con una grossa spaccatura sull'architrave in legno e Walker cercò di non pensare al soffitto che avrebbe potuto crollargli addosso. Ripensò ai solchi visti nel livello uno – graffi fatti dalle unghie di persone che cercavano disperatamente di scappare – e l'architrave spaccato gli piacque ancora meno.

Più avanti si udivano delle voci e Walker si sentì un po' meglio riconoscendo quella di Kim Seong. Aveva un atteggiamento da regina in una stanza piena di giullari, un'arroganza a volte urtante, ma non si sa come riusciva a risultare comunque amabile.

Alla fine del passaggio, arrivarono in uno spazio aperto sul fondo del ponte più alto dell'arca. Sul pavimento di un angolo recintato si trovava qualcosa di rinsecchito, ma non aveva ossa. Walker pensò potesse essere una stuoia per dormire vecchia di cinquemila anni, anche se non capiva come mai la paglia non si fosse completamente polverizzata. In fondo alla camera, la parete aveva gli stessi puntoni in legno che aveva visto ai piani inferiori, le costole dell'arca. Da un foro nel pavimento emergeva una scala, non originale ma costruita dal Progetto Arca.

Meryam li stava aspettando insieme a un gruppetto di persone tra cui Kim e padre Cornelius.

«Di nuovo buongiorno, Mr Walker. O era dottor Walker?», fece lei.

«"Walker" andrà benissimo».

La donna indicò le persone riunite, snocciolando le presentazioni. Il team Karga-Holzer comprendeva il capoprogetto

Hakan e suo nipote Feyiz. Una donna bionda e pallida come uno spettro con una telecamera sulla spalla risultò essere Calliope Shaw, la regista a cui Adam si era associato per fare un documentario sul progetto. Poi Meryam gli presentò quel professor Olivieri che aveva menzionato Helen Marshall, un biblista sulla cinquantina con una folta barba e una pancia importante. Da lontano, avrebbe potuto assomigliare a un Babbo Natale da centro commerciale, da vicino era chiaro che Armando Olivieri era sì grasso, ma massiccio.

«Vi diamo il benvenuto», disse Meryam.

Olivieri corrugò la fronte.

«Il professore non sembra molto contento di vederci», replicò Walker.

Olivieri si accigliò ulteriormente. «Le assicuro, Mr Walker, che il mio disappunto non ha niente a che fare con voi».

«Ma pensa che non dovremmo stare qui».

«Penso che qui non dovrebbe stare nessuno di noi», lo corresse Olivieri. «L'arca mi ha sempre affascinato, in tutta la mia carriera è stata uno dei cardini del mio lavoro di ricerca. Trovarla, sapere che è davvero esistita... quel momento è stato forse il più importante della mia vita. Ora penso che la cosa migliore da fare sarebbe piazzare degli esplosivi sulla parete della montagna e seppellire questa caverna per qualche altro migliaio di anni».

Padre Cornelius s'irrigidì e i suoi occhi si fecero ardenti di indignazione. «Se questa è ciò che sembra, è il più grande legame con la storia biblica mai trovato. E lei vorrebbe seppellirla? Distruggerla? Che razza di biblista è?».

Olivieri lo guardò con disprezzo. «La razza che capisce che alcune cosa è meglio lasciarle sepolte. Non fingete di non sentirlo», aggiunse, scrutandoli in volto. «Qui è talmente vicino che quasi non si riesce a respirare e vi assicuro che non è solo per l'altitudine...».

«Armando», disse Meryam, talmente piano che la parola quasi si perse nell'ululato del vento che gemeva tra le giunture delle travi.

Olivieri le agitò contro una mano. «Basta, lo so. Bene. Continui pure, ma non voglio entrarci. Se non avessi pensato che ci voleva qualcuno a controllare tutta questa spaventosa faccenda, me ne sarei andato da un pezzo».

Per un momento parve che Meryam stesse per perdere la calma, ma Adam si avvicinò alla scala, smorzando la tensione.

«Non ha senso rinviare ulteriormente, no?», disse afferrando il corrimano e mettendo un piede sul primo piolo. «Venga, Walker. Speravamo che il vostro arrivo potesse allentare un po' della tensione che si era sviluppata negli ultimi giorni, ma a quanto pare ci sbagliavamo».

«Allentare tensioni non è mai stato il mio forte», disse Walker, lanciando un'occhiata a Olivieri. «Ma non si sa mai».

Indignato dalla leggerezza con cui trattavano la questione, Olivieri si allontanò per dove era venuto, mentre gli altri membri del Progetto Arca Karga-Holzer mormorarono qualcosa a Meryam e tornarono ai propri compiti. Persino Calliope se ne andò, consegnando la telecamera ad Adam.

«Perché se ne vanno tutti?», chiese Walker quando dello staff del PAKH fu rimasta solo Meryam.

«Lo spazio è limitato», rispose Meryam. «Poi hanno già visto quello che c'è là sotto. E nessuno vuole rivederlo».

Lo attraversò un brivido involontario. Forse Meryam cercava di ottenere un maggior effetto drammatico, ma il fidanzato era già sceso per la scala con la telecamera e quindi non serviva spaventare i nuovi arrivati. Mentre Meryam cominciava a scendere, Kim le lanciò un'occhiataccia. Se fosse stata un gatto avrebbe inarcato il dorso, rizzando il pelo.

Walker bevve l'ultimo sorso del suo orrendo caffè, accartocciò la tazza di carta, se l'infilò nella tasca della giacca e si rivolse a Kim e a padre Cornelius.

«Voi sentite niente?».

Kim espirò, rilassandosi. «È un po' claustrofobico, sì, ma se mi chiede se sento qualcosa di *innaturale*, la risposta è "no". Non sono una sensitiva».

«Crede nel paranormale?», chiese incuriosito padre Cornelius.

«Certo che no».

«Be', neanche io sono un sensitivo», disse Walker, «ma non respinga l'innaturale con tanta facilità. Ci sono molte cose nel mondo che ancora non comprendiamo».

Kim annuì con aria eloquente. «Sì, e ci sono sempre coloro che non chiedono di meglio che fare una fortuna grazie all'ignoranza altrui».

Walker sapeva che aveva ragione, ma mentre si dirigeva verso la scala, afferrava il corrimano e cominciava a scendere non riusciva a togliersi dalla testa l'espressione corrugata di Olivieri. C'erano al mondo milioni di fanatici religiosi, ma Olivieri era un biblista. Svariate volte Walker si era imbattuto nella loro arroganza, ma ciò che aveva appena visto in Olivieri non era né critica né disapprovazione.

Era paura.

SEI

Scendendo la scala, Walker sentì un odore di stantio che gli fece arricciare il naso. Qualcosa di simile alla ruggine. Quando superò il secondo livello e scese al primo, gli ritornò lo stesso attacco di nausea di prima, ma cercò di respirare con calma dicendosi che la forza della suggestione gli era penetrata nel subconscio. Se era così, lì doveva avere radici molto profonde.

«Cos'è quest'odore?», sentì chiedere a Kim, davanti a lui.

Meryam ammise che non lo sapevano, senza curarsi di fornire una teoria. Nei secondi di silenzio che seguirono, Walker si stupì. Persone come Adam e Meryam non erano mai a corto di teorie. Per quanto lui e il suo team non fossero graditi, Walker stabilì che il PAKH aveva bisogno di loro. Altri occhi, altre idee.

La scala terminava in quello che doveva essere uno degli angoli più arretrati dell'arca. Era stata eretta una tenda di plastica, teli opachi che racchiudevano uno spazio che doveva essere di circa quattro metri quadri. Le luci tremolarono e i teli di plastica sventolarono per via degli spifferi che soffiavano tra le assi e lungo i diversi passaggi che parevano terminare in quel punto. Ronzava un generatore, e gran parte dei fari che alimentava si trovavano dentro la tenda di plastica.

«Le condizioni meteorologiche sulla montagna stanno peggiorando rapidamente», disse Adam, facendo con la telecamera una panoramica sui volti dei presenti. «Più ci addentriamo nell'inverno, più diventa rischioso spostare persone e materiali su e giù. La temperatura è imprevedibile. C'è una tempesta in arrivo, ma quassù il vento può essere anche peggio. Vorremmo imballare e conservare tutto prima che arrivi il clou della perturbazione».

«Ce la faremo», disse Walker. «Non si preoccupi».

Adam guardò preoccupato Meryam. Esitante.

Padre Hughes sospirò sonoramente. «Se non le dispiace, Mr Holzer, non siamo arrivati fin qui per guardare una tenda di plastica».

Meryam si rivolse alla telecamera. «Per la cronaca, io e Adam conosciamo il dottor Walker e padre Cornelius Hughes di fama, ma non li avevamo mai incontrati prima».

Walker le sorrise. «Non sarà mica preoccupata che la gente pensi che facciamo tutti parte di un complotto?»

«Non sono affatto preoccupata», replicò Meryam. «Lo so per certo. Ci sono persone che pensano ancora che le riprese degli astronauti sulla luna siano tutte una messa in scena».

Kim fece una risatina. «Mica siamo sulla luna».

Meryam tirò indietro la tenda di plastica. «Poco ci manca».

Walker avanzò verso la tenda aperta. Sentì pronunciare il suo nome da padre Cornelius ma scosse il capo, come se la voce del sacerdote fosse solo il ronzio di una mosca. Quel sommesso ronzio parve aumentargli nel cranio, come una vibrazione nelle ossa. Stava per chiedere agli altri se lo sentissero anche loro – per chiedere a Meryam e Adam se quel tremore della montagna potesse essere l'avvisaglia di una scossa di terremoto – ma poi si sentì ricoprire di goccioline di sudore e avvertì un terribile formicolio, come se gli camminassero sopra le zampe di centinaia di insetti.

«Ma che diavolo è?», mormorò, fermandosi appena fuori dalla tenda di plastica.

«Sì», convenne Meryam. «Lo conosciamo».

Era diventata pallida e la carnagione aveva assunto una tinta giallognola.

Padre Cornelius prese Walker per il gomito. Il sacerdote aveva la fronte lucida di sudore, ma la sua presa era decisa.

«Non dobbiamo esitare», disse padre Cornelius.

Walker era d'accordo. Avevano fatto tutta quella strada per vedere quell'unica scoperta che il team Karga-Holzer aveva fatto del suo meglio per tenere protetta. Il PAKH era una missione congiunta turca, americana e britannica, con sovvenzioni da parte di musei e dei finanziatori del documentario. Ma fino a quel momento, le poche persone dei vari governi che avevano visto i rapporti e il breve video che il PAKH aveva mandato sul "sarcofago" avevano convenuto tutti su un punto: nessuno avrebbe dovuto parlarne. Non prima che avessero avuto delle risposte.

Assurde superstizioni, pensò Ben. Ma era un mondo superstizioso.

«Walker», disse Kim, «forse dovrebbe...».

Aveva una mano sulla tenda. Il formicolio aveva cominciato a diminuire, anche se restava la nausea e il ronzio in testa. Walker guardò Kim.

«Viene?», le chiese, pensando fosse strano che restasse tanto indietro, ancora praticamente sull'ultimo gradino della scala. Le Nazioni Unite l'avevano mandata a osservare.

Kim annuì.

«Allora venga», disse lui e attraversò l'apertura di plastica. Dietro di lui c'era padre Cornelius, ma Walker ora non aveva bisogno del suo aiuto. Li seguiva Meryam e alle sue spalle brillava la luce della telecamera di Adam, aumentando il giallo bagliore antisettico e industriale dei fari. Walker sentì di nuovo quella vibrazione nei denti e capì cosa doveva essere: i generatori.

Solo la vibrazione dei generatori. Questo lo fece sentire meglio. Più rilassato.

Cominciò a sospirare esaminando l'antica cassa in legno situata accanto alla parete di fronte. Sparsi in terra c'erano pezzi di bitume simili a grosse schegge di vetro nero che gli ricordarono gli amuleti lucidi ai lacci di cuoio attorno al collo dei cadaveri su cui stava lavorando la professoressa Marshall. Erano schegge di bitume. Walker osservò il bitume indurito attorno alla cassa, poi scrutò i simboli incisi sul legno, che parevano muoversi e ondeggiare alla luce giallastra. Si sentì nuovamente addosso le zampe degli insetti, soprattutto sulla nuca, e si strofinò la bocca.

Si costrinse ad andare avanti e a guardare nella cassa.

Il cadavere era pietoso, un falso creato per un film dell'orrore di serie B. La sua mente voleva interpretarlo a quel modo, percepirlo come assurdo più che mostruoso. Ma più lo studiava, più sapeva che quei resti erano tutt'altro che falsi. Gli era già capitato di vedere dei mostri. Inumano non significava impossibile, non significava malvagio. Walker dovette ricordarsene.

Le dita erano smisuratamente lunghe, curvate a uncino dai millenni trascorsi in quella cassa. La pelle tesa sul petto aveva una sfumatura grigio purpurea. Si era rinsecchita e c'erano punti in cui la carne aveva ceduto. In vari punti del teschio si vedeva l'osso e una guancia si era ridotta in polvere. Gli occhi erano diventati due fosse rinsecchite.

Le corna erano pallide, di un bianco spento, come zanne

di elefante rese opache dal tempo. Lunghe quindici o sedici centimetri, le due punte sporgevano da tacche appena sotto gli occhi. Una aveva la punta spezzata, frastagliata come una pietra scheggiata e curvavano entrambe leggermente in avanti. Il cranio del cadavere era deforme, rigonfio in cima e troppo puntuto alle mandibole. In vita, doveva essere stato un uomo dall'aspetto stranissimo. Anzi, brutto.

Se di un uomo si era trattato.

Più indietro nella tenda, Kim emise un leggero suono gutturale. Aveva cominciato ad ansimare, come sul punto di una specie di attacco di panico.

«Kim, preferisce uscire?», chiese lui, cercando di celare la propria delusione. Si era aspettato un atteggiamento più professionale.

La donna disse qualcosa in coreano, poi parve ricordarsi che nessun altro parlava la sua lingua. «Non lo sentite?», chiese in inglese.

Walker cercò di mantenere i nervi saldi, costringendosi a ignorare il formicolio sulla pelle. Guardò nuovamente le corna sul cadavere nella cassa, poi i denti lunghi, sottili e puntuti ingialliti dal tempo ma in alcuni punti macchiati di marrone scuro. Qualunque cosa fosse, non sarebbero stati in grado di identificarlo finché non l'avessero portato via dalla montagna.

«Cosa ne pensa?», chiese Adam.

Walker sospirò. La tenda di plastica ondeggiò per via di una folata di vento arrivata fin lì dopo aver attraversato tutti i resti dell'arca. Ciò nonostante, l'aria era compatta, viziata, soffocante. «Penso che non avreste mai dovuto aprirlo al di fuori di un ambiente controllato».

Meryam s'irrigidì. «Per quanto ne sapevamo, questo *era* un

ambiente controllato. Gli altri resti sull'arca sono stati esposti all'aria per giorni prima del nostro arrivo e sono nelle condizioni che avete visto. Non avevamo motivo di credere…».

Padre Cornelius spinse di lato Walker e si avvicinò alla cassa. Il bitume scricchiolò sotto gli scarponi del sacerdote, che esaminava per la prima volta attentamente il cadavere. Per un attimo trattenne il respiro, poi vacillò. S'infilò una mano nella tasca della giacca e la tirò fuori con un rosario avvolto attorno alle dita, lo baciò e cominciò a mormorare una preghiera che gli uscì spontanea dalle labbra.

Walker sospirò. «Padre, la prego. Le ho chiesto di unirsi alla missione perché mi aspetto da lei qualcos'altro. È uno studioso, non uno sciamano preistorico».

Il prete alzò un dito per metterlo a tacere, mormorando gli ultimi versi dell'Ave Maria. Poi rivolse a Walker uno sguardo cupo. «La prudenza non è mai troppa. Ed è per questo che sono contento che abbiano aperto la cassa qua sulla montagna».

«Crede che quest'affare possa resuscitare e dare in escandescenze?», chiese Walker. Riguardò le corna, la pelle rinsecchita come cuoio nel punto in cui emergevano dalla fronte. «Crede sul serio che possa essere un…».

Lasciò l'ultima parola in sospeso. Il sudore gli si asciugò sulla pelle e cominciò a prudergli. Sapevano entrambi la parola che Walker aveva omesso.

«Lo ritiene impossibile?», disse padre Cornelius. «Io sicuramente no. Ma anche presumendo che si tratti di una semplice deformità, ci sono altri aspetti da considerare. Il corpo è meglio conservato degli altri resti. Potrebbe essere portatore di malattie che non siamo in grado di curare. Un sarcofago, sì, ma potrebbe essere un vaso di Pandora». Lanciò un'occhiata ad Adam. «Non mi fraintenda, è stato un azzardo aprire la cassa qui, checché nell'euforia ne abbiate pensato voi o i produttori del vostro documentario. Ma meglio farlo male qui che male in un posto più civilizzato».

A quel punto, Meryam parlò, rivolta alla telecamera. Se doveva difendere il suo operato, pensò Walker, doveva farlo nei confronti del pubblico e non dei presenti.

«All'inizio, per aprire la tomba avevamo pensato di aspettare il team del dottor Walker della National Science Foundation. Abbiamo fotografato tutti i simboli incisi all'esterno, rimosso e conservato la copertura in bitume in pezzi il più possibile grandi. Ma, così facendo il bitume usato per sigillare il coperchio si è rotto e...».

Meryam sorrise timidamente alla telecamera, ben sapendo che il pubblico sarebbe stato dalla sua parte perché gli aveva dato ciò che voleva.

«La curiosità ha avuto la meglio», confessò, rivolgendo infine il suo sorriso timido a Walker e padre Cornelius. «Abbiamo isolato l'area e solo membri selezionati del nostro staff sono stati dentro la tenda. Sì, abbiamo rimosso il coperchio e preso campioni di legno, ma nessuno ha toccato il corpo. Abbiamo preso tutte le precauzioni possibili. Può affermare onestamente che lei non l'avrebbe aperta, dottor Walker? Visto che parte della sigillatura si era staccata?».

Cosa poteva dire davanti alla telecamera? Certo che l'avrebbe aperta, ma lui aveva anni di esperienza sul campo. Dire una cosa del genere lo avrebbe fatto passare per uno stronzo arrogante e borioso. Non gli interessava alienarsi le simpatie degli eventuali spettatori del documentario, ma non poteva permettersi di alienarsi Meryam e Adam. Non se voleva la loro collaborazione.

«Tutti noi a volte ci facciamo trasportare dall'entusiasmo», disse alla telecamera. «Persino quando non abbiamo a che fare con l'arca di Noè».

Tutti gli astanti trattennero il respiro.

«Sta dicendo che crede che questa sia l'arca di Noè?», chiese Adam da dietro la telecamera.

Cazzo. «Niente del genere. L'arca di Noè è un ottimo soggetto per favole e giocattoli per bambini. Chiunque abbia costruito questa nave non si chiamava Noè».

Padre Cornelius si rivolse ad Adam. «Ora, spegni quella telecamera, ragazzo, e mettiamoci al lavoro».

«*Questo* è il mio lavoro», replicò con freddezza Adam, puntando l'obiettivo sul volto del sacerdote in attesa di una risposta.

«Walker», disse Kim, con voce roca.

Walker si voltò, ma la donna non lo stava guardando. Aveva gli occhi fissi sul sarcofago, sulla parte di cadavere che poteva vedere da quattro metri di distanza. Tremava in tutto il corpo, ma ciò che lo turbò fu l'espressione di profonda disperazione che aveva in volto. Né paura, né panico, ma dolore. Una pena talmente profonda che gli faceva male a guardarla.

«Cosa c'è?», le chiese, avvicinandosi.

«No!», esclamò lei, levando le mani, continuando a non guardarlo.

Padre Cornelius cominciò a parlarle col tono tranquillo e rassicurante che aveva imparato a usare per offrire conforto alle anime in pena. Kim si dimenò, torcendosi come se cercasse di divincolarsi da un abbraccio sgradito, anche se nessuno l'aveva toccata.

«Che diavolo fa?», sussurrò Meryam.

Adam non disse niente, ma continuò a girare. Walker avrebbe voluto strappargli la telecamera dalle mani.

«Su», fece Walker avvicinandosi, «usciamo di qui. Capisco che è un po' troppo. Ma le giuro, non è quello che sembra. Non c'è ragione per cui debba restare qui mentre noi...».

Fece per prenderle il braccio, chiedendosi come mai le Nazioni Unite avessero scelto un rappresentante tanto fragile. Kim cominciò a scuotere la testa, borbottando rifiuti e arretrando contro il telo di plastica.

«Walker, aspetti», disse padre Cornelius.

Il ronzio e la vibrazione nella testa ricominciarono. Walker si sentì torcere le budella e d'improvviso ne ebbe abbastanza di quella sceneggiata, prese Kim per i polsi, cercando di allontanarla dalla tenda.

Un grido le squarciò la gola. La donna si divincolò, vacillò all'indietro, con uno sguardo d'infinita disperazione negli occhi e poi fuggì, tirandosi dietro il telo e facendo cadere un angolo della tenda improvvisata. Gli altri cominciarono a urlare mentre Walker tendeva le mani per reggere la plastica. Si scrollò di dosso lo strato soffocante appena in tempo per vedere Kim che scappava nell'oscurità.

«Pazza isterica», mormorò Meryam, cercando di raddrizzare l'angolo caduto della tenda.

Walker imprecò, correndo nel buio, prese una torcia dalla cintura e l'accese. Dietro un angolo, superò lo stesso tipo di stalle o magazzini che aveva visto in altri punti. Kim attraversò il fascio di luce della torcia, andò a sbattere contro una parete e poi superò una pesante coperta che doveva essere stata appesa dal team del PAKH.

Walker la scansò e si ritrovò in un lungo passaggio in salita lungo la parete occidentale. Corse su lottando contro un gelido vento contrario. Davanti si udirono delle urla. Avanzò, arrampicandosi per il ponte inclinato dell'arca e aggirò delle travi di sostegno messe lì di recente.

«Kim!», gridò, ma sapeva che era inutile. Nonostante quello che l'aveva fatta scappare, la sua voce non l'avrebbe calmata.

Spense la torcia. Davanti c'erano diversi fari. La fuga di Kim lo aveva portato nel punto in cui si trovava poco prima, dove Helen Marshall e gli altri stavano scoprendo e preservando i resti dei tre passeggeri dell'arca. L'archeologa inglese era inginocchiata a terra come a proteggere le ossa degli antichi defunti, ma gli altri erano indietreggiati.

Stavano tutti guardando Kim.

Era andata alla porta – la porta bloccata contro la montagna, la porta che non poteva condurre ad alcuna uscita – e la stava graffiando, conficcando le unghie nell'antico legno come quei morti avevano fatto migliaia di anni prima. Mormorava tra sé e sé di continuo le stesse parole. Walker non parlava coreano, ma conosceva la parola per "per favore". Ed era una di quelle.

Aveva il sentore di cosa potessero essere le altre parole, ma solo quando si fu avvicinato a Kim e le ebbe appoggiato con cautela una mano sulla spalla, solo quando le si fu inginocchiato accanto e l'ebbe stretta a sé un momento, solo quando lei gli porse la mano sinistra, continuando a graffiare il legno e gli ebbe infine sussurrato quelle parole in inglese, poté esserne certo.

«Per favore», mormorò lei, guardandolo con quella pena infinita.

«Per favore, fatemi uscire».

SETTE

Meryam salì i gradini rinforzati che conducevano al terzo livello dell'arca. Nonostante prima della scoperta si ritenesse una donna di una certa cultura, nelle tre settimane da quando lei e Adam erano saliti fin lassù aveva imparato molte cose, e continuava a farlo. Le travi erano di una serie di legni diversi, dalla quercia al pino e al ginepro, che, se l'arca fosse stata costruita in quella regione, avrebbero dovuto essere importati.

La cosa che più di ogni altra l'affascinava della struttura della nave era che era stata unita, o legata insieme da corde intrecciate, le giunture riempite di canne ed erba e poi dipinta con una resina indurente e ricoperta di bitume. Avevano strappato Helen Marshall alle sue lezioni a Oxford e Meryam le spremeva informazioni un giorno sì e uno no. Lo stesso dicasi per Wynyfred Douglas, l'americana che era sostanzialmente la vice di Helen. Entrambe sovrintendevano l'eterogenea squadra di studenti di tre paesi.

Loro tre – Meryam, Helen e Wyn – si riunivano a discutere qualsiasi nuovo ritrovamento davanti alla telecamera, e Meryam sembrava molto più informata di quanto non fosse solo perché si era preparata in anticipo. Non aveva mai pensato di fare la presentatrice televisiva, ma in un certo senso lo era diventata.

Nonostante la stanchezza, l'euforia della scoperta non era

ancora scemata. La voce si era già sparsa e non c'era dubbio che il mondo comprendesse l'importanza di quel progetto. Se ne discuteva in tutto il globo e la gente dibatteva e litigava, in più d'un caso venendo anche alle mani, riguardo alla verità sull'antica nave che costituiva la caverna in cui si trovavano.

La parola più in voga era *impossibile*. Pur ammettendo che l'intera regione fosse stata sommersa da un diluvio di eccezionale durata, e tanto ampio da inondare centinaia, se non migliaia, di chilometri, c'era un fatto che solo i più religiosi parevano pronti ad accettare. A meno che qualcuno non avesse preso e trasferito un oceano, nessuna inondazione avrebbe potuto portare l'acqua tanto in alto da sollevare l'arca per quattromila metri.

A meno che non fosse stato Dio a mettercela. Ma ovviamente, lei non credeva in nessun dio.

Continua a ripetertelo.

C'erano anche altre teorie: ad esempio quella su un'antica tribù che aveva trascinato l'arca su per la montagna, o l'aveva direttamente costruita lassù. Nella storia c'erano molti esempi di navi spostate via terra a scopo militare, ma trasportare una nave di quelle dimensioni sul monte Ararat pareva – se non impossibile – per lo meno poco realistico. Ma Meryam aveva un vantaggio su chi ipotizzava teorie sull'arca, compresi quelli che affermavano che fosse tutto un imbroglio. Ci viveva e ci lavorava dentro da tre settimane. Comunque fosse arrivata lassù, non si poteva dubitare della sua esistenza quando si camminava sul suo pavimento inclinato e si respirava l'odore del suo antico legno.

I "come" e i "perché" erano il fulcro dell'intero progetto. Forse a un certo punto ci si sarebbe chiesti anche "chi". Ma il "cosa"... su questo non c'era alcun dubbio. Una nave.

Sepolta nel fianco di una montagna a un'altezza di quattromila metri.

Malgrado la stanchezza, e la paura e l'incertezza sorte al mattino, mentre saliva i gradini rinforzati le domande che le circolavano in testa la fecero sorridere.

Molti membri del PAKH si erano sistemati al livello uno, in una specie di campo che avevano eretto trasformando le stalle in dormitori con la protezione aggiuntiva di teli di plastica, coperte pesanti e nuove pareti costruite alla bell'e meglio. Aveva la sensazione che quando fosse arrivata la prima vera perturbazione invernale – e sarebbe accaduto presto – gli accampati al livello uno avrebbero dovuto trasferirsi al secondo o terzo piano, ma per il momento preferivano stare vicini all'uscita, nel caso la montagna decidesse di tremare un'altra volta.

Il livello due comprendeva altri alloggi dello staff, i magazzini, l'infermeria e il laboratorio, che mentre venivano catalogati manufatti, resti e campioni era off-limits. Quindi per Ben Walker e la sua squadra restavano le stalle del livello tre. Meryam si sorresse alle pareti avanzando con cautela lungo il pavimento in pendenza fino alle due stalle dove avevano eretto le loro tende.

Superò la stalla che doveva essere l'alloggio di Kim Seong e infilò la testa in quella successiva. L'ampia tenda riempiva circa metà dello spazio che Walker condivideva con padre Cornelius.

Meryam bussò alla parete. «Toc, toc».

Si sentì un fruscio e dalla tenda spuntò la testa di Walker. Meryam non riuscì a capire se fosse contento o meno di vederla. Visto che lei e Adam all'inizio si erano opposti alla richiesta del governo statunitense di inviarlo, non capiva perché la cosa dovesse interessarla. Ma Walker e padre Cornelius emanavano un'aria di sicurezza e competenza, forse era per quello. Come avrebbe detto Wyn Douglas, davano l'idea di «averne vista di merda».

Ammettilo che ti piacciono perché non hanno paura.

Pensò che il punto era quello. Da quando la cassa era stata aperta e nello staff erano circolate le prime voci sul cadavere, la paura era andata crescendo. La gente non si sentiva bene o aveva degli incubi e troppi avevano ceduto alla tentazione di attribuire questi problemi alla presenza della creatura deforme nell'antico sarcofago. C'era stata un bel po' di agitazione nell'ultima settimana e la situazione stava peggiorando. La religione la faceva peggiorare. La fede o, per essere più precisi, i contrasti tra le diverse fedi e chi di fede non ne aveva.

L'uomo stava fuori dalla stalla. Quando Meryam si avvicinò, i due americani interruppero la conversazione e si raddrizzarono.

«Come sta Kim?», chiese Walker.

Meryam si appoggiò un momento alla parete. «Il dottor Dwyer l'ha definito un attacco di panico».

Walker aveva un volto gradevole, ma la sua espressione in quel momento era tutt'altro che gradevole.

«Lei era *presente*. Kim ha avuto un vero e proprio crollo, con tanto di deliri o allucinazioni. L'unica cosa che abbia mai visto che ci assomiglia vagamente è stato un episodio psicotico da parte di un ragazzo nella mia classe di matematica alle superiori, ma aveva una schizofrenia conclamata».

Meryam s'inalberò. «Pensavo che fosse una buona notizia. Il dottore dice che la claustrofobia e uno stato generale di ansia hanno causato un attacco di panico. Io ho avuto il sospetto che fosse mal di montagna, ma la sua squadra si era già acclimatata».

Walker esitò, poco convinto. «Quindi sta bene?»

«È tutto relativo, dico bene? Se fosse a casa sua, starebbe bene, ma quassù non possiamo avere la responsabilità di una persona soggetta ad attacchi di panico. Potrebbe farsi del male, danneggiare i reperti, o addirittura fare del male a qualcun altro».

«Non ha alcun motivo di pensare...», cominciò Walker.

«Consiglierò agli ispettori turchi di farla ripartire e alle Nazioni Unite di mandare un rimpiazzo».

«Non può farlo».

Meryam si raddrizzò. «È il mio progetto, dottor Walker. Lei qui è un ospite».

«Le chiedo solo di rinviare la decisione a domattina», disse Walker. «Se Kim non avrà avuto altri episodi e sarà abbastanza in forma, facciamola restare. Preferirei non dover affrontare le difficoltà che comporta portare quassù un altro osservatore delle Nazioni Unite».

Meryam inarcò un sopracciglio. «È solo per questo che non vuole che se ne vada?»

«Pensava fosse lealtà di squadra?», replicò lui. «Sono qui per fare un lavoro. Kim sembrerebbe competente, ma la conosco appena. Il cadavere nel sarcofago è interessante e decisamente inquietante. Non voglio starmene con le mani in mano nell'attesa che le Nazioni Unite trovino un sostituto. E ha detto lei stessa che si prevede una tempesta e che vorrebbe imballare il cadavere per trasferirlo prima del suo arrivo».

Si sentì un urlo, che riecheggiò per l'arca. Meryam rimase paralizzata, tesa, finché non udì un grido di risposta, seguito da una sonora risata. Sospirò di sollievo, e vide Walker fare lo stesso. Era nell'arca da poche ore ma già sentiva la tensione di quel luogo. Non erano solo la montagna o il legno che scricchiolava con il cambiare del tempo.

«Tutto bene?», chiese Walker. «Ha avuto un sussulto».

Meryam sorrise. «Non si sono sentite molte risate in queste ultime settimane. Mi ha solo colto di sorpresa. C'è una tensione in questa missione che io e Adam non avevamo mai incontrato in altri progetti».

L'espressione di Walker si ammorbidì. «Questo è certo. A prescindere da quello che avete scoperto quassù e dalle conclusioni che si trarranno, farete davvero arrabbiare un sacco di persone».

«Sarebbe meglio far finta di non essere mai stati qui? Far saltare tutto in aria come vuole il professor Olivieri?»

«Non arriverei a tanto».

«Felice di saperlo», disse Meryam. «Perché, sinceramente, non ha molta importanza cosa dicono o fanno le Nazioni Unite. La loro approvazione è una condizione per la sua presenza qui, non per la continuazione del nostro progetto. Quindi, è libero di partecipare, ma sappia che è mia intenzione rimuovere il cadavere dalla cassa questo pomeriggio in modo che Patil possa esaminarlo con attenzione e prendere dei campioni prima che venga preparato per il trasporto».

«Allora stiamo parlando di qualche ora. Non c'entra la tempesta. Perché tutta questa fretta?».

Meryam si appoggiò alla parete e s'infilò le mani in tasca. Il gelo che sentiva dentro e la sensazione di nausea allo stomaco non erano una novità. C'erano fin dall'inizio e stavano peggiorando.

«L'ha visto, dottor Walker...».

«Appena…».

«*Dottor* Walker. L'ha visto. Ho aspettato il suo team per cortesia verso il suo governo. Ora voglio quella cosa fuori di qui».

Walker parve sul punto di ribattere, ma poi ci ripensò, forse ricordando che lui e il suo team, dopotutto, erano degli ospiti. Quello era il Progetto Arca Karga-Holzer, non un progetto della National Science Foundation.

«Chi è questa Patil? L'ho già incontrata?», chiese Walker.

«Incontrato», lo corresse lei. «Dev Patil è il nostro patologo, chiamato dall'Università di Cambridge dalla professoressa Marshall…».

«Ora non si metterà a sbandierare i loro diplomi. Ne ho alcuni anch'io».

Meryam scosse il capo. «Non sono qui per valutare la sua virilità o per controllare i suoi titoli. I titoli li ho già esaminati, altrimenti non avrei acconsentito che venisse».

Walker annuì lentamente. «Lo show è tutto suo, ma vorrei chiederle un favore. Prima di spostare il cadavere dia a padre Cornelius il tempo di studiare le scritte incise sull'involucro. Sia quelle che avete spezzato che quelle che ci sono ancora, come anche le iscrizioni sul coperchio. Molto è già andato distrutto. So che avete delle fotografie, ma preferirebbe esaminare il resto *in situ*».

Le venne un sospetto, quasi ridicolo… ma non le venne da ridere.

«Per favore, non mi dica che teme che l'episodio di Kim sia dovuto alla vicinanza con la cassa», disse lei. «Già tra alcuni membri del mio staff – turchi, curdi, americani – si sta diffondendo la superstizione, ci manca solo che gli metta in testa che crede nelle antiche maledizioni».

«A me interessano le antiche malattie, non le maledizioni», fece con disprezzo Walker.

Meryam lo guardò in volto, scrutandolo negli occhi.

Non era certa di credergli.

Adam stava con Calliope sul margine della caverna e guardava la catena montuosa. La bellezza e il silenzio erano mozzafiato. Pareva che il resto del mondo fosse scomparso e tutto ciò che restava della civiltà fossero le persone tra le rovine dell'arca. Adam indossava il berretto a maglia calato sulle orecchie sotto il cappuccio della giacca. Il vento gli s'infilava nel collo e scivolava giù per la schiena, trovando sempre il modo di entrare e di penetrargli fino alle ossa.

«Dio, è stupendo», disse Calliope, con in mano la telecamera.

Visto che era concentrata sull'obiettivo, Adam poté osservarla liberamente. Fra tutti i membri dello scavo, compreso il team arrivato con Ben Walker, Calliope era l'unica che sembrava a suo agio. Persino il freddo non pareva turbarla più di tanto. I capelli le ricaddero sul volto, incorniciandoglielo mentre inquadrava il grigio orizzonte invernale. Nel suo lavoro, ed essendo un giovane americano a Londra, Adam incontrava un sacco di belle donne, ma, per quanto fosse carina, era la naturalezza che rendeva attraente Calliope.

Adam amava Meryam. Voleva sposarla. Niente gli avrebbe fatto cambiare idea. Ma stare vicino a Calliope gli alleggeriva il cuore e ora era di quello che aveva bisogno.

«Sei terribilmente silenzioso», disse lei senza togliere l'occhio dalla telecamera.

«Ammiro la vista». *Cazzo*. L'aveva detto senza malizia e sperava che Calliope non equivocasse.

«Un po' inquietante, però».
«Cos'è inquietante?».
Finalmente la donna smise di filmare e abbassò la telecamera per guardarlo. «Stare quassù. Con la tempesta in arrivo. Abbandonati a noi stessi».
«Non sembri spaventata».
Calliope sorrise. «Ho doti nascoste».
Riprese a filmare, puntando sulle nuvole che si muovevano in lontananza. La vera tempesta non era prevista ancora per un po', ma il cielo era già piuttosto sinistro, pregno dell'insensibile minaccia della forza della natura.
«Ce la farà, vedrai», disse Calliope.
«Prego?».
A quel punto forse intenzionalmente, continuò a girare. «Meryam. È molto sotto pressione. So che il progetto è tuo e suo, i libri, il nostro film, ogni cosa. Ma sappiamo tutti che è lei che tiene le redini. Se qualcosa va storto, sarà lei a subirne maggiormente il peso. A sentirsi responsabile».
Adam respirava a stento. O Calliope era una persona molto intuitiva, o lui e Meryam erano due libri aperti.
«Verissimo», convenne lui. «E cosa ti fa pensare che ce la farà?».
Fece un sorriso e riabbassò la telecamera, guardandolo nel modo in cui le donne, con una sola occhiata, fanno capire a un uomo di considerare la sua stupidità quasi adorabile. Quasi.
«Sei un bravo ragazzo, Adam. Se Meryam ha un crollo, la rimetterai in sesto». Calliope fece un respiro profondo. Il vento le aveva sferzato le guance fino a tingerle di un rosso vivo. «Ce la farà perché ci sei tu a occuparti di lei se qualcosa andrà storto».

Spero che tu abbia ragione, stava per dire Adam. Aprì la bocca e pronunciò la prima parola, ma poi sentì dei passi alle sue spalle e udì il suo nome. Si voltò e vide Feyiz che si avvicinava con il più giovane dei due ispettori del governo turco, il signor Zeybekci.

«E ora che c'è?», sussurrò tra sé e sé, certo ma incurante che la telecamera di Calliope lo avesse ripreso.

Zeybekci si lisciò la giacca in un modo che gli diede un aspetto ancora più giovane, come uno studente di liceo in procinto di fare una relazione davanti alla classe. L'arma nella fondina che aveva al fianco sembrava quasi un giocattolo, ma Adam sapeva che era verissima. All'inizio, lui e Meryam si erano opposti all'idea che Zeybekci e il suo più anziano collega fossero armati, ma il governo aveva insistito. Se mai si erano illusi che Zeybekci e Avci fossero semplici funzionari statali, le armi – e la pretesa che nel portarle non ci fosse nulla di strano – avevano dissipato quell'illusione. Erano ispettori, questo sì, ma malgrado avessero il compito di riferire al governo, erano sicuramente ufficiali dell'esercito turco.

Nessuno ne faceva menzione. In linea di massima, tutti facevano finta che le armi non ci fossero e Adam capiva il perché. Tutta la squadra era consapevole di essere "tollerata" dai turchi e non era nella posizione di opporsi alle condizioni imposte dal governo.

«Mr Holzer», cominciò l'ispettore, «tra i partecipanti al progetto circolano alcuni timori che sento di dover sottoporre alla sua attenzione».

Aveva frequentato una specie di scuola privata a Istanbul con docenti inglesi. Il suo inglese, sia per il modo di esprimersi che per l'accento, era chiaro, ma a differenza del suo collega, Avci, Zeybekci non aveva un tono sprezzante, pareva invece sinceramente interessato al suo lavoro.

«Mi dica», fece Adam, guardando Feyiz, e chiedendosi come mai ci fosse anche lui. Le guide erano tutte curde, e i curdi di solito non erano pappa e ciccia con i funzionari del governo turco.

«So che è a conoscenza che tra gli operai c'è stato un certo malcontento da quando sono circolate le voci sul contenuto di quella particolare cassa...».

«Che giro di parole», disse Adam. «La chiami pure bara, se preferisce. Lo sanno tutti che dentro c'è un cadavere».

Zeybekci deglutì nervosamente. «Ci sono diversi cadaveri nella caverna, Mr Holzer. Molte ossa. Sa bene che quello è diverso e che la sua presenza preoccupa i membri della missione Per un po' ha bollato questo disagio come semplice superstizione, ma le risulterà difficile ignorarlo ancora se abbandonano il progetto».

«Abbandonare il progetto? Pianterebbero il lavoro per via di un cadavere di cinquemila anni?»

«Potrebbero», confermò Feyiz.

Adam incrociò lo sguardo di Zeybekci. Gli balenò alla mente un'immagine emersa dai suoi ricordi d'infanzia: il grande orologio a pendolo che si trovava nel salotto della casa di sua nonna. Persino ora, rabbrividì al ricordo di quanto gli mettesse paura.

Capiva la superstizione e il potere di terrorizzare insito negli oggetti. Aveva ventinove anni, ma ricordava ancora come aveva trattenuto il respiro quando la nonna gli aveva raccontato la storia del dybbuk che aveva posseduto suo padre e del piccolo rituale che sua madre aveva eseguito, quando il vecchio aveva esalato l'ultimo respiro, per catturare lo spirito maligno e intrappolarlo in quell'orologio.

Se lasciamo scappare il dybbuk con lo spirito di mio padre, aveva detto la nonna, *la sua anima non avrà mai pace.*

Guardandola negli occhi, Adam aveva capito che ci credeva sul serio, che quella convinzione l'aveva consumata e che era stato quello – la sua fede e la sua paura – a convincerlo da bambino. Un bambino di sette anni.

La nonna gli aveva insegnato come caricare l'orologio. Dove trovare la chiave, quanto spesso caricarlo. Se l'orologio si fosse fermato, gli diceva... il dybbuk si sarebbe liberato.

E cazzo se le aveva creduto.

Il fatto di aver creduto a quelle stronzate lo faceva ancora incavolare. La paura della nonna lo aveva contagiato e non avrebbe permesso di cascarci di nuovo, a prescindere da quante persone nel Progetto Arca condividessero le medesime assurde superstizioni. Credeva in Dio, voleva credere in una vita dopo la morte, ma anche se poteva essere d'accordo sul fatto che quella creatura nella cassa non era umana, era morta. Sinceramente più che morta, per dirla come i Mastichini del Mago di Oz. Lo metteva a disagio? Sì, diamine. Ma non si sarebbe fatto spaventare da un morto, umano o altro che fosse.

«Comprendo i loro timori», replicò, «ma mi faccia fare la parte dell...». Si fermò prima di pronunciare la frase *avvocato del diavolo.* Non gli parve una buona idea. «Quel cadavere è talmente vecchio che finché non l'avremo esaminato in modo approfondito non c'è modo di sapere cosa abbia causato le sue deformità. Non penso neanche per un secondo che sia una specie di mostro o un demone, ma quelli a cui la fede religiosa o spirituale suggerisce altrimenti non capiscono che è *morto*? È rimasto sepolto nel fianco della montagna per...».

«Mr Holzer, non mi sta ascoltando», disse Zeybekci. Di solito niente riusciva a scomporlo, ma ora manifestò la propria frustrazione.

«Adam», cominciò Feyiz.

«Non dirmi che anche *tu* credi in queste stronzate».

Feyiz si tirò la barba. «Faccio del mio meglio per tranquillizzare tutti. Mio zio non mi aiuta perché in parte anche lui è convinto sia un demone. Ricorda, lui l'ha visto, mentre gran parte della missione no. E non parliamo solo di turchi o curdi. Non commettere lo sbaglio di pensare che siamo una manica di ignoranti selvaggi che hanno paura della propria ombra...».

«Dio, Feyiz, quando mai ti ho dato l'idea di essere una persona che ha di questi pregiudizi?», chiese Adam.

«So che non lo sei. Ma conosco abbastanza la cultura occidentale per sapere che alcune di queste idee sono innate in tutti voi. Ma anche alcuni degli inglesi e degli americani sono nervosi. Il punto è che avevo quasi la situazione sotto controllo, ma ora in tutto lo scavo si parla della donna delle Nazioni Unite che ha guardato il cadavere ed è impazzita».

«Sta bene ora», aggiunse Calliope da dietro la telecamera.

Adam la guardò sorpreso. Non parlava mai mentre stava filmando. Il suo intervento gli fece capire la gravità della situazione.

«*Ora*», fece eco Zeybekci. «Ma molti l'hanno vista avere una specie di crollo e può immaginare che effetto ha avuto sulle loro paure».

Feyiz s'infilò le mani in tasca. «Tu e Meryam dovete parlargli. O meglio ancora, dovete fare uscire il cadavere di qui il prima possibile».

«La nostra intenzione è proprio questa», disse Adam.

Con la coda dell'occhio vide muoversi qualcosa e capì che aveva cominciato a nevicare. Fiocchi lenti e leggeri, ma comunque fiocchi di neve. Preannuncio della tempesta in avvicinamento.

Zeybekci si strinse nella giacca e lanciò un'occhiata impaziente verso la caverna, desideroso di tornare alla relativa protezione dell'arca. Le mura. Le coperte e le stufe.

«Il mio governo fornirà tutta la collaborazione necessaria per agevolare l'operazione», disse Zeybekci. «Vorremmo evitare di passare per stupidi».

Adam non poté credere alle sue orecchie. «Quindi lei condivide quelle paure?»

«Assolutamente no. Ma se il Progetto Arca Karga-Holzer diventasse fonte di imbarazzo, questo coinvolgerebbe tutti i soggetti implicati».

«Senta, mi faccia parlare con Meryam…».

Vide Calliope spostare la telecamera, si voltò e vide avvicinarsi la sua fidanzata.

«Parlare con Meryam di cosa?».

Cazzo. Non era una conversazione che voleva fare davanti ad altri, soprattutto visto che quel giorno Meryam era particolarmente nervosa. Aveva l'aria stanca, le occhiaie. La neve le fioccava intorno, bella senza far rumore, e Adam dovette soffocare l'impulso di pregarla di abbandonare il progetto e tornare a casa con lui.

«I nostri amici qui», disse lui, «sono venuti a chiedere che il cadavere venga rimosso immediatamente dall'arca».

«Non immediatamente», lo corresse Feyiz. «Oggi è troppo tardi...».

«Ci stiamo lavorando», lo interruppe Meryam. «Credetemi, voglio quella cosa fuori di qui quanto voi».

«Noi non...».

«Quanto *tutti*», si corresse. «Ma c'è una cosa che mi disturba. Adam è il mio socio, ma il project manager sono io. Non posso fare a meno di pensare che siete andati da lui per evitare di affrontare me».

Adam socchiuse gli occhi, arrossendo per l'irritazione. Non avrebbe dovuto essere un problema – anche lui era giunto alla medesima conclusione – ma il modo in cui l'aveva detto dava l'impressione che Meryam, come gli altri, lo considerasse una sorta di lacchè. Non era il lacchè di nessuno. Fece un respiro profondo. *Lo sa*, pensò, *non è quello che intendeva*. Ma strinse i denti per la tensione.

«Mi dispiace», disse Feyiz. «Non intendevamo mancarti di rispetto. È solo che ti abbiamo visto talmente stanca che non volevamo agitarti con questa storia finché non avessimo...».

«Certo che sono stanca», fece stizzita Meryam, e Adam ebbe l'impressione che le tremasse leggermente la bocca. La voce le si era forse rotta? «Siamo tutti stanchi!».

Meryam scosse il capo, guardò i fiocchi di neve turbinare sull'abisso al calar del sole.

«Non pensate che anch'io voglia disfarmi di quell'affare? Avete la mia parola che il cadavere lascerà la montagna non appena sarà possibile farlo in modo sicuro, ma purtroppo questo significherà dopo la tempesta. Grazie per aver sottoposto i vostri timori alla nostra attenzione».

Zeybekci fece per ribattere, ma Feyiz gli toccò il braccio

e un attimo dopo entrambi stavano rientrando nell'arca. Meryam guardò la telecamera e poi a quanto pare decise che non le importava se Calliope avesse registrato le sue parole.

«Parlerò a tutti durante la cena e fugherò le loro paure», disse. «Dopodiché, se qualcuno vuole scendere dalla montagna prima che arrivi la tempesta, lasciamolo andare. Preferisco perdere metà dello staff che dover trattare con una banda di ragazzini che ha paura dell'uomo nero».

OTTO

Walker e padre Cornelius avevano una delle rozze stalle per loro, e Kim occupava quella vicina. Avevano coperte e pesanti sacchi a pelo, ma le stalle non avevano porte. Era freddo di giorno, ma la notte sarebbe stato peggio, e tuttavia Walker ora che aveva visto alcuni degli altri alloggi si sentì un po' riconfortato. Qualche membro del PAKH aveva creato delle finte pareti appendendo teli di plastica al soffitto e fissandoli con una sparachiodi alle travi del pavimento. La plastica si tendeva di colpo a ogni folata di vento, frusciando piano quando si allentava, ma non riusciva a tenere lontano il gelo.

Solo l'infermeria era più solida. C'erano pareti di plastica preformata isolanti che Ben immaginava fossero state trasportate per via aerea e poi fissate. Il piccolo ambulatorio era dotato di soffitto, pavimento e aerazione. Sembrava una casa delle bambole sottoposta a un raggio ingranditore, ma Walker ebbe un moto d'invidia. Nella stanza c'erano diverse brande ed era certo che in una di esse dormisse il dottor Dwyer.

«Molto accogliente», disse, entrando.

Il dottor Dwyer levò lo sguardo dal portatile e scrutò i nuovi arrivati. Per primo era entrato Walker, ma padre Cornelius gli era subito dietro. «Come sta Kim?»

«Be', non credo ci sia bisogno dell'estrema unzione», rispose con un sorriso il dottore alla vista del prete.

Padre Cornelius fece una risatina. «Potrei averne bisogno io se resto a lungo quassù».

Kim era stesa su un fianco sulla branda in fondo alla stanza. Era voltata verso di loro e sebbene con gli occhi avesse seguito il loro arrivo, non diede altri segni di averli notati.

«Sta bene?», chiese il sacerdote.

Il dottor Dwyer chiuse il portatile e si alzò con le mani dietro la schiena come fanno tutti i dottori e i professori dalla notte dei tempi. «La signora Seong è sveglia e vigile ed è sicuramente in grado di rispondere da sé».

Walker capiva il riguardo che il dottore dimostrava verso la paziente, ma Dwyer non c'era quando Kim era corsa per l'arca, urlando e borbottando frasi inconcludenti. Era comprensibile se ora erano tutti un po' cauti.

Si avvicinò e sedette sulla branda accanto. «Come si sente?»

«Stanca», disse la donna, tirando indietro una ciocca di capelli che le era caduta sulla faccia. «Imbarazzata».

Padre Cornelius rimase lontano, accanto al dottore.

«Ci ha fatto prendere un bello spavento», disse Walker.

Kim fece un'espressione fredda. Dura. Che in qualche modo la rendeva bella. Walker cercò di ignorare quel pensiero che gli si era affacciato alla mente, soprattutto perché aveva conosciuto in passato donne del genere. Sotto quella facciata gelida c'erano paura e dolore e gli bastavano i suoi. Ripensò alla sua ex moglie, Amanda, al dolore che aveva cercato di risparmiarle e a quello, di tipo diverso, che le aveva invece inflitto.

«Ora sto bene», disse Kim. «Posso dirle solo questo. Ho sofferto in passato di attacchi di panico – di ansia – ma mai come questo».

Parlava in tono monotono e Walker si chiese se il dottor

Dwyer non le avesse somministrato qualche farmaco. Le scrutò gli occhi, notò le pupille molto dilatate, e ne ebbe la conferma. Non c'era da stupirsi che si sentisse bene.

«Tra poco serviranno la cena», le disse. «Pensa di farcela?».

Kim torse il labbro superiore. Glielo aveva visto già fare, era un segno di irritazione, ma non sapeva se lei ne fosse consapevole.

«Ho detto che sto bene. E muoio di fame».

Walker guardò padre Cornelius e poi il dottore. «Dottore?».

Dwyer annuì. «Miss Kim è libera di andare».

«Bene». Walker si chinò verso di lei, afferrandosi ai bordi della branda su cui era seduto. Le riguardò nuovamente gli occhi. «Questo non è un luogo sicuro per perdere il controllo. Se sente che le arriva un altro attacco – o anche che le vengono le palpitazioni – me lo dica».

Per un attimo, la donna rimase sdraiata a fissarlo, poi si mise seduta, si soffiò sulle mani per scaldarle e, per quanto minuta, si alzò in modo da sovrastarlo.

«Non sono una bambina, Walker. E le ricordo che non devo rispondere a lei».

Anche Walker si alzò, accorciando lo spazio tra le brande, in modo che contenesse solo loro due. La guardò, analizzando, valutando, cercando di prevedere gli scenari peggiori che avrebbero potuto dipanarsi da quel momento. Erano vicinissimi, tra loro passava a stento la luce. Kim emise un respiro caldo e Walker lo inspirò, e questo creò una sgradita intimità che gli fece battere le palpebre e ritrarsi, improvvisamente consapevole della presenza e della forza di quella donna. Lo aveva infastidito, ma cercò di non concentrarsi troppo sul perché.

«Lo so che non è una bambina», disse, allontanandosi. «Ma se scappa un'altra volta e si mette a correre in giro farneticando, potrebbe finire giù». Fece una pausa, voltandosi per incrociare il suo sguardo. «Non vorrei ritrovarmi a spiegare alle Nazioni Unite il motivo per cui è caduta dalla montagna».

Gli parve di vederle un accenno di sorriso sulle labbra. Poi Kim annuì.

«D'accordo».

Padre Cornelius fece un breve sorriso. «Andiamo a cena, allora?».

Kim mosse un passo incerto e si raddrizzò. Qualunque cosa gli avesse dato il dottor Dwyer, funzionava alla perfezione.

«Andiamo», disse Walker, controllando che non cadesse. «Magari siamo fortunati e stasera si mangia messicano».

Stavolta Kim sorrise sul serio. Sotto quella scorza dura aveva senso dell'umorismo. Ma forse, anche questo si doveva ai farmaci.

Walker uscì dall'infermeria e avvertì un'improvvisa ondata di nausea che lo fece fermare e reggersi allo stipite della porta. Fece un respiro profondo e la pelle gli formicolò e si ricoprì di sudore. *No, no. Non di nuovo.* Aveva pensato fosse l'altitudine o il viaggio in elicottero, ma ora cominciava a chiedersi se non l'avesse contagiato qualche virus. Non poteva permettersi di ammalarsi.

«Tutto bene?», chiese padre Cornelius.

Un altro respiro profondo e Walker abbassò la mano, sforzandosi di sorridere. «Sì, solo una giornata un po' lunga».

Il vento gelido serpeggiava attraverso le antiche assi e aggirava i tentativi umani di tenerlo lontano. Alla sua sinistra, sventolò un telo di plastica, che si era strappato dai chiodi che lo fissavano a terra.

Con la coda dell'occhio vide muoversi qualcosa, ma quando si voltò non c'erano che ombre.

«Potrei avere la vostra attenzione, per favore?».

Il frastuono della conversazione continuò per qualche secondo, piatti e posate tintinnarono, e Meryam pensò che avrebbe dovuto ripetere, più forte stavolta. Ma poi bicchieri e forchette cominciarono ad abbassarsi e tutti, uno o due alla volta, si voltarono a guardarla.

C'era una mezza dozzina di leggeri tavolini impilabili in plastica che si tiravano fuori solo all'ora dei pasti. Anche le sedie erano in plastica e impilabili, ma non ce n'erano a sufficienza. Si stava in piedi a turno. Dal punto di vista di Meryam tavoli e sedie erano già un lusso. Dovevano essere contenti di non ritrovarsi a mangiare con le mani fagioli freddi da una lattina.

Sii gentile, si disse. Ma non era di umore indulgente. Sentiva una pesantezza alla nuca, come un leggero mal di testa che non riusciva a far passare.

«Ho saputo che alcuni di voi sono nervosi all'idea di continuare a lavorare nel Progetto Arca», cominciò Meryam. Scrutò i volti che aveva davanti: gli archeologi e gli studenti, gli operai, le guide, il dottore, gli ispettori turchi e il patologo, Olivieri e Adam. Il terzetto di Walker era il più lontano, vicino a Helen Marshall, che voleva tenere d'occhio l'area recintata a cui aveva lavorato quel giorno per accertarsi che nessuno ci andasse a inciampare.

«Alcuni di voi sono molto religiosi e altri hanno superstizioni che affondano le radici in quelle religioni o nell'infanzia», proseguì. La collera balenò su molti di quei volti. Alla sua destra, Hakan disincrociò le braccia con un ghigno che gli aveva già visto prima. «Non sto mettendo in dubbio la vostra spiritualità o insinuando che la vostra fede non sia in qualche modo legittima. Tra noi ci sono ebrei, cristiani, musulmani e atei. Non sono qui per dirvi in cosa credere. Vi dirò solo questo: non avete nulla da temere».

Un americano – uno studente dell'Università di New York di nome Errik Noonan – si raddrizzò sulla sedia. «Come può garantirlo?».

Meryam si rilassò. Era la domanda che sperava. Avrebbero ascoltato con maggiore attenzione la risposta a una domanda precisa invece che una sua dichiarazione spontanea.

«Siete tutte persone intelligenti. Molti di voi sono esperti in questo o quel campo di studi, o lo stanno per diventare. Altri hanno una profonda conoscenza di questa montagna, di questa regione. Stiamo vivendo in un'antica nave: un'arca. Ci sono molte cose che non sappiamo. Chi l'ha costruita? Com'è arrivata fin quassù? *Perché* è stata costruita? Queste sono le domande e sta a tutti voi trovare le risposte».

«Non sono queste le domande che ho in mente stasera», disse Errick.

«Dobbiamo stare a sentire queste idiozie?», disse uno studente più anziano di nome Kemal, un ragazzo turco che stava studiando per prendere il master. «Alcuni di noi sono stanchi di queste continue chiacchiere. Volete qualcosa di cui aver paura? Preoccupatevi della tempesta in arrivo, o se la vostra stupidità non vi faccia perdere il progetto più importante della vostra vita».

Errick si alzò di scatto, rovesciando all'indietro la sedia. «Mi prendi in giro?», disse, puntando un dito verso Kemal.

«Non puoi farmi credere che non ti sia venuta la pelle d'oca. E questo vale per tutti».

«Siediti, Errick», disse Wyn Douglas. «Meryam stava...».

«So quello che cercava di fare Meryam. Ma ho sentito il dottor Patil parlare del cadavere che proteggete con tanta cura». Si guardò intorno, indicando gli altri studenti, in gran parte americani, che erano con lui nella squadra di Wyn. «Quell'essere ha le corna. Non è umano. È stato lo stesso dottor Patil a dire che sembrava un demone...».

Dev Patil levò una mano. «Aspetta un attimo. Non ho mai detto che quell'essere *era* un demone, solo che aveva corna come un demone».

Errick alzò le mani. «Avete sentito?!». Si voltò per guardare Meryam e intorno a lui si levarono delle voci, alcune a suo favore altre invitandolo a rimettersi a sedere. «Il dottor Patil su questo punto ne sa più di noi e l'ha chiamato "essere". E sapete perché? Perché non è umano».

«Ma che cazzata», urlò qualcuno.

Helen Marshall disse a Errick di sedersi e ascoltare.

Kemal si alzò dalla sedia. «Gli unici demoni qua intorno sono quelli che sono nella testa di chi crede ci sia qualcosa da temere! Non esiste il diavolo! Non esiste il male! C'è solo...».

«Anch'io la pensavo così», fece Errick. «Ma ora abbiamo un dannato demone a ottanta metri da qui, caro mio».

«Non esiste...».

«Non esiste?», ripeté Errick. «Continui a dire che non esiste?».

Si voltò, in cerca di qualcuno e quando vide Kim Seong si mosse nella sua direzione.

Walker si alzò di scatto. «Vedi di fare marcia indietro, ragazzo».

Errick esitò un attimo e a riempire la pausa si levarono voci irritate.

«Ehi!», urlò Meryam. «Ora è davvero troppo!».

Le ultime parole le raschiarono la gola e la rabbia vibrante con cui le pronunciò era tale – con sorpresa sua e del suo staff – che tutti gli occhi furono di nuovo puntati su di lei. Finalmente.

«Errick», disse, ora piano, ma la sua voce si sentì chiaramente nell'improvviso silenzio. «Siediti. Non fartelo ripetere».

Calmandosi, Meryam aspettò che lo studente fosse tornato al suo tavolo, avesse sollevato la sedia e si fosse seduto pesantemente. Anche Walker, Kemal e diversi altri che erano balzati in piedi tornarono ai loro posti. Chi stava già in piedi parve desideroso di potersi sedere da qualche parte, se non altro per evitare che Meryam perdesse la voce a forza di urlare.

«Sarò sincera con voi», disse e vide tutti irrigidirsi. La maggior parte delle volte, chi annunciava la propria imminente sincerità stava per mentire. Ma le parole che pronunciò la sorpresero per il modo in cui le fecero battere il cuore e arrossire le guance.

La verità era cruda, anche se veniva dalla sua bocca.

«Non credo in diavoli o angeli», disse. «Forse c'è una sorta di grande saggio nel cosmo. Penso che probabilmente ci sia, ma soprattutto perché reputo arrogante da parte nostra presumere di essere le creature più intelligenti che l'universo ha da offrire. Ma demoni, spettri, la voce di Dio, inferno e paradiso? Non ho il minimo dubbio che siano tutte stronzate. Ma ecco la mia confessione e spero che comprendiate. Io voglio che sia vero. Se l'arca è reale, se Dio ha detto a un tizio di nome Noè di costruire questa vecchia bagnarola perché stava per inondare questo mondo del cavolo, significherebbe che c'è un paradiso. Significherebbe che la morte non è la fine e che c'è un dopo, e forse che un giorno rivedrò mia nonna. Non ha mai dato molto credito a Dio ma è stata con me la persona più gentile che abbia mai incontrato».

Diverse persone guardarono Adam, chiedendosi come avrebbe preso quell'affermazione, visto che stavano per sposarsi. Ma in quel momento, Meryam non si curava di cosa provasse.

«Ed ecco quello che *effettivamente* so. Il corpo che abbiamo trovato è deforme. Non ne abbiamo ancora stabilito il sesso, perciò possiamo tranquillamente definirlo "essere". Non appena sarà passata la tempesta, lo trasferiremo a Istanbul. Fino ad allora, se vi rende nervosi o siete tanto superstiziosi da averne proprio paura, vi consiglio di concentrarvi sul vostro lavoro e restare lontano dall'area recintata in fondo al livello uno. Ora se è tutto…».

Hakan batté le mani una volta, forte, e il suono echeggiò per l'ambiente.

Tutti si voltarono. Meryam avrebbe voluto ammazzarlo. Aveva applaudito per interromperla, per attirare l'attenzione, ma l'aveva fatto come un cane che richiami all'ordine il padrone, ed era il capoprogetto. Fin da subito era stato scortese, sprezzante, misogino, ma mai tanto apertamente.

«Ha qualcosa da dire Hakan?».

L'uomo sogghignò. «Ha detto "superstiziosi" come se avesse detto "merda di cane"».

«Non credo che…».

«Non ha nessuna importanza cosa crede lei», proseguì Hakan.

Feyiz imprecò e cominciò ad attraversare la caverna, come

a dividere Meryam da suo zio. Hakan lo vide arrivare e lo allontanò con un gesto sprezzante. Feyiz per lui non era determinante.

«Forse ha ragione», disse Hakan. «Forse non c'è niente da temere. Ma se non è così, sta mettendo in pericolo tutti noi non dandoci la possibilità di scegliere se andarcene o restare».

Ricominciarono le discussioni, le preoccupazioni, i dubbi.

Figlio di puttana, pensò Meryam. Il risentimento di Hakan per dover rispondere a una donna covava da settimane e ora era finalmente emerso.

«Se ne vuole andare?», disse, guardandolo torva. «Faccia il cazzo che le pare!».

Feyiz raggiunse lo zio, cercò di tirarlo per le braccia, di allontanarlo. Hakan lo spinse via. Feyiz vacillò, mulinando le braccia e andò a sbattere contro uno dei tavolini, rompendolo in due.

Calò nuovamente il silenzio. Meryam aveva detto quello che voleva dire.

Si guardò intorno, chiedendosi come mai Adam non fosse intervenuto. Non aveva bisogno che il suo compagno prendesse le sue parti, parlasse per lei, ma le avrebbe fatto comodo un po' di sostegno.

Poi lo vide, in piedi sulla sinistra, vicino all'ingresso della caverna con la telecamera in mano, che filmava tutta la scena. Alla sua destra, in fondo, dietro Hakan, vide Calliope che girava anche lei quella brutta faccenda. La slealtà, la violenza, il disprezzo per il suo sesso e il suo ruolo, l'ignoranza e la paura. Se l'avessero usato nel documentario sarebbe passata per una sciocca con un pessimo carattere e ancor peggiori doti di leadership.

Che diavolo pensi di fare? Guardò Adam.

Solo la telecamera ricambiò il suo sguardo.

Diverse ore dopo che era calato il buio, Kim si muoveva in silenzio attraverso il gelido livello superiore dell'arca. La giacca e gli indumenti pesanti la tenevano al caldo come meglio non si poteva sperare, ma ciononostante sentiva un freddo che non avrebbe mai immaginato possibile. Camminava in silenzio, come se solo lei e l'arca fossero ancora sveglie, per non disturbare gli altri che avevano stabilito la loro temporanea residenza in quel luogo. Tuttavia sapeva benissimo che c'erano altre persone in piedi, che ancora lavoravano o stavano di guardia o che, come lei, dopo gli avvenimenti della giornata non riuscivano a dormire, malgrado la stanchezza.

Malgrado la follia.

Le batterono un po' i denti e prese un sorso di tè dalla tazza di plastica che le avevano dato nella zona adibita a cucina. Il cuoco, un curdo che a quanto aveva capito era imparentato con il capoprogetto Hakan, aveva provato compassione per lei. Troppo tardi per un caffè, era riuscito a dirle in inglese, ma poteva prepararle un tè. Kim gli era stata – lo era ancora – davvero riconoscente. Il tè aveva un intenso aroma erbaceo e corroborante, ma l'aveva riscaldata poco. Ma quella notte *poco* era più che sufficiente.

Malgrado l'illuminazione e i generatori, c'erano lunghe strisce di buio profondo per tornare ai cosiddetti "alloggi". Non le piacevano quelle ombre, il modo in cui parevano scurirsi quando si avvicinava e le si richiudevano alle spalle. Le ricordavano l'area recintata sotto la tenda al livello più basso, il sarcofago nero e la cassa rinsecchita al suo interno.

Non voleva pensare al cadavere, o a quando aveva perso la testa e il cuore aveva cominciato la sua folle corsa in petto. Pozze liquide di nero e rosso si erano materializzate ai margini della visione – della sua mente – e aveva avuto la sensazione di affondare nelle ombre e quelle ombre erano piene di forme viscide tese verso di lei, e se fossero riuscite a toccarla...

A quel punto aveva urlato. Ed era scappata.

Che diavolo ci faccio qui? si chiese, non per la prima volta.

Il vento scivolò lungo il pavimento, creando un mulinello che raccolse pigramente una manciata di terra e la portò via. Kim superò la stalla assegnata a padre Cornelius e Walker e vide quest'ultimo in piedi fuori della tenda, che mandava giù un paio di pillole con il sorso d'acqua di una bottiglietta. Quando la vide, le rivolse uno sguardo colpevole, come se l'avesse sorpreso a fare qualcosa che non doveva.

«Mal di testa?», gli chiese.

«Giornata lunga», replicò lui, senza darle una risposta diretta. La sua espressione manifestava una certa gratitudine per la scappatoia che gli aveva fornito. Kim la interpretò come l'ammissione che le pillole appena prese non fossero affatto per il mal di testa.

Era incuriosita, ovviamente, ma fu restia a chiedere ulteriori spiegazioni. Se Walker fosse apparso distratto dal suo lavoro per via della dipendenza da questo o quel farmaco, sarebbero diventati affari anche suoi, ma se niente di tutto ciò fosse accaduto, non ne avrebbe più fatto cenno.

Ma ora pareva teso, anche un po' irrequieto, e dopo aver assistito a quella scena, Kim non poté fare a meno di nutrire nei suoi confronti qualche dubbio. Il suo compito era solo osservare, ciò che Walker faceva per la sua ricerca non erano affari suoi. Ma aveva comunque delle perplessità.

E aveva perplessità anche su se stessa.

Per forza.

«Tutto bene?», chiese lui, quando il silenzio prolungato si fece imbarazzante.

«Non riuscivo a dormire», rispose lei, mostrando la tazza. «Il cuoco mi ha preparato un tè curdo speciale».

Walker inclinò la testa, e sorrise quasi suo malgrado, come se l'ora tarda e il gelo della notte gli avessero fatto dimenticare le tensioni che c'erano state tra loro.

«Sa che nel tè c'è caffeina, vero? Se non riesce a dormire...».

«Mi rilassa», replicò lei. «E volevo qualcosa di caldo».

«Questo lo capisco benissimo».

Rimasero in silenzio per qualche altro secondo, finché la situazione non si fece di nuovo imbarazzante. A quel punto, la donna sorrise e disse buonanotte.

«Dorma bene», disse Walker, senza mostrare alcuna intenzione di rientrare nella sua tenda.

Kim entrò nella sua e si sedette sullo zaino, sorseggiando il tè e ascoltando il vento che soffiava nell'antica struttura. Pareva che l'arca si fosse addormentata e respirasse tramite degli enormi polmoni. Inspirare. Espirare.

Inspirare. Espirare.

Sorseggiò il tè.

Rivide l'immagine del volto del cadavere, sentì l'eco delle sue stesse grida impazzite e capì che quella notte non avrebbe chiuso occhio.

Non si era mai sentita tanto lontana da casa.

Ad Arjen era toccato il secondo turno di guardia, dalle due fino a che non fosse spuntata l'alba all'orizzonte. Aveva vent'anni e ancora gli piaceva dormire e quindi ogni volta che nella rotazione dei turni toccava a lui, trascorreva quelle ore fredde e buie pieno di risentimento verso lo zio Hakan. Da dopo la frana la vita sulla montagna era cambiata moltissimo e il più grande desiderio di Arjen era che tutto tornasse come prima. Ma mentre se ne stava a pochi passi dal bordo della caverna spazzato dal vento, con l'insidioso cumulo di massi caduti della valanga ricoperti di neve che si estendeva dinanzi a lui e la minacciosa notte tutt'attorno, ebbe la consapevolezza che il passato sarebbe ormai rimasto tale. Quando aveva vissuto quella vita – in piedi prima dell'alba per aiutare i forestieri a raggiungere la cima, piantando e levando le tende, insegnando i rudimenti dell'alpinismo – avrebbe desiderato qualcosa di diverso.

Ora malediceva quel desiderio.

Dopo la valanga c'erano stato i funerali. Soprattutto di suoi cugini. A quel punto, lo zio Hakan e *suo* cugino, Baris, si erano disputati il controllo degli affari. La loro famiglia guidava i turisti sulla montagna da decenni e ora doveva prendere le redini un'altra generazione. Far parte della squadra che aveva scoperto l'arca – e aver potuto assoldare molti dei suoi parenti come operai nella missione – aveva rafforzato la posizione di Hakan come capo della famiglia e degli affari. Arjen doveva restare nelle sue grazie, ma il risentimento aumentava ogni giorno di più. Conosceva se stesso a sufficienza per capire che ciò era in parte dovuto alla sua naturale pigrizia, ma quest'indolenza non gli impediva di formarsi un'opinione sullo zio. Hakan era sempre stato arrogante e crudele, brutale a volte, e quella recente elevazione non aveva che esacerbato quei tratti. Per fortuna, c'era Feyiz. Le loro madri erano sorelle e Arjen aveva sempre ammirato il cugino più anziano. Feyiz era indulgente con lui. Tollerava la sua pigrizia. Lo difendeva davanti a Hakan, bastava che Arjen mettesse un po' d'impegno.

Ora qualcosa era cambiato. Dal primo giorno in cui Arjen era stato assoldato per il Progetto Arca Karga-Holzer, Hakan e Feyiz si erano scontrati sul trattamento che Hakan riservava agli operai e sulle costanti insinuazioni a mezza bocca su Meryam e Adam. Il suo disprezzo aveva contagiato il comportamento di alcuni degli altri. Arjen se n'era accorto e non se n'era affatto stupito. Lo zio aveva dato il la agli altri membri della famiglia che lavoravano alle sue dipendenze. Avrebbero svolto qualsiasi lavoro manuale richiesto dal progetto, compreso il trasporto dei rifornimenti, ma non avrebbero rispettato i loro datori di lavoro. Non se Hakan aveva qualcosa da ridire.

Solo Feyiz e Arjen la vedevano diversamente. Ma persino Arjen quella sera aveva cominciato a vedere Meryam e Adam sotto una luce diversa. Meryam aveva i nervi a pezzi ed era parsa sul punto di crollare, e la tensione tra operai, studenti e professori era palpabile. Era opera della cassa. Di quel cadavere con le corna. Come non aver previsto i problemi che avrebbero creato le dicerie, la paura che avrebbe contagiato tutta la missione? Arjen non era molto istruito e non si era mai avventurato a più di trenta chilometri da casa, ma questo lo capiva. Meryam avrebbe dovuto prevederlo.

Quella sera, almeno, aveva cercato di farli ragionare, e Arjen sapeva che alcuni erano stati a sentirla. Ma la paura restava e lo zio Hakan non era certo stato d'aiuto. Lo sguardo negli occhi di Feyiz era stato allarmante. Arjen avrebbe voluto starne fuori. Quella sera, per la prima volta, quando lo zio gli aveva detto di fare il secondo turno di guardia, non gli era affatto dispiaciuto. Più ci pensava, più si chiedeva se Hakan gli avrebbe consentito di fare sempre il secondo turno di guardia. In questo modo avrebbe dormito gran parte della giornata e passato le ore di veglia mentre gli altri dormivano.

È così tranquillo, pensò, osservando i leggeri fiocchi di neve che mulinavano nell'aria e le profondità indaco della notte. In quelle ore, pareva che l'alba dovesse non venire mai. Quasi gli piaceva quel pensiero, l'idea che tutti gli altri avrebbero dormito per sempre. La tensione sul collo e le spalle si era finalmente allentata e si mise a pensare al pranzo che gli avrebbe preparato la madre quando fosse sceso dalla montagna e a come la sua seconda cugina Navbahar gli sorrideva quando pensava che non guardasse nessun altro. *Come una musica*, aveva detto una volta, sussurrando quelle parole al vento, per non condividerle mai con altri. Si era rimproverato per quelle fantasie, per quell'accenno di poesia, ma il sorriso di Navbahar gli faceva davvero venire in mente la musica. O lo faceva sentire allo stesso modo in cui lo faceva sentire la musica.

Arjen sospirò e si allontanò dalla sporgenza. Compito delle sentinelle era camminare lungo il bordo esterno della caverna, non perché Hakan pensasse sul serio che qualche giornalista, fanatico religioso o terrorista potessero arrivare furtivamente sulla montagna nel bel mezzo della notte, anche se c'erano state alcune minacce da parte di terroristi. No, le sentinelle dovevano principalmente rassicurare Meryam, Adam e gli archeologi che mentre dormivano nulla sarebbe accaduto a manufatti, campioni e ossa polverose. Arjen riteneva possibile che un membro del team potesse tentare di commettere un sabotaggio per fanatismo religioso, o per paura, o perché qualcuno lo aveva pagato per farlo, o anche che potesse fare foto o video non autorizzati per venderli. Ma nelle dieci notti in cui aveva fatto il secondo turno di guardia, non aveva sentito altro che il mormorio e le grida delle persone che avevano gli incubi, e i grugniti e i gemiti di quelli che avevano trovato calore e conforto nelle braccia di altri. Nessuno si alzava a vagare nella notte a meno di non sentirsi male o cercare di scacciare gli incubi. A volte fumavano una sigaretta, disobbedendo alle regole di Meryam, ma Arjen non credeva potessero fare alcun danno sul margine della caverna, dove le ceneri non avrebbero potuto infiammare le antiche travi. I mozziconi venivano lanciati oltre il bordo, nella neve.

Si levò il vento, ululandogli intorno con tale forza che lo sospinse indietro. Arjen batté le palpebre sorpreso, col cuore che gli correva in petto, e si allontanò di qualche metro dal bordo. Con un vento tanto forte, solo uno sciocco avrebbe corso dei rischi. Rabbrividì e si sistemò il collo di lana che indossava attorno alla parte inferiore del volto. Gli anni lo avevano abituato al freddo feroce che il vento invernale portava sull'Ararat e sapeva come sopportarlo, quali precauzioni prendere. Ma niente poteva impedire all'aria gelida di penetragli nelle ossa quando doveva stare tanto a lungo all'esterno, senza un riparo.

Un caffè gli sarebbe stato d'aiuto. Qualcosa di caldo attorno a cui intiepidire le mani. Qualcosa che lo scaldasse, fino nell'intimo. Sì, una tazza di caffè. O Navbahar. Pensare a lei lo fece sorridere, non senza un certo senso di colpa.

Oppure una sigaretta. Ripensando alle notti in cui aveva sorpreso il dottor Dwyer o il signor Avci a fumare là fuori, gli venne voglia di sentire il fumo caldo e avvolgente nei polmoni. Qualche tirata in una notte gelida non gli avrebbe certo fatto venire il cancro.

Un'altra raffica di vento. Corrugò la fronte e sorrise sotto il bavero. Gli era arrivato l'odore di una sigaretta, o ne aveva tanta voglia che se l'era immaginato? Arjen levò gli occhi, chiedendosi se qualcuno al livello due non stesse fumando, contravvenendo alle direttive di Meryam.

Poi udì nel buio un gemito, alla sua sinistra. Il vento gli soffiò intorno come ad allontanarlo, ma Arjen rimase rigido, in ascolto dal margine esterno della caverna. Era stato un altro suono umano, una specie di grugnito? E poi uno scalpiccio nella neve appena caduta, un tonfo contro la roccia?

Arjen si sentì inaridire la gola. Voleva urlare, ma si fermò. Era per questo che si faceva la guardia, dopotutto. Qualcuno era uscito a fumare ed era inciampato, tutto qua. Fiutò il fumo ed ebbe voglia di una sigaretta.

Si avviò in quella direzione, lottando contro il vento che cercava di respingerlo. L'aria gelida lo colpì, ma il giovane si raddrizzò, senza lasciarsi intimidire. La sua mente era spesso invasa da taciti timori, ma in cuor suo si sentiva forte. A dargli quella forza era stata la sua famiglia. Il suo retaggio. Se Arjen non era in grado di opporsi ai venti freddi che battevano il monte Ararat, tanto valeva non essere mai nato.

La neve aumentò, oscurandogli la visuale. Il giovane si calò gli occhiali da sci per vedere meglio.

Laggiù.

A una decina di metri, c'era una sagoma sulla cengia innevata. Di lato incombeva la caverna, fatta soprattutto di ombre mentre tutti dormivano, e davanti a sé poteva quasi sentire il respiro oscuro della notte e della tempesta. Colse un'altra zaffata di fumo e si chiese se la sigaretta non fosse caduta nella neve.

La sagoma in terra cominciò a gemere.

Arjen imprecò. Incurante del vento e dello strapiombo, s'inginocchiò e trascinò verso di sé la sagoma, allontanandola dal bordo. Persino al buio, nella neve risaltava il rivolo di sangue. Rigirò la sagoma cercando di guardarla in volto, ne inclinò la testa verso la scarsa luce proveniente dall'interno della caverna. Non si era preso la briga di fare conoscenza con gli studenti che lavoravano al progetto. Non fosse stato per la discussione a cena, non avrebbe mai riconosciuto Kemal, ma ora sapeva chi era.

«Ehi», disse piano. «Tutto bene?».

Una domanda stupida. Conosceva la risposta, ma non riusciva a capire cosa fosse successo. Kemal era inciampato e aveva battuto la testa, o aveva avuto una specie di colpo apoplettico? Era malato? Lo studente ciondolò la testa di lato e gemette confuso e dolorante. Le sue labbra si muovevano ma non formavano alcuna parola, e gli occhi scrutavano la neve che turbinava e il buio con uno sguardo vuoto ma pieno di un terrore primordiale che raggelò Arjen più di qualsiasi tempesta.

Guardò il sangue scuro nella neve e dimenticò di respirare. E se invece Kemal non fosse caduto?

Arjen si allontanò, trascinando le ginocchia nella neve. Guardandosi alle spalle, si accorse che il vento si era placato e udì il respiro ansante dell'ombra anche prima di vederla lanciarsi verso di lui. Un luccichio dalla caverna illuminò la curva di una piccozza, che fendette l'aria sibilando e gli si piantò sotto il cuore, colpendolo talmente forte da trapassare tutti gli strati degli indumenti, la carne, il muscolo e perforandogli le costole.

Il giovane cercò di urlare, fissando l'attrezzo che gli spuntava dal petto, ma riuscì solo a inspirare un alito di aria gelida.

Il dolore gli invase tutto il corpo e Arjen riuscì a emettere un lamento acuto e penetrante che si unì all'ululato del vento, gli venne strappato dalle labbra e si perse nel cielo notturno.

Le ginocchia cominciarono a cedere, ma l'ombra lo afferrò. Il giovane sperò per un attimo che fosse stato tutto un malinteso, che si fosse trovato nel bel mezzo di uno scontro che non lo riguardava, che avrebbe rivisto Navbahar, accantonato qualsiasi senso di colpa per via della loro parentela e le avrebbe confessato il suo amore. Quel sorriso. Viveva nel suo cuore.

Le mani lo spinsero indietro, oltre il bordo, e si sentì cadere. Il vento gli sibilava accanto. Arjen cascò sulla neve e i massi caduti rimbalzarono e franarono. Fu inghiottito interamente dal dolore e poi sbatté la testa contro un affioramento roccioso. Navbahar non avrebbe mai saputo del suo amore.

Kemal cadde dalla sporgenza un attimo dopo, lanciato con maggiore violenza, rotolando più in fretta, sbattendo più forte, ruzzolando senza fermarsi con le ossa che si schiantavano e le membra che si torcevano in modo grottesco.

Alla fine entrambi i giovani si arrestarono a più di mille metri sotto la caverna.

La neve continuò a cadere, leggera ma costante. Entro il mattino avrebbe cancellato qualsiasi traccia di Arjen e Kemal.

E la vera tempesta non era ancora arrivata.

NOVE

Adam si risveglia da un incubo nella camera degli ospiti della casa di sua nonna. Sente il ticchettio del riscaldamento e gli sporadici scricchiolii del parquet. Non ricorda l'incubo, ma il cuore gli batte ancora forte e perciò resta sveglio a letto per un po', ascoltando il riscaldamento, la casa e sentendo l'aroma dolce dei sacchetti profumati della nonna. Resta a dormire da nonna Evie ogni due settimane e adora stare da lei ma non gli piace svegliarsi di notte. Non se nonna Evie sta dormendo. E soprattutto non gli piace alzarsi dal letto quando la casa è così silenziosa. Ma deve andare a fare pipì e anche se cerca di non farci caso – forse se non ci pensa, passerà – sa che non c'è niente da fare. Se non si alza, bagnerà il letto.

Con un sospiro, scosta le coperte e tira fuori le gambe. I piedi sono restii a toccare lo scendiletto ma si impone di alzarsi e poi – una volta partito – si muove in fretta, praticamente correndo fuori dalla stanza e per il breve corridoio. Supera la stanza di nonna Evie. Dovrebbe stare lì dentro a dormire. Riesce a vederla, coricata di fianco come sempre, ma senza il suo solito russare, sembra quasi…

No. Non deve pensare una cosa simile.

Ora che è arrivato al bagno, i rumori della casa sembrano cessati. Cerca con le dita l'interruttore e sente battergli il cuore.

No. Non è il suo cuore.

Adam guarda a sinistra. In fondo al piccolo corridoio, all'in-

gresso del soggiorno, c'è l'orologio del nonno. Batte le palpebre, perché c'è qualcosa che non va.

Che non va assolutamente.

L'orologio gli sta di fronte, girato in modo da mostrare la parte anteriore. Dovrebbe essere rivolto verso il soggiorno e non ha senso. Nonna Evie non l'avrebbe mai girato a quel modo. Caspita, non avrebbe potuto girarlo così, non senza il suo aiuto. Lo chiama il suo omone ed è per questo che sa che non l'ha fatto da sola.

Ma l'orologio è rivolto verso di lui.

Tic tac fa la pendola. Ma lentamente. Tic. Tac. Tic. Tac. Avanti e indietro come l'orologio da tasca di un ipnotizzatore in uno dei polizieschi che gli ha fatto vedere nonna Evie.

Il cuore ora è stranamente calmo, come se l'ipnotizzatore fosse riuscito nel suo intento. Adam lascia cadere una mano lungo il fianco e comincia a percorrere il corridoio in direzione del soggiorno, verso l'orologio che non dovrebbe stare in quella posizione. Nonna Evie lascia accesa una luce, una lampadina a tre tempi nella posizione più bassa, una lampada antiquata con un vetro smerigliato ricoperto di rose dipinte a mano. Le rose danno alla luce una tonalità rossastra, conferendo al soggiorno un bagliore quasi infernale.

Il riscaldamento ha smesso di schioccare. Il parquet ha cessato di scricchiolare. Ora si sente solo la pendola del nonno. Tic. Tac. Tic. Il cuore ha rallentato per adattarsi a quel ritmo lento.

Adam ha i piedi freddi sul lungo tappeto intessuto, quello fatto dalla nonna.

Tic tac. La pendola continua ad attirarlo.

Continua ad attirarlo con il suo ritmo. Lo attira con il mistero di come sia stata voltata verso il corridoio invece che verso la stanza. Lo attira con il ricordo della storia che la nonna gli ha raccontato così spesso. La storia del dybbuk dentro l'orologio, lo spirito maligno che aveva posseduto il padre della nonna ed era stato scacciato e rinchiuso nell'orologio. L'avvertimento che se mai l'orologio si fosse fermato, il dybbuk sarebbe fuggito e avrebbe contaminato l'anima della prima persona che fosse passata.

Una storia orribile, diceva il padre di Adam. Una storia da comari per spaventare i bambini. Era molto in collera con la madre per averla raccontata ad Adam. Nonna Evie non gliel'aveva detta più, e non aveva neanche più giurato che fosse vera.

I piedi nudi scivolano sul pavimento. Il letto lo chiama. Avvolto, quasi soffocato, dal silenzio, fa un altro passo verso la pendola. E un altro ancora. Dice a se stesso che dovrebbe correre, nascondersi sotto le coperte, mentre in testa gli echeggia la voce del padre. Una storia da comari, ecco cos'è.

Il bagliore rosso della lampada con le rose brilla sul pendolo che oscilla. Tic. Tac. Tic. Tac. Tic.

Il prossimo tac non arriva mai.

La pendola si è fermata.

E con essa il cuore di Adam. Il respiro gli si blocca nei polmoni. Dentro di lui sente nascere un urlo, che non gli arriva mai alle labbra. Guarda con un terrore che lo fa tremare, fissa il buio dietro il pendolo immobile, in attesa. Un secondo, due, o cinque. I secondi non hanno significato se l'orologio si è fermato.

C'è qualcosa che si muove, dietro il pendolo.

Compaiono delle mani. Dita lunghe e sottili, rinsecchite, fili ossuti ricoperti di carne. Degli occhi luccicano nel buio, sul fondo della cassa dell'orologio, gli occhi della figura scura che stava sotto la pioggia nel suo sogno, e lui sa chi è. È lì per lui. Quelle dita scheletriche si allungano, si afferrano ai lati della cassa e dall'oscurità emerge il suo volto, scansando il pendolo.

Ha delle corna.

Adam l'ha visto prima. Impossibile, ma è così. Conosce quell'essere maligno. Lo conosce bene.

Urla...

Si svegliò. L'urlo del sogno si rivelò silenzioso. Si tirò su, gettando di lato lo spesso lembo del sacco a pelo e si guardò intorno in cerca dell'orologio del nonno. Aspettandosi di trovarlo lì – lì nella stalla, nell'arca, nella tenda – di fronte a lui con il pendolo immobile.

Per un momento sentì solo il battito del suo cuore. Aveva ancora nel naso l'odore dei sacchetti profumati della nonna, ma poi l'aria gelida lo ridestò del tutto e disperse il sogno. Un leggero russare lo fece voltare, pensando di poter vedere nonna Evie, ma era solo Meryam. Era sdraiata su un fianco, con un po' di bava all'angolo della bocca, e russava piano. Aveva la fronte corrugata, il sonno inquieto, tormentato a sua volta da brutti sogni.

«Che cazzo», mormorò Adam.

Le travi scricchiolavano a ogni movimento del vento che entrava e usciva dall'arca. Il senso di paranoia lasciato da ogni incubo lo spingeva ad alzarsi, controllare fuori della tenda, scrutare il passaggio per accertarsi che nessuno fosse appostato per fargli del male, ma non l'avrebbe fatto.

Come non avrebbe tentato di riaddormentarsi. Non doveva mancare molto al giorno e Adam decise di aver avuto sogni a sufficienza per una notte. Incubi a sufficienza per una vita intera.

Arrivò il mattino, ma a fatica. Il cielo incombeva basso e scuro, le nuvole avvolgevano la montagna e la neve scendeva leggera sulla cengia e si accumulava dentro la caverna, ricoprendo le travi dell'arca. Non era la tempesta che aspettavano, solo un assaggio. Alle prime luci dell'alba – se di luci si poteva parlare – lo staff era riuscito a erigere una copertura di plastica per impedire alla neve di penetrare e ricoprire le aree dove lavoravano gli archeologi.

Feyiz non si curava della neve. Stava a un metro dalla sporgenza e fissava Meryam. Il volto della donna era di un sereno pallore, anche se avrebbe dovuto arrossarsi per via del vento violento.

«Non avrebbe mai fatto una cosa del genere», disse Feyiz. «Arjen non se ne sarebbe andato così».

Meryam si guardò intorno per assicurarsi che nessun altro potesse sentire. Feyiz pensò stesse cercando la telecamera, ma Adam e Calliope erano in fondo alla caverna con padre Cornelius e Walker. Lì non c'erano telecamere.

«Ti sto dicendo...», proseguì lui.

«Ti ho sentito», fece lei brusca. Feyiz sussultò. Capiva la tensione a cui era sottoposta, ma nelle ultime settimane era stata molto dura e avrebbe voluto trovare un modo per tranquillizzarla.

«Meryam...».

«Neanche Kemal se ne sarebbe andato così», disse lei, incrociando il suo sguardo, e per la prima volta Feyiz vide che era impaurita e vulnerabile. «È una persona affidabile, che ragiona. Non dico che non potesse andarsene, ma all'inizio di una tempesta...».

Feyiz si asciugò la neve dagli occhi. «Arjen avrebbe potuto condurlo giù sano e salvo».

«Senza neanche salutare?», chiese Meryam.

La domanda rimase sospesa. Delle persone urlarono all'interno dell'arca. Un telo di plastica si era strappato e la squadra stava facendo del suo meglio per proteggere lo scavo. Feyiz sapeva che lui e Meryam avrebbero dovuto andare ad aiutare, ma il mistero che si erano trovati ad affrontare al risveglio li bloccava. Temeva per Arjen e per Kemal, anche se la sua conoscenza dello studente si limitava a qualche sporadico saluto.

«Cazzo», disse Meryam, scuotendo il capo, non trovando alcuna spiegazione razionale. Feyiz la capì perché provava la stessa cosa.

La donna lo oltrepassò con lo sguardo e Feyiz si voltò per vedere cosa avesse attratto la sua attenzione. Attraverso la neve e il vento sferzante, si stava avvicinando con passo deciso Hakan. Diversi operai lo seguivano a distanza, ma si fermarono a circa cinque metri da Feyiz e Meryam. Con loro stavano il giovane ispettore turco, Zaybekci, e diversi membri del team archeologico.

Le prime parole che pronunciò si persero nel vento.

«Cosa c'è?», chiese Meryam.

Hakan si avvicinò ancora un po', vicino al bordo. Feyiz ebbe l'impulso di indietreggiare, ma avvertì anche l'attrazione magnetica e malsana della caduta che lo attendeva se si fosse avventurato troppo in là. Gli era sempre capitato così nei momenti di pericolo. Il cuore ne veniva attratto, laddove la mente lo faceva arretrare.

«Se ne sono andati di loro spontanea volontà!», disse Hakan.

Feyiz guardò le persone assembrate un po' più indietro, protette dalle pareti della caverna. Potevano sentire a quella distanza, al di sopra del rumore del vento? Pensava di no.

«Come fa a saperlo?», domandò Meryam. «Qualcuno li ha visti andarsene?».

Hakan scosse il capo. «Nessun testimone. Ma ho controllato io stesso il loro alloggio. Hanno portato via le loro cose. Tutti gli effetti personali sono scomparsi». Si rivolse a Feyiz. «So che tu e Arjen siete intimi. Fa parte della mia famiglia, come te, ma è sempre stato pigro e codardo. Non stento a credere che abbia preferito andarsene di soppiatto di notte...».

«Non l'avrebbe mai fatto», disse Feyiz.

«...piuttosto che affrontarmi», terminò Hakan,

Feyiz esitò. Dilatò le narici e mentre ispirava l'aria fredda le raggelò. Era davvero impossibile immaginare che Arjen se la fosse svignata di nascosto piuttosto che dire a Hakan di persona che se ne voleva andare?

Forse no.

Ma continuava a non crederci.

Meryam e Hakan continuarono a parlare – entrambi ancora tesi e circospetti dopo lo scontro della sera prima – ma Feyiz aveva smesso di ascoltare. Un brivido di preoccupazione gli risalì per la schiena e lungo le braccia e il collo e tremò guardando oltre la sporgenza, nella gola spalancata. Ci sarebbe voluto un po' di tempo prima che potessero avere la conferma che Kemal e Arjen avevano raggiunto il fondovalle sani e salvi, probabilmente finché non fosse passata la tempesta imminente e non fossero aumentate le chance di avere la linea telefonica. Fino ad allora, si sarebbe autoconvinto che avessero abbandonato la missione durante la notte, fossero usciti furtivamente dalla caverna e avessero cominciato la discesa dell'Ararat nel buio. Nella neve e nel vento.

Per il momento, Feyiz avrebbe finto di crederlo. Anzi se lo sarebbe imposto. L'alternativa – che fossero stati vittime di una violenza ignota, di una misteriosa cattiveria– era troppo inquietante per essere considerata a lungo. Ma mentre tornava a esaminare Meryam e suo zio, decise che li avrebbe tenuti d'occhio. E che avrebbe tenuto d'occhio tutti quelli che si trovavano nella caverna.

Per il loro e per il suo bene.

Padre Cornelius sedeva su una sedia di plastica a un tavolo sistemato a pochi metri dall'area recintata attorno al cadavere e al suo sarcofago. Un termoconvettore contribuiva ad attenuare il freddo, ma le ossa continuavano a dolergli. Alla sua età, l'artrite era ormai una compagna fedele, talmente familiare che a volte pareva non dovesse abbandonarlo mai più. Per via del vento gelido che soffiava tutt'intorno, il dolore era più forte che mai. Ma aveva un lavoro da svolgere, quindi offrì la sua pena a Dio e continuò a esaminare i pezzi rotti dell'involucro di bitume.

Attorno al tavolo erano state sistemate delle luci forti. Alla parete inclinata era appoggiato il coperchio del sarcofago, che i membri del PAKH preferivano chiamare "la cassa". Padre Cornelius si tolse gli occhiali, si stropicciò gli occhi, e poi se li rimise prima di tornare a concentrarsi sui grossi frammenti di bitume. La professoressa Marshall – Helen – lo aveva aiutato a ricomporli come i pezzi di un puzzle. Helen aveva fotografie dell'involucro intatto, ma lui voleva vedere direttamente il bitume, toccare la sua superficie nera, liscia e lucente, per tastare i solchi e le curve dell'antica lingua che vi era stata incisa.

«Cos'ha?», fece una voce.

Padre Cornelius batté le palpebre come se si ridestasse da un sogno. Levò lo sguardo e vide Walker in piedi all'altro capo del tavolo, come se fosse appena arrivato, ma dall'espressione piena di aspettativa che aveva in volto pensò che probabilmente si trovasse lì già da un po'.

«Tutto bene, padre?».

Il sacerdote annuì, ma in realtà non si sentiva bene. Malgrado il freddo che gli era penetrato nelle ossa, avvertiva uno strano calore al volto e alla nuca. La pelle era umidiccia come se avesse la febbre e si chiese se non avesse contratto qualche virus.

Walker aggirò il tavolo e gli si accovacciò accanto. «Padre?»

«Mi scusi. È tutto un po' sconvolgente. Sicuramente capirà». Si tolse gli occhiali e con essi indicò il coperchio in legno appoggiato alla parete. «Vede quelle iscrizioni?»

«Sì», replicò Walker, ma con un'espressione strana. Inquieta, preoccupata.

«Ci sono elementi che ricordano la lingua hittita. Ma alcuni dei simboli sono varianti dell'accadico. C'è un terzo elemento, che non mi è familiare, e che ho la sensazione possa essere la chiave per decifrare i collegamenti morfologici, sintattici e fonetici di quella che è la quarta e nuova lingua. È anche possibile che questa – ciò che è scritto sul coperchio e inciso su questi frammenti di bitume – non sia una variante ma la lingua madre da cui alla fine sono derivate le altre tre».

Padre Cornelius, le dita doloranti per l'artrite, si fregò le mani, con i sottili guanti, per scaldarle. Spostò uno dei grossi frammenti sul tavolo, cercando di farlo combaciare con il suo vicino.

«Forse è il caso che si riposi un po'?», disse un'altra voce.

Irritato, padre Cornelius si voltò e sussultò nel vedersi

circondato da così tante persone. C'erano Helen, Wyn Douglas e uno dei loro studenti turchi. A qualche passo, Calliope reggeva la telecamera, filmando la conversazione. Da quanto si trovava lì? Da quanto si trovavano lì gli altri?

«Non parlate di me come se non ci fossi», disse lui, non sapendo chi di loro avesse parlato.

«Padre», cominciò Helen, con sguardo gentile.

«Non sono un bambino che potete mandare a fare il sonnellino», disse, con il calore che gli coloriva le guance e gli correva lungo il petto e le braccia. «Sono invece, cara signora, la vostra migliore speranza di decifrare queste scritte. E posso dirvi questo...». Si voltò per guardare dritto nella telecamera di Calliope. «Sulla base di ciò che ho potuto tradurre finora, posso dire senza ombra di dubbio che questa nave è l'arca biblica, costruita da un uomo il cui nome può tradursi con "Noè"».

Sentendo la fronte madida di sudore, si asciugò con la manica. Aveva la gola secca, ma mentre muoveva lo sguardo da Walker a Helen, era ben consapevole della telecamera che lo riprendeva.

«Padre», disse Walker, appoggiandogli una mano sul braccio, con espressione preoccupata. «Non credevo sostenesse un'interpretazione letterale...».

«Infatti!», disse padre Cornelius, divincolandosi. Un po' di bile gli salì in gola e lui la ricacciò indietro con un colpo di tosse e si asciugò nuovamente la fronte. «Mi ha assunto per questa missione, dottor Walker. Conosce i miei titoli. Non sto dicendo che dobbiamo prendere la storia del diluvio alla lettera, ma...».

«Padre», lo interruppe Wyn, accovacciandosi all'altro lato. «Deve andare a riposarsi. Mi preoccupo che l'altitudine possa nuocere alle sue capacità mentali. Ha l'aria di non sentirsi bene».

Il prete sogghignò, spingendo via il tavolo. «Non sia ridicola. Ho appena cominciato la traduzione di una lingua che nessuno al mondo ha mai documentato. Potrei farlo se... se...».

Padre Cornelius si alzò tremante, per dimostrare a se stesso e agli altri di stare bene. La nausea gli serpeggiò nello stomaco e risalì nuovamente in gola, ma la ricacciò indietro. D'accordo, non si sentiva bene, ma non per questo dovevano guardarlo tutti come se fosse impazzito. C'erano riferimenti alla costruzione dell'arca, all'avvertimento di Dio riguardo al diluvio, alla raccolta di animali. C'erano altri accenni, frasi qua e là, a una terribile oscurità che pensava potesse riferirsi alla tempesta che aveva portato il diluvio. Col tempo avrebbe potuto fornire una traduzione approssimativa, ne era certo.

«Cornelius», disse con dolcezza Walker, alzandoglisi accanto. «Tutto quello che ci ha appena detto... è la terza volta che ce lo spiega».

Prima li schernì, un po' accigliato. Poi vide lo sguardo preoccupato negli occhi di Walker, si voltò e notò la cauta curiosità nell'espressione di Wyn.

«È assurdo».

Ma non percepiva anche lui quel déjà vu nelle sue parole, fin troppo familiari? Scosse il capo e girò attorno al tavolo, fissando il coperchio del sarcofago. Fece scorrere le mani sui simboli, sulla lingua così simile alle altre eppure unica, come un messaggio segreto in codice proveniente dal mondo antico.

Un terribile sospetto cominciò a prendere forma. No, non un sospetto. Una certezza, anche se non poteva esprimerla agli altri. Non ancora. Ricordi di una vecchia ricerca gli si affacciavano alla mente e padre Cornelius si allontanò dal coperchio, si voltò e guardò la tenda di plastica attorno alla cassa, e gli spaventosi resti del suo occupante.

Con la destra tremante, si aprì la giacca e infilò le dita guantate nella camicia, estraendo il crocifisso appeso a una catenina che portava al collo. Chiuse gli occhi per un lungo momento e poi si diresse verso la tenda. Calliope gli si avvicinò, socchiudendo l'occhio visibile mentre la telecamera seguiva ogni suo passo.

«Padre?», disse Helen.

Lo studente turco, un giovane archeologo con una barba trasandata, le chiese concitato qualcosa nella sua lingua prima di passare a uno stentato inglese. «Cosa sta facendo?».

Con la coda dell'occhio, padre Cornelius vide Walker e Wyn esitare, ma quando tirò la tenda, cominciarono a seguirlo. Si lasciò cadere alle spalle il lembo di plastica, sapendo di avere pochi secondi da solo all'interno della tenda. Solo con il cadavere con le corna, con l'essere deforme che qualcuno si era preso la briga di rinchiudere in una cassa di legno e poi in un involucro di bitume. Ci avrebbe messo del tempo per tradurre tutto quello che c'era scritto, ma non poteva ignorare le cose minacciose che aveva già interpretato.

Baciò il crocifisso, lo tese verso l'essere cornuto nella cassa. Delle ombre nere lo fissavano dalle orbite vuote.

La tenda di plastica ondeggiò alle sue spalle mentre entravano gli altri.

«Il Signore è la mia salvezza e con lui non temo più», pregò. «Non temerò il male perché sei con me, mio Signore, mio Dio, mio potente salvatore, mia forza, Signore della pace, Padre di tutti i tempi».

Lo studente turco urlò qualcosa. Helen cominciò a discutere, ma il giovane la spinse di lato e corse verso di lui. Padre Cornelius sollevò il crocifisso e lo baciò di nuovo poco prima che lo studente abbattesse la mano. Sfoggiando una strana serenità che gli era sorta in seno, il sacerdote si voltò e vide negli occhi del giovane più paura che rabbia.

Walker afferrò lo studente, gli piegò le braccia dietro la schiena e lo portò fuori dalla tenda.

«Dannazione, lo lasci andare!», urlò Helen. «È solo arrabbiato per la benedizione. Sui resti, a rigore, nessuna confessione religiosa dovrebbe avanzare pretese».

All'esterno della tenda, si muovevano avanti e indietro cinque figure indistinte. Come intontito, ma con la mente serena, padre Cornelius sentì lo studente chiedere di parlare al signore Avci, il più anziano dei due ispettori inviati dal governo turco.

«Bene, va'!», disse Helen. «Di' ad Avci che voglio vederlo non appena ha finito di parlare con te».

Lo studente si allontanò di corsa.

«Stanno impazzendo tutti?», chiese Walker. «La gente sta perdendo la ragione».

«Compresa la sua squadra», mormorò Helen. «E voi siete qui solo da ventiquattr'ore».

Padre Cornelius tirò la tenda di plastica. «Mi dispiace di aver causato tutto questo, ma le preghiere sono un modo per purificare lo spazio intorno a noi ed era necessario farlo. Comunque vogliate chiamare quell'essere, da quello che ho capito finora era qualcosa di davvero malvagio. Naturale o soprannaturale, poco importa».

«Importa a me», fece Calliope da dietro la telecamera.

«Qualunque cosa facciate, professoressa Marshall e dottor

Walker, non permettete a Meryam di spostare quel corpo prima che venga completata la traduzione».

Walker, Wyn e Helen lo guardarono.

Poi Helen sospirò. «Vada a parlare con Avci, dottor Walker. Se non sente ragioni, potrebbe intervenire Zeybekci. L'ultima cosa che ci serve è creare ulteriore scompiglio».

Padre Cornelius strinse il suo crocifisso. «Vuole che venga con lei?».

Walker guardò Wyn, e la donna scosse il capo.

«Non credo sia una buona idea», disse lei.

Walker si voltò e si affrettò nella direzione presa dallo studente.

«D'accordo, padre», disse Wyn. «Andiamo al suo alloggio. Forse è solo la stanchezza, ma voglio che il dottor Dwyer le dia un'occhiata».

Padre Cornelius non si oppose. Lasciò ricadere la tenda di plastica, sostenne gli sguardi cortesi e preoccupati delle tre donne e si lasciò guidare da Wyn. Ma mentre si lasciava il lavoro alle spalle, sentiva l'essere cornuto che lo osservava, percepiva il suo sguardo penetrante, la malevolenza delle ombre scure che si agitavano nelle orbite vuote. Non aveva mai creduto nei demoni fisici, tangibili. Ma, pur avendo difficoltà a confessarlo ad alta voce, la sua opinione era cambiata.

Un'aura malevola circondava il cadavere, avvelenava l'aria intorno a lui e alle persone che la respiravano. Padre Cornelius conosceva la verità, la percepiva nel tremore delle mani e nel sudore della fronte.

Grazie a Dio è morto, pensò. *È ormai solo il ricordo del male. Grazie a Dio.*

DIECI

Walker si passò la mano tra i capelli, massaggiandosi la tempia con il pollice. Sin dal risveglio aveva avuto un mal di testa di sottofondo e ciò che era accaduto fino a quel momento non aveva fatto nulla per alleviarglielo. La sotterranea ostilità che ormai caratterizzava tutti i rapporti nella caverna poteva avere varie origini. Molte persone avevano vissuto gomito a gomito nell'arca per settimane, senza potersi riscaldare in modo adeguato o riuscire a fare un bel sonno ristoratore. Le guide curde e gli operai si scambiavano occhiate sospettose e tra loro c'era grande tensione. Il capoprogetto, Hakan, detestava praticamente tutti. E quell'animosità c'era anche prima di mettere in mezzo la religione.

«Questo non deve succedere», disse Avci, rivolgendosi a Walker come un preside di una scuola privata degli anni Cinquanta. Aveva piccoli occhiali rettangolari e folti baffi grigi. La pistola al fianco su di lui avrebbe potuto sembrare ridicola, e invece pareva parte integrante del suo guardaroba. Parte integrante di lui.

Walker conosceva uomini del genere. A dire il vero, anche lui era un uomo del genere. La sua di pistola se ne stava comodamente in una fondina assicurata all'interno della cintura, sulla schiena, nascosta dal maglione e dalla giacca. Da quando era arrivato sull'Ararat non se n'era praticamente mai separato, ma non l'avrebbe sbandierata, soprattutto perché avrebbe sollevato domande e obiezioni e avrebbe potuto compromettere la sua presenza nell'arca. Per quanto ne sapevano gli altri, era lì per la National Science Foundation. Se i turchi avessero saputo che lavorava per la DARPA, lo avrebbero rimandato immediatamente a casa.

«Debbo presumere che abbia dimenticato di far comprendere al prete che faceva parte della squadra in quanto linguista e storico e non per le sue simpatie religiose?», proseguì Avci. «Che abbia trascurato di trasmettere il nostro esplicito divieto a eseguire preghiere o rituali al di fuori del proprio alloggio e che qualsiasi tentativo di affermare il primato di una confessione religiosa sulle altre sarebbe stato sgradito?».

Walker se ne stava a braccia conserte, seduto sulla stessa sedia su cui padre Cornelius aveva esaminato i frammenti di bitume. Guardò il coperchio del sarcofago, ancora appoggiato alla parete. Meryam li aveva portati tutti lì, nei freddi recessi in fondo all'arca, perché laggiù non sarebbe venuto nessun altro e potevano urlarsi l'un l'altro in tutta tranquillità.

«Qualcosa l'ha spaventato, è tutto quello che posso dire». Walker disincrociò le braccia, aprendo le mani. «Gli ho comunicato le condizioni, indicato quelle precauzioni? Sa che l'ho fatto. Ma su, Avci... in questo momento la gente di mezzo mondo sta litigando sulla possibilità che si tratti davvero dell'arca di Noè. Credeva che la missione potesse concludersi senza che i membri facessero lo stesso?».

Avci sollevò il mento e lo squadrò dall'alto in basso. «Diversi studenti turchi hanno manifestato le loro obiezioni. Sono infastiditi dalla presenza di padre Cornelius. Hanno la sensazione che il loro lavoro sia posto al servizio di uno scopo religioso cristiano e non puramente archeologico. Hanno chiesto che il prete venga mandato via».

Meryam eruppe in un'aspra risata, ma s'interruppe subito. «Andiamo», disse. «E dove diavolo dovrebbe andare?».

L'ispettore dilatò le narici, come se avesse appena sentito un odore di fogna. «Potrebbe andare dove sono spariti i suoi due operai stanotte, immagino. Anche se non credo sia in condizione di scendere dalla montagna». Avci si rivolse a Walker. «Ricordi a padre Cornelius che si trova qui per gentile concessione del mio governo. Se non riesce a limitarsi a indagini non di ordine religioso, allora quando la tempesta sarà passata ve ne andrete entrambi».

Avci girò i tacchi e si allontanò, accendendo una torcia per scacciare le ombre che si annidavano tra i fari appesi lungo la parete.

«È un uomo molto irascibile», disse Walker quando se ne fu andato.

Zeybekci sbuffò piano, poi si ricompose in fretta, scoccando a Walker un'occhiata ammonitrice. «Se dirà a qualcuno che ho riso, lo negherò».

«D'accordo».

Meryam sorrise. «Ma noi l'apprezziamo un po' di più».

Zeybecki alzò gli occhi al cielo, poi si voltò e si avviò verso la tenda di plastica attorno al sarcofago. Fece per aprirla, ma le dita gli esitarono e poi abbassò la mano.

«A prescindere dal dio in cui crediamo, penso che tutti preferiremmo che quell'essere non fosse quello che sembra».

Passarono alcuni secondi, in cui tutti e tre fissarono lo spesso telo di plastica e le ombre scure al suo interno.

«Non sono d'accordo», disse alla fine Walker, incrociando nuovamente le braccia e riappoggiandosi allo schienale della sedia.

Zeybekci aggrottò la fronte. «Prego?».

Meryam drizzò la testa. «Vorrebbe che uscisse fuori che quell'essere è davvero un demone?».

Walker sorrise. «Lo vorrebbe anche lei. L'ha detto lei stessa. Sono stato agnostico quasi tutta la vita, ma mentirei se dicessi che non mi attira l'idea che qualcosa possa confermare l'esistenza di Dio».

I tre tornarono in silenzio. Il mal di testa di Walker si era un po' calmato, ma gli serviva dell'aria fresca, una ventata di neve. L'avrebbe fatta seguire da un paio di bicchierini di qualsiasi liquore avesse trovato, ma anche senza l'aria fresca e la bevuta, non poteva negare di sentirsi un po' meglio.

Con tutto quello che era successo, era facile perdere la bussola. La DARPA voleva sapere cosa poteva essere l'essere nel sarcofago, se poteva trattarsi di qualcosa di non umano. Voleva sangue e campioni di tessuto e una traduzione della scritta sulla cassa. Se era inumano – mostruoso, o alterato in qualche modo – voleva che stabilisse se poteva essere trasformato in un'arma e usato contro di lei, o usato *da* lei contro i nemici degli Stati Uniti.

Finora, Walker non sapeva cosa diavolo avrebbe scritto in un rapporto sull'arca e l'essere cornuto nella cassa. Sperava che padre Cornelius riuscisse a rimettersi in sesto per tradurre tutto.

Fece per andarsene.

Meryam lo chiamò. «Se la tempesta sarà violenta come hanno previsto, non possiamo sapere cosa succederà qui. I puntelli potrebbero cadere, e allora addio teli e tende. Potrebbe entrare un sacco di neve. Il culmine dovrebbe arrivare domani pomeriggio. Entro allora, voglio che il nostro amico venga impacchettato con cura in modo da poter essere trasportato non appena finirà la bufera».

Walker annuì. «Quindi abbiamo più o meno fino a domani a mezzogiorno prima che lo tiri fuori dalla cassa?»

«Le undici. Non un secondo di più. E metterò il professor Olivieri a lavorare con il prete. Padre Cornelius non trascriverà una riga senza la supervisione di Olivieri».

Walker scattò in un saluto militare. «Assolutamente».

Meryam lo studiò un momento, come a stabilire se la stesse prendendo in giro. Apparentemente soddisfatta, annuì. «Vada a chiamarli, allora».

Walker s'inginocchiò in terra, esaminando le incisioni sul coperchio del sarcofago anche se doveva socchiudere gli occhi per via del riflesso del faro. Il legno presentava una serie di striature che tingevano la superficie del coperchio. Avevano attirato la sua attenzione fin dalla prima volta, ma ora aveva il tempo di esaminarle da vicino.

«Non so perché sia saltato a quella conclusione», disse alle sue spalle Olivieri.

Walker non si voltò. Il professore non stava parlando con lui: da due ore stava seduto accanto a padre Cornelius, o meglio incombeva sul sacerdote, dando voce ai suoi dubbi e arringando l'altro con un continuo e irritante flusso di parole. Ma padre Cornelius aveva mantenuto la parola. Consapevole dei problemi causati dai suoi precedenti vuoti di memoria e dalla sua spaventata preghiera sul cadavere, aveva promesso di collaborare con Olivieri fintanto che questi non avesse interferito con il suo lavoro. Walker era presente per assicurarsi che facessero i bravi.

Finora, questo significava che non si erano azzannati.

Ma quando padre Cornelius aveva fatto a Walker questa promessa nei suoi occhi c'era stato qualcosa di più che rassegnata pazienza. Gli era venuto un tic alla palpebra sinistra e lo sguardo era inquieto, come se temesse che dagli angoli potesse da un momento all'altro emergere qualcosa di ostile. Walker gli aveva chiesto spiegazioni. *Mi tenga d'occhio*, aveva detto padre Cornelius. *Se ricomincio a ripetere le cose, o a fare qualcosa di strano, me lo faccia notare subito.*

Walker aveva promesso. E ora, lavorando, ascoltava, attento a qualsiasi mutamento nel comportamento del sacerdote. La promessa l'aveva fatta facilmente, ma non senza un certo terrore, perché era chiaro che padre Cornelius non si fidava della sua mente. Di se stesso. Di chi potevano avere fiducia se non potevano fidarsi neanche di loro stessi?

«E questo cos'è?», chiese sprezzante Olivieri. «Non può mica inventarsi la sintassi di una lingua che non ha mai visto prima. Sono d'accordo che questa combinazione molto probabilmente significhi "giorni di pioggia" e che questo sia "oscurità", ma la logica suggerisce che questo simbolo debba tradursi con "eternità" o "infinità"...».

«La lingua hittita ha una sintassi variabile», replicò paziente padre Cornelius, «ed è molto simile a questa. Sicuramente se ne sarà accorto. La traduzione non è "molti infiniti giorni di pioggia". Perché aggiungere "molti" per modificare qualcosa di "infinito"? L'autore ci sta dicendo che il cielo provocò molti giorni di pioggia e che questi dovevano scacciare un'infinita oscurità».

Olivieri imprecò sonoramente e spinse indietro la sedia. «E di nuovo le dico: non può inventare la sintassi! Le sue interpretazioni sono solo congetture! Legge il messaggio che vuole trovarci!».

«Non è un'invenzione, professor Olivieri», fece il sacerdote con calma, quasi con tristezza. La voce gli vacillò. «È un'intuizione. Nel nostro lavoro, a volte è tutto ciò che abbiamo. Butti giù la sua traduzione e io farò lo stesso. In seguito le esamineranno altri occhi e decideranno qual è quella giusta».

«Io sono stato coinvolto nel progetto per la mia competenza. Lei è qui per gentile concessione. I miei appunti saranno l'opinione ufficiale del Progetto Arca», fece stizzito Olivieri.

«Gentile da parte sua», disse il prete con una contrazione del labbro superiore. «Ora, possiamo tornare al lavoro, per favore? Perdiamo tempo a battibeccare».

Olivieri fumò di collera, cercando in tutti i modi di trovare un appiglio per continuare unilateralmente la discussione, ma non trovandolo, almeno per il momento, scosse la testa e cominciò a scrivere con foga appunti su un taccuino, semivoltato come se pensasse che padre Cornelius potesse copiare le risposte di un compito in classe.

Walker sorrise tra sé e sé, malgrado il dolore alla testa. Padre Cornelius pareva tornato se stesso. Turbato, sì, ma non in preda a una crisi di nervi.

Si concentrò nuovamente sul suo lavoro e il sorriso svanì. Il freddo filtrò dal pavimento inclinato, penetrando le travi, come se la montagna stessa fosse il cuore ghiacciato dell'inverno.

Piegando le dita nei guanti sottili, Walker raccolse il piccolo scalpello che aveva usato fino a quel momento e prese dal suo equipaggiamento un minuscolo contenitore di plastica.

Attento a non danneggiare la scritta sul coperchio, incise il legno dove una di quelle striature pareva particolarmente scura. Prelevò una scheggia, poi un'altra nello stesso punto, sorpreso di quanto fosse penetrato a fondo il colore nel legno.

Appoggiò in terra lo scalpello, richiuse il contenitore e lo sollevò, osservando le due schegge. Provenivano dall'esterno del coperchio, non dall'interno, quindi non potevano essere macchie di fluidi corporei del cadavere.

Aveva il sospetto fossero macchie di sangue, ma se si fosse rivelato vero, significava che il sangue sparso sul coperchio doveva essere di qualcuno che aveva aiutato a chiuderlo, o ricoprirlo dello spesso strato di bitume. Walker sapeva che era un mistero che non avrebbe mai risolto, ma lo turbava quanto il modo in cui Kim il giorno prima era andata fuori di testa, o in cui padre Cornelius aveva avuto al mattino una sorta di vuoto di memoria. Suggeriva che la violenza era esplosa attorno ai resti di quell'essere sin dal momento in cui era stato sigillato nella cassa.

Quelli della DARPA ne sarebbero stati felicissimi. Ma avrebbero voluto sapere perché e come.

«E ora che fa?», sospirò Olivieri alle sue spalle. «Non può usare come base di una traduzione quattro lingue diverse».

Walker si voltò in tempo per vedere lo sguardo duro negli occhi di padre Cornelius e le labbra che gli tremarono prima di decidersi a parlare.

«No, professore. Non si *può*. Ed è questo il vero problema qui, dico bene? Oh, sicuramente lei recepisce briciole di quello che dico, ma non faremmo prima ad ammettere che è un lavoro fuori dalla sua portata?».

Walker ebbe un sussulto.

Olivieri si alzò in piedi, rovesciando la sedia. «Razza di arrogante. Ho passato decenni a insegnare i più complessi dettagli delle lingue antiche. I miei studi di storia biblica sono alla base di centinaia di corsi universitari in più di venti paesi. Come può...».

Padre Cornelius poggiò la penna sul taccuino aperto e fissò Olivieri, senza neanche prendere la briga di alzarsi. «La sua dote maggiore è riordinare informazioni fornite da altri in modo da trasmetterle meglio a chi è meno istruito e meno abile di lei».

Walker chinò il capo, aspettandosi che Olivieri esplodesse di rabbia. Nell'udire solo silenzio, alzò un occhio e vide il professore infuriato e sbalordito che scuotendo il capo faceva un passo indietro.

Olivieri si voltò e si allontanò talmente in fretta da creare una folata di vento al suo passaggio. Walker osservò la ritirata e poi si voltò verso padre Cornelius.

Il sacerdote agitò la mano come a volerlo mandare via. «So cosa sta per dire».

«Doveva fare il bravo».

Padre Cornelius s'incupì e aggrottò talmente la fronte da assomigliare a un uccello da preda. «Lei non è la persona più adatta a darmi lezioni. Kim è qui per fare il suo lavoro, proprio come lei, ma l'ha trattata sin da subito come se fosse un'intrusa».

«Non posso farci niente se non mi piace avere una babysitter».

Il sacerdote lo guardò in modo ancora più penetrante, come un falco concentrato sulla preda. «Farà la babysitter finché lei continuerà a comportarsi come un bambino. È una professionista, venuta qui a osservare per conto del resto del mondo. Non la biasimi per questo. Per dirla come lei, faccia il bravo. Avrei creduto che superare il crollo di un matrimonio le avesse insegnato come trattare le persone».

Walker spalancò la bocca per lo stupore. «Prego?»

«Parlo di Amanda».

«Gesù Cristo. Conosco il nome di mia moglie», disse Walker, scuotendo il capo, con la sensazione di essere appena stato preso a pugni. «Chi diavolo crede di essere?».

Padre Cornelius continuò a restare seduto. «Sono un suo collega e immagino di essere per lei la cosa più simile a un amico nel raggio di seimila chilometri. È talmente preso dalle sue cose che non riesce neanche a vedere le esigenze di quelli che ha intorno. Cambi atteggiamento verso Kim, e quando torna a casa si riappacifichi con la sua ex moglie. Sia d'esempio a suo figlio».

Walker emise un respiro ansante che si trasformò in una risatina incredula. Quelle parole lo avevano ferito, ma la menzione di suo figlio, Charlie, aveva rigirato il coltello nella piaga. Sapeva che padre Cornelius non era stato in sé quel giorno, che c'era qualcosa che turbava tutti loro... che li tormentava. Ma il male sordo alla testa esplose in un dolore vivo e soffocante e sentì la rabbia serpeggiargli in petto, come una vipera che difenda il proprio nido. Frenetica e incontrollabile.

«Senta un po', padre», disse, con la mascella serrata e i pugni stretti.

«Ascolti, Ben...».

«Vaffanculo».

Tremante, Walker si voltò e lo lasciò lì, infischiandosene di quello che Meryam avrebbe detto per non aver mantenuto la promessa e aver lasciato al prete libero accesso al cadavere e alla cassa. Che danni poteva fare quel vecchio? Meglio lasciarlo al suo lavoro, stasera. Meglio che se ne restasse con un morto.

Perché non era adatto a stare in compagnia dei vivi, questo era certo.

UNDICI

A Walker mancava la musica. Se ne stava fuori dalla sua tenda nella stalla a chiedersi come potesse sentirsi tanto esposto e tanto claustrofobico allo stesso tempo. Degli auricolari gli avrebbero dato un po' di privacy, gli avrebbero permesso di ascoltare la playlist di rock alternativo anni Ottanta che riusciva sempre a calmarlo, ma non voleva escludere altri suoni. L'unico rumore era quello del vento che soffiava nei passaggi superiori dell'arca, come il flusso di una marea, ma non si fidava del silenzio. Non si fidava della notte. Non con le persone con i nervi a fior di pelle, non con due uomini scomparsi la notte prima. Sì, probabilmente se n'erano andati, ma se non fosse stato così?

Sentiva la montagna gravargli addosso, come se volesse solo richiudere la caverna come una bocca mostruosa, e inghiottirli tutti. Non riusciva a scacciare quella sensazione di claustrofobia perché era fin troppo razionale. Non che l'Ararat fosse una sorta di mostro senziente di pietra, ma c'erano stati un piccolo terremoto e una frana un paio di mesi prima. Un altro evento del genere avrebbe potuto intrappolarli lì, ucciderli tutti.

Rise piano tra sé e sé. *Che allegria.*

S'infilò la mano in tasca e tirò fuori un flaconcino di plastica bianca. Aveva la gola riarsa e la testa confusa. Un punto sulla tempia sinistra pulsò per via della strana neuropatia che lo tormentava da anni. Il dolore alla spina dorsale e all'addome gli ricordò che doveva assolutamente trovare un po' di tempo per fare dello stretching. S'inumidì le labbra con la lingua, aprì il flacone, estrasse con dei colpetti un paio di pillole grigie, e lo richiuse.

Mentre inghiottiva le compresse senz'acqua, percepì un movimento con la coda dell'occhio. Quando si voltò verso di lei, Kim rimase paralizzata. Era appena uscita dalla sua stalla e l'aveva visto, o lo stava osservando da un po' e aveva deciso di ritirarsi quando lo aveva visto prendere le pillole?

«Non riesce a dormire?», le chiese.

«Volevo farle la stessa domanda».

Walker sentì la montagna serrarsi ancora di più. Fu attraversato da una vampata, un momento di calore quasi febbrile che scacciò a forza il gelo della caverna. Kim era ancora pallida e stanca, ma aveva gli occhi concentrati e vigili, niente a che fare con la donna che il giorno prima aveva avuto una crisi di nervi. Come poteva avere un'aria tanto sicura quando avrebbe potuto mettersi a correre, urlare e farneticare da un momento all'altro?

«È davvero questa la domanda che vuole farmi?», replicò lui.

Le labbra della donna si assottigliarono in un sorriso cupo. «Non sono al meglio, Walker. Le mie doti diplomatiche al momento sono un po' scarse. Lei ha accettato la presenza di un osservatore delle Nazioni Unite perché non aveva altra scelta. Io ho accettato l'incarico perché qualcuno doveva farlo e sembrava una buona opportunità per fare colpo sui miei superiori. Ieri mi è accaduto qualcosa che non capisco e che ha compromesso la mia capacità di essere gentile».

«Era gentile prima di ieri?».

Il volto di Kim fu attraversato da un moto di rabbia, ma poi si rilassò e fece una risata stanca. «D'accordo. Forse confondo educazione con gentilezza».

Walker non rise. Strinse il flacone, poi glielo lanciò. Kim lo afferrò con una mano. «Coraggio, Kim. Faccia il suo lavoro. Mi faccia quella domanda».

La donna esaminò l'etichetta. «Zohidro?»

«È un antidolorifico. Vietato in alcune zone degli Stati Uniti, ma non dove lo trovo io. Incredibilmente potente. Dà assuefazione. Al confronto le compresse di Oxycontin sono mentine».

Kim scosse il flacone, ascoltò il tintinnio della trentina di pillole restanti. «Dà assuefazione. Quindi lei è dipendente?».

Walker tese la mano per riavere le medicine. «Assolutamente sì. Quindi lo rivorrei indietro».

Battendo le palpebre stupita per la sua franchezza, gli restituì le pillole. Poi toccò a lei stupirlo.

«Le prende per il dolore causato dalle ferite subite in Guatemala, o per non pensare a sua moglie?».

Anche il vento tacque. Walker fece un respiro profondo e fiutò l'antico odore del legno. Il senso di soffocamento che aveva provato prima lo oppresse ancora di più.

Aveva conosciuto Amanda Nemeth a un congresso della National Science Foundation, dove lei presentava un contributo su specie sconosciute scoperte in ecosistemi di grotte. Le si era avvicinato dopo la conferenza, aveva scoperto che era professoressa alla Columbia e si era sorpreso a domandarle se volevano prendere un caffè insieme. Una cosa normale, tranquilla, ma non tipica per Walker. Sin dai tempi del college, era stato uno di quelli a cui sono gli amici a presentare le ragazze. Ma Amanda era dotata sia di sarcasmo che di passione per il proprio lavoro. Walker pensava che davvero si comprendessero, ma tre anni dopo il matrimonio, l'aveva costretto ad ascoltarla e a concentrarsi sulle sue parole. Gli aveva detto che era sempre stata seria quando diceva che non voleva avere un marito che si rifiutava di considerare la loro relazione una priorità. Che non voleva neanche dirle qual era il suo vero lavoro, dove lo portavano i suoi viaggi, il tipo di rischi che correva.

Dove si era fatto quelle cicatrici. Le ferite che per poco non l'avevano ucciso.

Non voleva che suo figlio crescesse tra le ombre gettate dai segreti del padre e le paure della madre.

Nel bel mezzo di quella discussione, gli era squillato il telefono e aveva ricevuto l'ordine di dirigersi nel nord del Canada, dove il ritiro del ghiaccio artico aveva rivelato un sistema di catacombe sotterranee piene di manufatti e resti umani che non erano di questo mondo. Ci erano girati intorno per settimane, sapendo che le cose tra loro stavano per crollare, ma quando la moglie aveva capito che intendeva partire senza dirle dove era diretto, gli aveva preso la mano, lo aveva portato nel soggiorno e lo aveva fatto sedere.

«Se te ne vai», aveva detto, chinandosi con enfasi verso di lui, scrutandolo negli occhi. «Saprò di aver scelto il compagno sbagliato».

Era rientrato dall'Artico e aveva scoperto che se n'era andata. Aveva lasciato un biglietto stranamente conciso per una professoressa universitaria: *Per il bene di Charlie, avrei voluto che avesse un padre diverso.*

Ora aveva George, il suo compagno artista. Walker sarebbe rimasto nella vita di suo figlio, ma se George era il tipo giusto di padre, se era presente con Charlie, Walker non avrebbe negato al figlio quel po' di felicità.

La montagna ricominciò a respirare. Il vento scivolò nella stalla e fece tremare e sbatacchiare la tenda. Walker fissò il flacone di compresse, poi lo strinse in mano e riguardò Kim. Il gelo gli penetrò nella carne, come se tutti gli spessi strati di indumenti fossero inutili.

«Se avesse visto le cose che ci hanno inseguito in Guatemala, ingurgiterebbe qualsiasi pillola a disposizione», disse tranquillo. Scosse nuovamente il flacone e poi se l'infilò nella tasca della giacca. «Ho un paio di vertebre saldate nella schiena. Le cicatrici sull'addome, dove me l'hanno squarciato, ancora mi tirano a ogni movimento e mi fa male all'interno dove il chirurgo mi ha riattaccato i pezzi. Quando fa freddo in questo modo, i perni nella gamba destra mi uccidono. Se va bene il dolore è tremendo. Quassù, ora... sappiamo entrambi che va tutt'altro che bene».

Kim era ulteriormente impallidita. Le vide ammorbidire in volto l'espressione censoria e distaccata. «Mi scusi. Non potevo immaginare che...».

«Ma comunque», la interruppe lui. «Fa un male cane anche con i farmaci, ma probabilmente metà della mia dipendenza è dovuta alla mia ex moglie. Dei giorni è peggio per via della spina dorsale e delle altre ferite... quelle le hanno fatte dei mostri. Ma il dolore per come ho incasinato il mio matrimonio me lo sono provocato da me».

Stavolta, quando Kim sorrise, lui ricambiò il sorriso. Non erano persone felici, ma ora si comprendevano meglio. O almeno avevano cominciato.

«E lei?», chiese Walker. «Tutto bene? Nessun altro segno di follia?».

Kim scoppiò a ridere. «L'ansia c'è ancora», disse, spostando il peso da un piede all'altro. «E ho avuto degli incubi terribili sul cadavere...».

«Le corna sono piuttosto inquietanti».

«...ma sto bene».

Sentì l'esitazione nella sua voce e si ammorbidì. Erano tutti tormentati in quella caverna, dai fantasmi che si erano portati dietro e dalla paura di quello che avevano scoperto. Parlare di incubi lo mise a disagio, perché lui stesso aveva avuto dei sogni spaventosi.

«Il nostro amico cornuto è morto», disse lui. «Sono fermamente convinto che sia umano. C'è stato un tempo in cui chi nasceva con difetti fisici veniva considerato contaminato, impuro, un obbrobrio».

Kim rabbrividì e si abbracciò contro il freddo. «Davvero crede sia questo che abbiamo trovato? Un obbrobrio umano?»

«È ciò che voglio credere», disse Walker, e d'improvviso il divario tra loro sparì, lasciando una tranquilla intimità che per un attimo gli fece trattenere il respiro.

«Ma?», chiese lei.

«Il modo in cui le persone si stanno comportando – compresi noi due – non è normale, anche a un'altezza come questa. A rigore, siamo tutti dei professionisti. Persino gli studenti devono avere un minimo di esperienza per essere stati selezionati. E gli operai sono curdi, e hanno vissuto tutta la vita su questa montagna».

«Non sottovaluti il fattore religioso», disse Kim, guardandosi alle spalle, come per timore che la sentisse qualcuno. «C'è da stupirsi se siamo tutti così tesi?».

Walker le studiò il volto, la curva degli zigomi, il luccichio negli occhi, e capì che erano diventati alleati. Avrebbero affrontato la situazione insieme.

«È qualcosa di più», fece lui. «A volte ti capita di incontrare una persona che *sai* che non vuole il tuo bene. Lo senti. E a volte ti svegli nel cuore della notte per andare al bagno o bere dell'acqua e la casa è buia e hai le sensazione di una *presenza*. Non ho mai visto un fantasma, ma delle volte nel cuore della notte ho avuto quella sensazione di qualcosa che riempisse il buio in una stanza come aria che riempia un pallone. Se me lo chiederà domani, davanti ad altre persone, lo negherò, ma ho avuto questa sensazione fin da quando siamo arrivati qui. Entrambe le cose. Questa strana mancanza d'aria che forse è solo claustrofobia ma forse no, insieme a un'altra cosa, una specie di...».

«Malignità», disse Kim.

Walker annuì lentamente, fissandola, apprezzando la sorprendente consapevolezza di non essere da solo.

«Sì, esatto. *Malignità*».

Adam si stropicciò gli occhi e si rese conto che aveva guardato gli stessi due minuti di riprese cinque volte. Premeva "play", vedeva l'inizio della lite durante la cena, e poi si distraeva. Imprecando tra sé e sé, in collera con sé stesso, pigiò "pause" e fissò l'immagine immobile sul portatile. Meryam arrabbiata che gridava contro Hakan. Adam la conosceva meglio di chiunque altro, ma la donna nell'immagine bloccata non assomigliava affatto a Meryam. Era dotata di grande sarcasmo e a volte poteva uscire dai gangheri, ma quella non era lei. Non solo. Sembrava ammalata. Aveva i tratti tirati e gli occhi infossati. La sua carnagione, di solito caffellatte, pareva quasi itterica.

Basta, pensò, chiudendo il portatile. Uscì dalla tenda e subito si pentì di non aver messo guanti e cappello. Invece di rientrare, si chiuse la giacca e tirò su il bavero, strofinandosi le mani mentre superava pareti, tende e teli di plastica che costituivano il campo del livello due. In quel punto c'erano diversi alloggi, ma avevano tutti l'abitudine di venirci solo per dormire, quindi sapeva che Meryam doveva essere da qualche altra parte. Il più delle volte, si trovava in una stalla del livello uno, non lontano da dove la squadra di Helen aveva eseguito i primissimi rilievi. Nella stalla erano stati trovati i resti di un graticcio, che secondo Helen dovevano appartenere a gabbie di uccelli, e nient'altro. Quei reperti erano già stati imballati con altri manufatti e rimossi dal sito, e Meryam aveva trasformato la stalla in una specie di base. Il suo ufficio. In quanto project manager, aveva rivendicato uno spazio per sé. Si era dedicata al PAKH con tale fervore da far sentire Adam un semplice osservatore... un outsider nel suo stesso progetto. E nel frattempo si era sfiancata, e ogni volta che Adam aveva cercato di parlargliene, cambiava argomento.

Si era sentito escluso ogni giorno di più, finché non aveva cominciato a sentirsi completamente fuori dal progetto. Ufficialmente era Progetto Arca Karga-Holzer, ma quando la gente diceva PAKH ad alta voce, la H era muta. Come se il contributo di Holzer fosse inesistente.

Scendeva la scala e il freddo gli penetrava dentro. Solo toccare il legno gelido gli bruciava la pelle.

Quando giunse in fondo, si soffiò sulle mani e le strofinò. La posizione di Meyram come project manager era a rischio, qualcuno doveva dirglielo. E doveva essere lui, ma conosceva Meryam. Non avrebbe mai accettato di aver fallito.

Sapevano entrambi che amava il suo lavoro più di quanto amasse lui, e avrebbe presunto che le sue critiche fossero dettate dal risentimento.

I giorni felici subito dopo il fidanzamento parevano lontanissimi, e il gioioso giorno delle nozze sembrava quasi impossibile.

Adam fece un altro passo e si fermò mentre quel pensiero prendeva piede nella sua mente. Quasi impossibile. Era davvero ciò che pensava?

A una trentina di metri alla sua sinistra, l'imboccatura della caverna si apriva nel buio. Era soffiata dentro la neve, alta diversi centimetri. Gli arrivarono delle voci portate dal vento, si voltò e vide diverse sagome sul bordo della caverna, per i suoi gusti troppo vicine allo strapiombo. Stavano fumando, a giudicare dai puntini di un arancione vivo che splendevano al buio, ma visto che c'era la neve non le avrebbe denunciate a Meryam. Nel mezzo di quella tormenta, non poteva appiccarsi alcun incendio. Al di là delle sagome, vedeva solo il buio, come se quelle tre estremità ardenti di sigaretta fossero gli ultimi segni di vita al mondo, e nient'altro restasse dell'umanità. Lassù, nella tempesta, avrebbero potuto benissimo essere su un altro pianeta.

Congelato, con le dita intirizzite, si strinse nella giacca e si affrettò verso il passaggio che costeggiava la parete sinistra dell'arca. Intravedeva già il caldo bagliore dorato della luce in fondo e capì di aver indovinato: Meryam era nel suo "ufficio". Chinò il capo, guardando le impronte nella neve e cercando di proteggersi dal freddo. Quando sollevò lo sguardo, vide la parete aperta della stalla a circa sei metri.

Adam si fermò. In piedi nell'ombra, con il rumore dei passi attutito da quello del vento, fissò le due persone inondate dalla calda luce nell'ufficio. Meryam e Feyiz. Niente di strano che fossero insieme. Erano forse un po' troppo vicini – un po' troppo intimi – ma non avevano l'atteggiamento di due amanti. Erano colleghi. Amici. Meryam si fidava di Feyiz e Adam non era mai stato geloso perché provava lo stesso.

Ma anche se riusciva a percepire solo il tono concitato delle voci e non le parole che venivano pronunciate, vide lo sguardo aperto e malinconico sul volto di Feyiz e l'espressione abbattuta, vulnerabile su quello di Meryam – un parte di lei, la vera Meryam che si rivelava dopo settimane dietro quella maschera dura – e non poté fare a meno di interrogarsi. Trattenendo il respiro, con il viso graffiato dal vento, li guardò e si chiese se Feyiz potesse essere la causa della distanza che era cresciuta tra loro.

Stringendo i pugni, si voltò e riattraversò in silenzio il passaggio, ripercorrendo i suoi passi nella neve. Si fece strada fino all'imboccatura della caverna e si avvicinò alla scala, senza notare la figura che si era materializzata dal nulla. Una sagoma, uno strato scuro che si aggiungeva al buio.

Apparve all'improvviso e Adam sussultò, col cuore che gli balzò in petto.

«Gesù», sussurrò. «Non fare più una cosa del genere!».

Nel caldo bagliore del faro che gettava la sua luce dalla cima della scala, vide sorridere Calliope.

«Scusa. Non volevo spaventarti».

«Capita, quando arrivi di soppiatto alle spalle».

Calliope mise una mano sulla scala. «Soprattutto qui. Ma che ci fai alzato a quest'ora? Va tutto bene?».

Adam pensò di mentire. Gli stava vicina, sentì l'odore di sigaretta sugli abiti e capì che era una delle tre persone che aveva visto infrangere le regole. In quel momento gli piacque per questo ancora di più. Alcune regole andavano infrante.

«Non c'è niente che vada bene», disse lui. «Va tutto da schifo».

Il volto di Calliope si contrasse per la pena, ma poi comparve l'accenno di un nuovo sorriso. Il volto di un'amica. Gli prese la mano. Le dita di Adam erano talmente intirizzite che quasi non sentì il suo tocco.

«Non è detto che debba continuare così», disse lei.

Adam quasi le credette.

Helen si svegliò di soprassalto, inspirando di scatto, come se nel bel mezzo del sonno si fosse dimenticata di respirare. Spalancò gli occhi un momento e poi li richiuse. Batté le palpebre, vagando in quello spazio confuso tra il sogno e la veglia, felice di essere rannicchiata nel caldo tepore del pesante sacco a pelo. Rallentò il respiro e rilassò i muscoli, ammorbidendo il corpo. Il sibilo del vento creava un confortante rumore bianco. La testa le ricadde di lato.

Si ridestò. Aggrottò la fronte restando in ascolto di ciò che l'aveva disturbata. Più di una dozzina di persone le dormivano attorno in quel campo improvvisato. Alcuni dentro tende, altri sepolti in sacchi a pelo quattro stagioni. Qualche stufetta emanava un po' di calore, ma non sufficiente a scaldare la gente sparsa per le stalle e il grande ambiente di cui ancora non erano riusciti a determinare la funzione. Una specie di stiva, Helen ne era certa, ma non l'avrebbe affermato senza riserve. Non ancora.

Con un lungo sospiro, si accoccolò ancora più giù nel sacco a pelo e restò in ascolto. Nel cuore della notte, a volte aveva sentito persone che facevano l'amore, o si parlavano piano, confortandosi a vicenda. Non li aveva mai biasimati per questo, anche se personalmente considerava una distrazione eccessiva qualsiasi tipo di coinvolgimento sessuale o romantico. Tuttavia doveva ammettere che il paleopatologo, Dev Patil, ridestava in lei un certo interesse.

Un sorriso le sfiorò le labbra e le si affacciarono alla mente pensieri lascivi. Quella familiare tensione – sua sorella, Kristen, la chiamava "la smania" – la fece vergognare e la turbò. Non aveva senso scaldarsi e innervorsirsi quando le uniche scelte erano infrangere le sue personali regole riguardo alla socializzazione sul posto di lavoro o trovare un angolino buio dove sfogarsi, e sperare che nessuno venisse a rovinarle la festa.

Sentì il battito farsi più rapido del normale. Sentì i respiri degli altri e si chiese se qualcuno fosse sveglio. L'avrebbero sentita se l'avesse fatto lì? *Domanda sbagliata, Helen,* pensò. *La domanda è, riesci a farlo in silenzio?* La risposta, concluse, era *non abbastanza*.

Sospirando, divertita, si voltò su un fianco, compiacendosi un momento della sua "smania", e poi cercò di riaddormentarsi. Helen aveva trascorso gran parte della vita adulta in scavi archeologici, alcuni in luoghi remoti dove quel tipo di vita comunitaria non si poteva evitare. In generale, non le dispiaceva, anzi ne traeva una sorta di conforto.

Ma non riusciva a riaddormentarsi.

Un fremito le sfiorò il cuore. Non eccitazione e non quell'antica smania. Era qualcosa di sconosciuto e inquietante. Sentì una sorta di pressione alla schiena, non un peso fisico, ma il peso di uno sguardo, la sensazione che alle sue spalle potesse esserci qualcuno. Sentì il cuore accelerare e deglutì a fatica, invasa dall'improvvisa certezza che ci fosse qualcuno, vicinissimo. Che incombeva su di lei.

Ecco. Era stato il fruscio di una stoffa, o solo qualcuno che si era mosso nel sonno? E quel respiro… si era fatto più vicino? Più forte?

Passarono dei lunghi secondi mentre Helen restava sdraiata e in ascolto. D'improvviso ebbe troppo caldo, solo la faccia era scoperta. La sensazione di non essere sola non era affatto diminuita, ma col passare del tempo, cominciò a vedere l'assurdità di quella paura. C'erano persone a soli due metri di distanza, e altri ancora al di là. Se qualche schifoso bastardo voleva guardarla nel sonno, non doveva che voltarsi e affrontarlo. Era quasi sicuramente un lui, dopotutto. Alcuni uomini avevano una certa disposizione, una specie di interruttore che nelle donne non scattava.

D'accordo. Basta.

Con una risatina di disprezzo per i suoi puerili timori, cominciò a voltarsi.

Il primo colpo le arrivò sul naso, causandole una terribile ondata di dolore in tutta la faccia, tanto da farla boccheggiare e poi trattenere il respiro mentre la figura china su di lei le afferrava una ciocca di capelli e tirava forte, colpendola di nuovo. Il secondo colpo la fece gemere, e risucchiò aria, disorientata ma non tanto da sopprimere la rabbia e la paura. Aprì la bocca per urlare e il terzo colpò le atterrò sulla tempia talmente forte da oscurarle la vista. E ugualmente il quarto. E il quinto.

Se ci fu un sesto colpo. Helen non lo sentì.

Buio. Buio vibrante, dolorante, pulsante, che assomigliava al sonno ristoratore come le urla assomigliano al riso. Era cosciente a singhiozzi e poi si rese conto di essere tirata, trascinata nel suo sacco a pelo lungo le travi coperte di neve. L'unico rumore di quel rapimento era un leggero fruscio e per una decina di lunghi secondi, Helen non poté che ascoltare quel dolce e lieve rumore. Il sussurro della ferocia. Della cattura.

Batté le palpebre, chiedendosi dove sperasse di portarla il suo aggressore. Non c'era dove andare.

La neve le sferzava il volto, punture gelide sulla carne gonfia e sanguinante. Il dolore esplose in una violenta fiammata e pensò di avere lo zigomo rotto, forse l'orbita attorno all'occhio destro. Il vento sferzava il sacco a pelo e i suoi pensieri confusi cominciarono a schiarirsi e farsi rapidi. Cercò di dimenarsi all'interno del sacco a pelo, cercò di liberare le braccia e il suo aggressore affrettò il passo.

«Fermati», disse con voce roca, indebolita dalle percosse e rubata dal vento. Il dolore al volto riesplose, fitte di vivaci colori come fuochi d'artificio nella testa. «Aiuto...».

Con la coda dell'occhio, nella strana oscurità azzurrina della tempesta, vide un corpo in terra. Darvill, uno dei suoi studenti. Le membra lunghe e sottili e la barba ispida erano inconfondibili, perciò lo riconobbe all'istante. Quella notte era di guardia.

Se non fosse stata tanto confusa per le percosse, l'avrebbe capito prima. Ma *ora* sapeva.

Acquistò velocità, poi scivolò di lato, strusciando nella neve, finché il movimento non la sollevò del tutto da terra. Helen si sentì un attimo senza peso. Si riempì i polmoni di aria. E mentre precipitava oltre la sporgenza rocciosa, riuscì finalmente a urlare.

Troppo tardi.

DODICI

Walker sta sulla riva del lago con un fucile AR-15 tra le mani e scruta la superficie nebbiosa dell'acqua. È increspata da una leggera brezza e Walker trattiene il respiro, osservando ogni minuscola onda. L'acqua è sempre calda, ma l'aria è gelida. Sono in cima a una montagna vulcanica in Guatemala, tremila metri sopra il livello del mare, e la laguna è un paradiso idilliaco di acqua e giungla nato all'interno di un cratere vulcanico. La nebbia sopra la superficie potrebbe benissimo essere vapore. Walker non ha ancora chiarito questo punto con il geologo. È più impegnato a discutere con il biologo riguardo alle creature che scivolano fuori la notte e trascinano nel lago gli abitanti del posto.

I testimoni li hanno descritti come mostri da incubo. Corpi da serpente, braccia lunghe, artigli uncinati e denti. Tutti quelli che li hanno veduti hanno menzionato i denti.

Chi è stato preso, alla fine è stato rigettato sulla riva del lago, pallido, gonfio e senza più una goccia di sangue in corpo. Diverse volte è stata pronunciata la parola "vampiro", ma Walker ha stabilito una regola: chi dirà ancora quella parola sarà fuori dalla sua squadra, per sempre. Perciò nessuno la usa più, ma non gliela si può togliere dalla mente. Solo la cattura o l'uccisione di una di quelle creature del cazzo potrebbe riuscirci. La cattura sarebbe meglio. Una specie precedentemente sconosciuta che compare in un luogo tanto remoto è un'affascinante anomalia, e ci vorrà un lungo studio per stabilirne l'origine. Walker ipotizza sia il vulcano stesso, attraverso una sorta di fenditura nel fondo del lago, dove l'acqua va più a fondo di quanto si immagini. Ma ora questo non ha importanza. Non quando quegli esseri hanno già ucciso tre membri della squadra.

È quasi l'alba. Sussurra i nomi dei suoi uomini che hanno cominciato quella lunga notte al suo fianco ma che non vede da ore. Per quanto ne sa, è solo. E il freddo della brezza notturna e la nebbia che si leva dal lago gli ricordano le notti solitarie in cui da bambino restava impaurito nel suo letto, e il padre sosteneva che solo i poppanti avevano bisogno della mamma di notte. I sogni erano solo sogni e lui doveva crescere.

Ha rischiato di morire quasi sette volte nella sua carriera. Walker non ha paura. Malgrado il gelo e la nebbia e il fatto che la sua squadra sia scomparsa e si ritrovi da solo, non ha paura. Ma il piccolo Ben – la mamma lo chiamava Benny –, lui è terrorizzato. Ogni respiro pare abbia degli artigli che gli affondano nel petto e lo squarciano di terrore.

«C'è qualcuno?», chiede timidamente alla nebbia antelucana e detesta il tono lamentoso con cui gli sono uscite quelle parole.

Uno sciabordio proveniente dal lago lo paralizza. Strizzando gli occhi per vedere nella nebbia, fa un passo in acqua. Solo fino alla caviglia, troppo bassa perché possano esservi appostate le creature, ma ciò malgrado gli si accelera il battito. Il buio si è trasformato in quel blu scintillante che c'è solo nelle ore che precedono l'alba.

La nebbia comincia a mulinare e ad assottigliarsi, giusto quel tanto che gli consente di vedere un oggetto sulla superficie del lago.

Socchiude gli occhi e quando ne riconosce la sagoma rabbrividisce.

Non è affatto un oggetto, è una testa, a pelo dell'acqua.

Una faccia, degli occhi che scintillano nella nebbia.

Umana.

La coltre di nebbia si solleva e in quell'oscurità azzurrina, Walker non riesce a togliere gli occhi da quella faccia.

«No», bisbiglia, e fa un altro passo nell'acqua, ormai incurante del pericolo.

Non volendo attirare la loro attenzione, ha esitato, ma ora accende la luce fissata al fucile, e il fascio stretto e potente trova quel volto… Gli occhi sono sbarrati, e la paura in quegli occhi… impressa in quel volto… la vista di quella paura quasi lo uccide.

«Papà?». Il piccolo Charlie lo chiama, la sua voce scivola sull'acqua.

Il piccolo Charlie. Come il piccolo Benny. Due bambini, pieni di paura.

«Mi ha preso, papà», dice Charlie, con voce singhiozzante. «Lo sento là sotto, mi tiene. Ho le gambe ferite. Ha… credo che mi abbia piantato dentro i denti».

Walker vuole gridare il nome di suo figlio, ma non gli esce alcun suono. Gli sembra di essersi trasformato in pietra, ma si sforza di fare un altro passo, il fascio di luce del fucile è puntato sulla faccia di Charlie… l'arma illumina la faccia di Charlie.

Il bambino singhiozza di nuovo e poi sobbalza nell'acqua, provocando uno schizzo, come se qualcosa l'avesse afferrato dal basso. Chiama nuovamente il padre e ora Walker gli vede delle lacrime sulle guance. Ma peggiore delle lacrime, peggiore della paura, è l'ultimo barlume di speranza che gli scompa-

re dagli occhi. Quel bambino, di soli nove anni, sa che sta per morire.

Per morire in quel preciso istante.

«Ti voglio bene, papà», sussurra Charlie, e le parole scivolano sulla superficie dell'acqua.

Ma Walker non sente «Ti voglio bene». Sente «Addio».

E questo lo distrugge.

«Charlie, no!», esclama e avanza nell'acqua.

Avanza verso il centro del lago. Senza curarsi di ciò che può accadergli o di ciò che è accaduto alla sua squadra o agli abitanti del posto. Quello è suo figlio. È ciò che di buono ha fatto, il dono che ha dato al mondo e che è destinato a sopravvivergli molto dopo la sua morte.

Ora urla.

Una mano emerge gocciolante dall'acqua, e delle lunghe dita si avvolgono attorno al volto di Charlie. Ora Walker riesce a vedere un solo occhio e il bambino comincia a gridare. La mano lo trascina giù tanto lentamente che Charlie ha il tempo di chiamare un'ultima volta suo padre, prima che l'acqua gli entri nella bocca spalancata e lo soffochi, e anneghi mentre si vedono solo la cima della testa e quell'occhio e quell'orrenda mano su di lui.

Mentre annega il bambino, l'essere emerge dal lago. Il suo occhio luccica come delle fredde braci arancioni. Non è uguale ai mostri acquatici. È qualcosa di diverso… di peggiore.

Nella nebbia, Walker intravede le corna…

Si svegliò madido di sudore, malgrado il freddo. Si svegliò con un grido che fece trasalire padre Cornelius, che dormiva sull'altro lato della tenda. Si svegliò imprecando, e poi si voltò sul fianco e rannicchiò le gambe contro il corpo.

Walker sussurrò il nome del figlio, una volta, due volte, e

ancora, grato a qualsiasi dio ci fosse per il fatto che il bambino fosse sano e salvo a casa e non con lui. Non nell'arca con l'essere cornuto che aveva invaso i suoi sogni.

Era riuscito a infiltrarsi nella sua mente, Walker aveva sentito la sua presenza, persino mentre dormiva. Ora conosceva Walker e Walker conosceva di lui almeno un frammento. Aveva sentito la sua malvagità, e a nessun costo gli avrebbe permesso di scendere da quella montagna. Il male era stato dissotterrato, ma poteva essere arginato.

Rimase sveglio in quel panico post-incubo, a rimuginare su quei pensieri finché non si fecero strani, quasi ridicoli. Quando infine si riaddormentò, in quell'ultima ora che precede l'alba, Walker aveva deciso di non farsi annichilire dalla paura. Anche quando la sua determinazione vacillava, non riusciva a cancellare la certezza che il demone era desto e consapevole, e che sapeva che erano lì. Che voleva che fossero lì.

Il mattino penetrò nella caverna come una massa grigiastra di luce. A un certo punto durante la notte, la neve era cessata... almeno per un po'. Si era diffusa rapidamente la voce della scomparsa dei membri della missione. La squadra di Helen Marshall si riunì in gramaglie accanto alla sezione del livello uno, dove aveva trascorso i giorni a prendere campioni e a conservare resti. I membri discutevano tra loro, attenti a non farsi sentire. Passando, Meryam si accorse che vedendola avevano smesso di parlare e alcuni avevano distolto con aria colpevole lo sguardo. Capì che stavano considerando l'idea di abbandonare in blocco il PAKH.

Ora si trovava in fondo al livello due, vicino alla scala che scendeva nell'angolo dove giaceva nella tenda il cadavere cornuto, morto da migliaia di anni, ma in grado ancora di influenzare i nervi, i pensieri e il comportamento di chi si trovava intorno.

«Avrei la tentazione di dargli fuoco e farla finita», disse lei.

Adam alzò una mano. «Ehi, un momento...».

«Ho detto che avrei la tentazione, amore. Non lo farò». Alzò gli occhi al cielo, scosse la testa, e fissò a turno tutti gli uomini che le stavano intorno. Adam, l'uomo che amava. Ben Walker, l'uomo che era stata contenta di accogliere ma che ora desiderava fosse ovunque tranne che lì. Hakan, che la detestava.

«Vorrei solo che non rientrasse in questa conversazione», disse. «Se mi aveste detto che avevamo trovato un tizio con le corna morto, avrei fatto una festa. Quando abbiamo aperto la bara ero su di giri. Quelle sequenze sono fantastiche per il documentario, ma ora ogni singola cosa che va storta la attribuiamo alla presenza tra noi di quel maledetto demone».

Adam si appoggiò alla parete di legno rinsecchito. «Non è un...».

«Lo so che non è un demone!», fece lei stizzita. «Ma cerca di convincere tutti quei coglioni superstiziosi...».

Si bloccò. Oltre Hakan, al margine del passaggio che conduceva in quell'angolo, c'era qualcuno a origliare. Vide l'ombra sulla parete in fondo, gettata dai fari appesi sopra la loro testa.

«Razza di bastardo», sibilò, superando di corsa Hakan.

L'ombra si mosse, squittì come un topo, ma era troppo tardi perché riuscisse a scappare, quindi uscì allo scoperto. Olivieri, con le gote arrossate per il freddo e la vergogna.

«Vaffanculo», disse con rabbia Meryam.

«Io...».

«Non scherzo, Armando», disse lei. «Vaffanculo e via di qui. Non è stato invitato a questa riunione. Sapeva che eravamo venuti qui a parlare in privato, altrimenti non si sarebbe messo a origliare».

«Non stavo...».

Meryam gli mise una mano sul petto e lo spinse con gentilezza, ma altrettanta fermezza, allontanandolo di diversi passi. L'uomo sfruttò lo slancio per voltarsi e ripercorrere il passaggio.

«Avrei dovuto partecipare anch'io», disse Olivieri. «Come anche tutti i membri più importanti dello staff. Non capisco perché ci sia il dottor Walker e...».

«Il dottor Walker è un esperto nel trattare situazioni di merda e lo volevo qui», rispose. «E *non* voglio lei».

Ma non fu necessario dire altro. Olivieri se ne stava andando.

Meryam si voltò e tornò silenziosamente verso la scala, osservando un momento l'apertura scura che conduceva al livello uno. Alla cassa e all'essere cornuto.

«Che diceva a proposito della mia esperienza?», chiese Walker.

Meryam lo scrutò in volto. Una sottile cicatrice gli segnava il lato sinistro della fronte e ne aveva diverse altre sul lato destro del collo. Ma erano gli occhi la vera prova dei mali che aveva visto.

Meryam tirò su col naso. «Adam è qui perché è il mio socio. Hakan è qui perché è il capoprogetto. Se in questa piccola riunione avessi voluto qualcun altro per motivi politici avrei chiamato Kim e Avci. Quando ha avuto l'autorizzazione a venire, mi sono documentata. È stato in posti difficili, e per quanto ancora non abbia capito chi sia o cosa faccia davvero per la National Science Foundation, le informazioni che ho raccolto indicano che è in grado di cavarsi d'impaccio quando le cose vanno a puttane».

«Sta dicendo che vuole il mio punto di vista?», chiese Walker.

Meryan sentì sbollire la rabbia nei confronti di Olivieri. E il freddo le s'insinuò nuovamente in corpo. La luce brillante del faro non contribuiva a farla sentire vigile, conscia dell'arrivo del mattino. Le sembrava che fosse ancora mezzanotte, che non dormisse da mesi e che stesse per essere inghiottita dalle ombre.

«Sì, dottor Walker. Sto dicendo proprio questo». Le doleva la testa.

Walker si stropicciò le occhiaie. Chiaramente neanche lui aveva dormito.

«Due uomini sono scomparsi l'altro ieri», fece lui, guardando penetrante Hakan. «Uno di loro è una guida, in grado benissimo di scendere dalla montagna anche durante una nevicata. La tormenta prevista non era ancora arrivata, quindi era un'ipotesi convincente. Logica, diciamo. Al momento molti di quelli che lavorano per voi sono scontenti. Ma ora queste due altre persone... Un'archeologa di mezza età e uno dei suoi studenti, nessuno dei due con particolare esperienza alpina».

La scala riattirò lo sguardo di Meryam, che si sforzò di distogliere gli occhi.

«Avrebbero potuto farcela?», chiese a Hakan.

Hakan tornò alla vecchia abitudine di guardare da un'altra parte. Si concentrò su Adam come se aspettasse il permesso di rispondere.

«È possibile», disse, annuendo lentamente. Ma poi puntò su di lei lo sguardo, socchiudendo gli occhi, pieni di cupa saggezza. «Ma sa benissimo che non l'hanno fatto».

Meryam trasalì. «Che sta dicendo?».

Hakan dilatò le narici. La esaminò con il solito disprezzo. «Non è una stupida, per quanto si sforzi di dimostrare il contrario. La professoressa Marshall non aveva mostrato ostilità nei confronti della sua leadership né alcuna paura dei morti».

«Sono d'accordo», disse piano Adam. Per la prima volta, Meryam notò l'assenza della telecamera. «Queste persone non se ne sono andate. Non ci sono demoni qui, ma questo non vuol dire che non ci troviamo davanti a un mostro. Forse più d'uno».

Walker si avvicinò alla scala, ci appoggiò una mano e guardò giù nel buio. Tutti lo fissarono. Meryam vide la tensione serpeggiargli dentro e l'avvertì anche in se stessa, con l'impulso di scappare o urlare o combattere.

«Omicidio», disse. «È di questo che parliamo».

«Sì», replicò Hakan. «Non può essere altro».

«Omicidio, sì», convenne Ben, guardandosi intorno per accertarsi che non ci fossero altre orecchie indiscrete. «E sabotaggio».

Meryam si sentì tremare le mani. Ebbe una vampata di calore al volto.

«Hakan, dica a Patil di raccogliere tutti gli attrezzi necessari, poi chiami alcuni degli studenti di Helen – quelli più capaci – e mi raggiunga alla cassa».

«Aspetti», cominciò Walker.

Meryam lo ignorò. «Adam, fa' in modo che Zeybekci e Avci sappiano cosa stiamo per fare. Puoi dirlo anche a Olivieri.

E insieme a Calliope portate quelle maledette telecamere. Abbiamo già perso troppo tempo».

Walker alzò una mano. «Meryam…».

«Dottor Walker, lei qui non ha alcun potere. Se lei e il prete volete esserci quando lo faremo, per me va bene, basta che non intralciate. Ma se non allontano quel demone del cazzo dalla caverna e da questa gente, il progetto andrà completamente a rotoli».

Hakan e Adam annuirono.

«D'accordo», disse Adam.

Fecero per muoversi.

«Signori», replicò Walker, «solo una cosa. Guardatevi alle spalle. Da ora in poi, nessuno dovrebbe andarsene in giro da solo. Anche dopo che ci saremo liberati del cadavere, non dimentichiamo che tra noi c'è ancora un mostro reale».

Meryam si avvicinò alla scala e cominciò a scendere.

«Un mostro alla volta».

La tenda di plastica attorno alla cassa era stata smontata. Dei fari forti illuminavano l'essere cornuto, un bagliore giallo burro che gettava sinistre ombre grigie dalle forme curiose sui resti rinsecchiti e sulla parete e il pavimento attorno alla cassa. Walker se ne stava il più possibile in disparte, sapendo che se fosse stato d'intralcio Meryam avrebbe avuto tutti i diritti di mandarlo via.

Serpeggiando tra gli uomini della squadra, Adam e Calliope con le telecamere riuscivano in qualche modo a essere discreti. Gli operai portati da Hakan erano stati esclusi da quell'operazione. A occuparsi della rimozione dei resti erano invece Wyn Douglas e gli studenti di archeologia, sotto la supervisione di Dev Patil e Zeybekci. Olivieri incombeva sulla scena, esaminando attentamente il cadavere. Meryam lo aveva sgridato due volte e una volta spostato fisicamente per allontanarlo dal raggio d'azione del patologo, quando questi era parso particolarmente infastidito.

«È questa la prassi?», chiese Olivieri, avvicinandosi a Walker con aria di disapprovazione. «Non ho mai assistito a un'operazione del genere prima d'ora, ma non posso immaginare che non ci sia un modo più scientifico per estrarre il cadavere, soprattutto nell'interesse della conservazione».

Sotto la guida di Patil, gli studenti avevano aperto un pacco di tela nuovo. Nessuno si illudeva che l'incerata potesse essere sterile, ma almeno era pulita.

«Non ne ho idea», disse Walker, lanciando un'occhiata a Calliope e alla telecamera per evitare che le sue parole fossero registrate. «A questo punto, non credo che a Meryam importi più di tanto».

Gli studenti fecero scivolare l'incerata sotto la testa del cadavere. Quando il teschio venne spostato, sentirono tutti uno schianto, come di foglie secche calpestate. No. Non poteva assolutamente essere la prassi standard in campo archeologico. Era una prassi del tipo *basta che ci spicciamo*.

Walker si chiese se il corpo non si fosse attaccato al legno – se nel corso dei millenni la carne essiccata non si fosse fusa al fondo della bara – ma quando il team di archeologi fece scivolare il telo sotto il cadavere incontrò poca resistenza. Il corpo oscillò leggermente. I brandelli di pelle secca rimasti sulle ossa avevano ricordato a Walker delle ragnatele, ma con il movimento si ridussero in polvere e l'aria in fondo all'arca si riempì di un odore stantio. Dev Patil starnutì nell'incavo del braccio, indietreggiando un attimo mentre gli studenti terminavano di tirare l'incerata sotto il corpo.

«Ci siamo?», chiese Meryam.

Patil si tirò sul naso una mascherina da chirurgo e si chinò sul cadavere. Con le mani, ricoperte di guanti, controllò il lato del cranio. Gli angoli increspati degli occhi manifestarono il suo disappunto. Il patologo sospirò.

«Sono già stati provocati diversi danni», disse. «Quindi lo ripeterò. Tenendo il bordo dell'incerata, sposteremo delicatamente il cadavere verso la parete. Sotto i resti verrà fatta scivolare la tavola e poi, sempre delicatamente, rimetteremo il cadavere a posto. Questo provocherà probabilmente dei danni importanti, ma il nostro scopo è minimizzarli».

A questo punto, Patil guardò torvo Meryam. Dal suo posto, dietro le luci, Walker percepì la disapprovazione del patologo.

Da destra provenne un borbottio, verso l'altra estremità del passaggio, e Walker vide padre Cornelius che discuteva con Zeybekci.

«Non può», diceva con fermezza l'ispettore.

«Lei non ha alcuna autorità su di me», replicò il sacerdote, con le folte sopracciglia aggrottate. «Mi lasci passare!».

Walker imprecò sottovoce.

«Dottor Walker...», cominciò Meryam.

Walker alzò una mano per bloccare la ramanzina e spinse da parte Olivieri e uno degli studenti per passare. La telecamera di Adam lo seguì mentre si avvicinava a Zeybekci e al sacerdote.

«Padre, non può stare qui», cominciò Walker.

«Non riconosco neanche la sua di autorità», disse padre Cornelius.

«Se menziona l'autorità divina, la scaravento giù dalla montagna personalmente», disse quasi senza volere Walker.

Avvertì un sussulto da parte dei membri della squadra e si rese conto di quello che aveva detto. Tutti temevano che le persone scomparse fossero state vittime di un omicidio. E se così era, erano quasi sicuramente state gettate giù dalla rupe.

Padre Cornelius lo ignorò e si rivolse a Meryam. «Tutti qui ascoltano solo lei, miss Karga, ed è quindi a lei che devo fare appello. Ho studiato le mie trascrizioni e gli appunti presi dopo l'esame della copertura di bitume e del coperchio della bara e non ho alcun dubbio che la scritta sia un avvertimento, ripetuto diverse volte e con molta enfasi».

Olivieri sbuffò e alzò gli occhi al cielo.

Calliope ruotò la telecamera per riprendere il volto di Meryam.

«Padre, sinceramente», disse la giovane. «Rispetto la sua fede...».

«Qui la fede non c'entra niente. Queste sono scritte che non affondano le loro radici nel cristianesimo. Solo nella storia. Non ha niente a che fare con il cattolicesimo, l'ebraismo o l'islam, o con qualsiasi altra religione».

«Invece sì», replicò Meryam. «Sta insinuando che ci sia una specie di male spirituale in azione. Che questo essere», indicò il cadavere cornuto, «sia davvero un demone. Non metto in dubbio la sua traduzione...».

«Io sì», borbottò Olivieri.

«...ma dico che non ha importanza se le persone che scrissero quegli avvertimenti li ritenessero necessari. *Noi* non lo crediamo». Meryam indicò lo spazio circostante e la sua mano disegnò delle lunghe ombre sulla luce dei forti fari industriali. «Nessuno di noi, tranne lei, e prete o no, mi sorprende che un uomo con la sua preparazione accademica possa credere a certe cose».

Padre Cornelius si avvicinò al bordo del sarcofago. Una studentessa fece per fermarlo, ma Meryam la allontanò con un cenno della mano, consentendo al sacerdote di arrivare accanto alla cassa e guardare il volto cornuto del "demone". Con le ombre che venivano proiettate nella bara, Walker doveva ammettere che quell'essere era davvero spaventoso.

«Nel mio studio, circondato da libri, non ci crederei mai», disse padre Cornelius. «Ma l'ho sentito. E so che l'avete sentito tutti...».

«Oh, basta!», lo interruppe Olivieri. «Ha tradotto solo dei frammenti, e metto in dubbio i metodi con cui è arrivato a queste seppur limitate traduzioni. Con tutto il dovuto rispetto, lei è un vecchio terrorizzato che ha sentito troppi racconti sul diavolo da parte dei suoi colleghi».

«La traduzione ora non ha importanza», disse Walker, cercando, mentre guardava padre Cornelius, di mitigare la scortesia intrinseca di quelle parole. «Anche se questo brutto bastardo era davvero un demone, *guardatelo*. È morto da molto prima della nascita di Cristo. Non c'è più da millenni».

Zeybekci si avvicinò al prete. «La prego di farsi indietro».

Padre Cornelius indietreggiò di qualche passo, con il volto pallido e il corpo teso.

«Procedete», disse Meryam.

Gli studenti si sistemarono alla testa e ai piedi della bara, mentre Patil sollevava la sottile tavola di plastica rigida e l'appoggiava sul bordo. Al tre del patologo, i due studenti spostarono lentamente l'incerata, facendo rotolare il corpo di lato. Patil adagiò la tavola nella cassa e la mosse sotto il cadavere per cercare di sistemarcelo sopra. Mentre era chino, dal corpo provenne uno scoppiettio, come una miccia che prenda fuoco. Nel petto del cadavere comparve una crepa, si levò uno sbuffo di polvere, seguito da una nuvoletta di gas giallo pipì, che racchiuse per un momento la testa di Patil.

«Stia indietro!», gridò Walker.

Adam corse avanti, con la telecamera abbandonata al fianco, e con la mano libera tirò indietro Patil. Il paleopatologo si voltò e cadde in ginocchio. Per un attimo, Walker ebbe l'impressione che il bianco degli occhi dello studioso avesse assunto una sfumatura di un arancio putrido. Poi Patil si allontanò contorcendosi ed ebbe dei conati. Il primo non provocò nulla, ma con quello successivo riversò un torrente di vomito che cadde nell'angolo in pendenza della caverna, scivolando nei punti in cui le travi dell'arca si erano separate sotto la pressione dei millenni.

«Avvolgetelo e portatelo fuori di qui!», disse Meryam al team di archeologi.

I due studenti alle estremità ripiegarono l'incerata attorno al cadavere mentre Wyn Douglas lo legava in fretta col nastro, poi sollevarono la tavola come i paramedici di un'ambulanza sul luogo di un incidente. In pochi secondi trasportarono il cadavere verso la base della vicina scala, dove cominciarono ad avvolgerlo meglio.

In ginocchio accanto a Patil, Meryam gli mise una mano sulla spalla. «Dev, come...».

L'uomo si scrollò di dosso la mano e si piegò di nuovo, facendo respiri rapidi e profondi e cercando di controllare la nausea che montava.

Walker spinse di lato uno studente. «Meryam, si allontani. Allontanatevi tutti».

Adam si riscosse dal momentaneo shock. «Ha ragione. Vieni, amore. Qualunque cosa fosse potrebbe essere contagiosa». Si rivolse poi a un altro studente. «Va' subito a chiamare il dottore. E tutti gli altri stiano indietro».

Nessuno se lo fece ripetere due volte. Calliope continuò a filmare mentre Adam aiutava Meryam ad alzarsi e si allontanava con lei da Patil.

Ma non tutti si fecero indietro. Padre Cornelius superò Calliope e si avviò verso Patil e il sarcofago ormai vuoto.

«Padre...», lo mise in guardia Walker.

Ma gli occhi del sacerdote erano fissi sull'interno intensamente illuminato della cassa dove era stato deposto l'essere cornuto, e ora Walker vide dei segni. In epoca antica, i fluidi del cadavere avevano macchiato il legno, ma non si trattava solo delle striature di quelle macchie, c'erano anche parole, simboli simili a quelli sul coperchio e sulla copertura in bitume, incisi o marchiati nel legno migliaia di anni fa. Altri messaggi dal passato che necessitavano di una traduzione.

«Non ora», cominciò Walker. «Sul serio, non possiamo correre il rischio di...».

Zeybekci urlò qualcosa in turco al sacerdote, all'inizio qualcosa di breve e adirato, poi un lungo fiume di parole gutturali che gli contorsero il volto per la rabbia.

«Aspetti», disse Meryam mentre con Adam si voltava verso Zeybekci, ma troppo tardi. L'ispettore aveva già cominciato a muoversi.

Zeybekci si scagliò a mani tese verso padre Cornelius e con le dita piegate ad artiglio afferrò il prete per i vestiti e lo gettò in terra. Tutti cominciarono a urlare. Calliope manovrò per trovare uno spazio per la telecamera, filmando tutta la scena mentre afferravano Zeybekci cercando di allontanarlo. Mentre continuava a riversare il suo flusso gutturale di parole, l'ispettore cominciò a prendere a pugni l'anziano sacerdote, colpendolo alla testa e al collo.

Poi estrasse la pistola.

Adam gli afferrò il braccio e glielo piegò all'indietro, disarmandolo rapidamente, ma a quel punto Zeybekci si divincolò e lo colpì con un pugno alla testa, mandandolo a gambe all'aria.

«Venite ad aiutarci!», gridò Meryam agli studenti.

Ma a quel punto era intervenuto Walker. Con l'aiuto di Meryam, strappò Zeybekci da padre Cornelius e lo atterrò. Poi arrivarono gli studenti, che gli immobilizzarono le mani in terra, mentre l'ispettore strillava e si divincolava, in preda a una rabbia furiosa. Talmente furiosa che Walker gli mise un ginocchio sul petto, urlandogli di smetterla e di tornare in sé.

Zeybekci gli rivolse uno sguardo torvo. I fari industriali gli facevano scintillare gli occhi, ma c'erano anche delle ombre, e per mezzo secondo a Walker parve che avessero la stessa sfumatura arancione che aveva visto negli occhi di Patil quando il gas gli aveva avvolto la testa.

Di colpo, Zeybekci si fermò. Chiuse gli occhi, sospirò e delle lacrime gli sgorgarono dagli occhi.

«Che mi è successo?», chiese con calma.

Walker non si fidava. Non ancora. Insieme agli studenti aspettò di stabilire se l'ispettore fosse davvero tornato in sé. Quando vide che riusciva a espirare e che aveva rilassato i muscoli della schiena, Walker guardò nuovamente Patil appoggiato contro la bara. Il patologo si asciugò la bocca con sguardo disgustato, pallido, ma apparentemente ristabilito.

«Ma che diavolo gli è preso?», disse Adam, strofinandosi la testa mentre Meryam osservava calmarsi le acque dopo quel caos.

Walker guardò la pistola che aveva in mano Adam. Zeybekci fece lo stesso.

«Ora posso riprenderla», disse l'ispettore, allungando la mano.

«Non credo», disse Walker, frapponendosi tra i due. «Non ancora, almeno».

Tese la mano per avere l'arma. Adam esitò, lanciando un'occhiata a Meryam, ma Walker non aveva intenzione di aspettare un cenno di approvazione. Non quando c'era di mezzo un'arma da fuoco. Con cautela, ma altrettanta fermezza, prese la pistola dalla mano di Adam.

«Visto che il signor Avci sembra a posto, la darò a *lui*», disse Walker. Quella soluzione parve soddisfare tutti, per il momento.

Padre Cornelius si schiarì la voce. Tutti si voltarono e videro che si alzava tremante in piedi. Perdeva sangue dal naso. La bocca aveva già cominciato a gonfiarsi, il labbro superiore era spaccato, la guancia sinistra era lacerata e aveva sicuramente bisogno di punti.

«Se avete finito con le vostre obiezioni», disse il sacerdote. «Ora vorrei tentare di decifrare quello che è scritto dentro la bara. Forse quella piccola nube tossica era solo gas corporeo. Ma nel caso che la vostra convinzione che tutto sia assolutamente naturale dovesse rivelarsi errata, vorrei sapere con cosa abbiamo a che fare».

Delle goccioline di sangue gli caddero dal volto ferito spargendosi sul pavimento.

Stavolta, nessuno tentò di opporsi.

La tempesta si era placata. A metà pomeriggio, il vento cessò del tutto per circa un'ora e il mondo attorno alla montagna si fece assolutamente silenzioso. Malgrado il momento di bonaccia, i lavori nell'arca si erano fermati. L'immobilità del cielo e la sospensione delle attività dentro la caverna parevano situazioni temporanee, destinate entrambe a riprendere con rinnovato vigore. Nel caso della tempesta, se non altro, questo avvenne puntualmente un'ora prima del buio.

Adam piantò i piedi, contrastando le raffiche che si abbattevano contro l'imboccatura della caverna. Non era ancora notte, ma il buio era arrivato prima. Le nevicate degli ultimi due giorni erano state leggere in confronto alla tormenta violenta e furiosa in arrivo. Con la schiena al vento, teneva stretta la telecamera e riprendeva l'ululante e bianco turbinio, sperando che le immagini fossero impressionanti come pensava. La gente era abituata a vedere una tormenta di neve, ma non come questa, con migliaia di metri di niente dinanzi a sé.

Pensò alle quattro persone scomparse e si chiese se fossero finite oltre l'abisso e i loro corpi fossero ora laggiù, sepolti sotto metri di neve, e perduti per i loro cari almeno fino al primo disgelo primaverile. Sempre più, Adam aveva deciso di tenere per sé i propri pensieri e i propri timori. Meryam non voleva ascoltarli e malgrado questo lo addolorasse, rammentò a se stesso la pressione a cui era sottoposta.

Una pressione a cui si è sottoposta da sé, pensò. Adam sarebbe stato ben contento di condividere quel peso, ma Meryam non aveva voluto. *Non vuole condividere i suoi problemi, e forse non vuole neanche condividere la sua felicità. È davvero la donna che vuoi sposare?*

Fu invaso dal senso di colpa. L'amava e non si pentiva di quell'amore, ma a volte Meryam non facilitava le cose. Adam l'aveva considerata la compagna perfetta, una persona con cui poter inseguire i propri sogni, mentre lei inseguiva i suoi, fianco a fianco, ognuno dando forza all'altro.

Chi aveva un po' d'intelligenza cercava di ripararsi meglio che poteva, accendendo le stufe e rannicchiandosi insieme agli altri, ma Adam aveva bisogno di stare da solo. Di schiarirsi le idee. Erano in corso riunioni, lo sapeva. C'erano diverse decisioni da prendere. Il dottor Dwyer aveva rimesso in sesto padre Cornelius e Hakan osservava il prete che tentava di decifrare le scritte all'interno della bara, mentre Walker e Kim lo assistevano e Calliope riprendeva. Dev Patil e Zeybekci erano ancora affidati alle cure di Dwyer, anche se entrambi sostenevano di sentirsi bene.

Adam infilò la telecamera nella tasca della giacca e chiuse la lampo, pensando fosse meglio rientrare. Alzando lo sguardo, vide una sagoma sfrecciare traballante fuori dall'arca. A testa china, le mani lungo i fianchi, la figura avanzò faticosamente nella tormenta, dritta verso il bordo e la lunga caduta che l'attendeva.

«Chi diavolo…», cominciò Adam, mettendosi a correre ancor prima che le parole gli uscissero di bocca.

Scivolò nella neve e tese le braccia come un bambino che gioca a fare l'aeroplano, con il cuore che gli correva in petto per la paura che un passo sbagliato potesse farlo scivolare oltre il bordo. Nell'eterea luce azzurrina che diffondeva la tormenta, la sagoma acquistò velocità, ma Adam fece altrettanto. I suoi piedi erano riusciti a trovare un ritmo sulla neve e fu certo di farcela, di riuscire a salvare almeno quella vita.

Poi il piede sinistro colpì un pezzo di ghiaccio sotto la neve. Adam girò su se stesso, cadendo sul fianco destro con un grugnito e una fitta di dolore alle costole. Lo slancio lo sospinse di qualche centimetro e il giovane percepì la vicinanza del bordo e capì che anche il più piccolo sussulto avrebbe potuto farlo precipitare.

No, pensò, allungando il collo, consapevole che ormai non ce l'avrebbe fatta. Rotolò sul petto e cominciò ad alzarsi, frustrato dal senso di fallimento.

Una seconda sagoma seguì la prima. Emerse dalla tempesta come un'apparizione, arrivando tra le raffiche di vento, rivelata dall'apertura del sipario di neve. Adam fu colto dal panico, immaginando che quei due fossero solo i primi di un esodo di massa, una fuga verso la morte dei membri della squadra che si gettavano dalla montagna.

Poi vide che la seconda figura era Hakan, e trattenne il respiro. Hakan urlò, lanciandosi verso il primo uomo, lo afferrò per la giacca e lo gettò con violenza nella neve. Precipitarono l'uno sull'altro e quando si fermarono sul bordo della cengia, Adam mormorò una preghiera. La gamba di Hakan era sospesa nel vuoto, mentre il primo uomo continuava a lottare. Gli occhi sgranati e pieni di una paura primordiale, terrorizzato all'idea di morire, Hakan colpì l'uomo in faccia due volte.

Adam li raggiunse. Porse a Hakan la mano e lo tirò via dal bordo. Insieme, trascinarono il primo uomo verso la caverna. Hakan gli diede un altro pugno e poi gli strappò la sciarpa dalla faccia.

«Avrebbe potuto ucciderci entrambi!», gridò Hakan, sputando dalle labbra.

Armando Olivieri li guardò senza né paura né vergogna, solo pieno di delusione. Adam si sentì ribollire di rabbia. Afferrò Olivieri per la giacca e lo trascinò al sicuro. Il professore gridò e colpì Adam sul braccio, pretendendo che lo lasciasse andare.

Adam lo sbatté nella neve. «Mi prende in giro? Arma un casino perché le ho messo le mani addosso? Le ho appena salvato la vita!».

Olivieri s'irrigidì e dagli occhi gli sgorgarono le lacrime. La neve li sferzava, e le temperature gelide rallentavano le lacrime del professore. Adam si chiese se gli si sarebbero ghiacciate in faccia.

«Non capite», disse Olivieri, ma il vento era talmente forte che Adam dubitò che Hakan potesse sentirlo. «L'ho sentito dentro di me, come un veleno nelle vene e ho capito che Dio non poteva fermarlo. Non vedete? Qui non c'è più Dio. Non può aiutarci».

Quelle parole erano terribili pronunciate da un uomo che aveva passato la vita a studiare la Bibbia, e il tono della voce fece rabbrividire Adam come neanche la tormenta era riuscita a fare. E gli occhi… Adam non aveva mai visto una disperazione simile. Impressionato, si trascinò all'indietro con le ginocchia e guardò Hakan.

«Lo porti dal dottor Dwyer. Lo leghi, se è necessario», disse Adam. «È una situazione incontrollabile. Devo vedere Meryam».

Hakan prese l'uomo per le spalle, assicurandosi che non scappasse di nuovo.

«Forse è meglio che aspetti ad andare da lei, o quello che scoprirà potrebbe non piacerle», disse quelle parole con un disprezzo tale che fu come se le avesse sputate.

Mentre si allontanavano, Adam osservò la schiena di Hakan. Un nodo silenzioso al petto si trasformò in qualcosa di più grande, una paura stranamente calma che accompagnò il suo primo passo e poi il secondo.

Dimenticato il turno di guardia, e quasi anche il tentato

suicidio di Olivieri, si fece strada lottando contro il vento, incamminandosi lungo il passaggio del livello uno, dove erano gli alloggi della maggior parte dello staff. Alcuni si erano trasferiti al livello superiore in cerca di una maggiore protezione dagli elementi, mentre altri si erano limitati a rinforzare il loro scarno riparo. Adam e Meryam si erano sistemati nel livello due, ma la stalla che lei aveva eletto a proprio ufficio si trovava lì, e Adam era certo che stesse ancora lavorando.

Una calda luce arancione brillava dentro la stalla, una combinazione tra una lampada alimentata dal generatore e un piccolo termoconvettore.

I passi di Adam erano quasi silenziosi nel sottile strato di neve soffiata fin laggiù. Mentre arrivava in vista dell'interno della stalla non riusciva a percepire il battito del proprio cuore o il petto che saliva e scendeva.

Meryam era lì, proprio come aveva previsto. Quello che non aveva previsto era che potesse non essere sola. In quel caldo bagliore, era abbracciata a Feyiz, col volto affondato nel suo petto. Da dove si trovava, Adam non riusciva a vederla in faccia, ma Feyiz aveva gli occhi chiusi in un'espressione di sofferente appagamento.

Adam cominciò a scuotere il capo e indietreggiare. Mentre ripercorreva il passaggio, confusione e negazione lasciarono il posto a un afflusso di bile e a un moto di odio. Poi arrivò l'ira, verso di lei per quel tradimento e verso se stesso per essere stato tanto stupido. Una frase gli echeggiava in testa, qualcosa che aveva letto in centinaia di libri e fumetti nel corso degli anni. *Un idiota innamorato, ecco cosa sei. Povero coglione.*

Un attimo dopo si ritrovò dove era partito, sulla cengia, con la tormenta che gli ululava intorno, la neve che gli sferzava il volto, il freddo che gli bruciava la poca pelle scoperta. Fissò il punto in cui Olivieri aveva tentato di suicidarsi, come il vento e la neve parevano creare piccoli spettri che turbinavano dal bordo della caverna, imitando il gesto che aveva voluto compiere il professore.

Adam fece un altro passo.

Una mano gli toccò la schiena. Lo colse la rabbia, un odio viscerale che gli veniva da dentro, e si voltò, aspettandosi di trovare Meryam. Doveva averlo sentito, doveva averlo seguito.

Ma non era Meryam.

Calliope sussultò nel vedere la durezza della sua espressione, e Adam si addolcì.

«Ehi… che c'è?».

Il dolore e l'umiliazione alimentavano la sua rabbia, ma si sforzò di placarla e scosse il capo. «Niente di importante. Cosa volevi?».

Calliope non gli credette. Lo scrutò negli occhi e gli prese la mano, compassionevole.

«Adam», disse. «Ti prego. Che c'è?».

Lì, nel bel mezzo della tormenta, smarrito nelle tenebre e nel bianco urlo della tempesta, a un passo dall'abisso, la baciò. Le labbra di Calliope erano calde e morbide e il suo fiato aveva un vago sentore erbaceo.

La donna lo respinse. «Fermati».

Adam fece un respiro profondo e indietreggiò. Poi vide la preoccupazione sul volto di Calliope e capì.

«Non qui», aggiunse lei.

E andarono altrove.

TREDICI

La neve non arrivava negli angoli più remoti dell'arca. In fondo, dove ancora si trovava la bara sul pavimento inclinato e i termoconvettori fornivano un po' di calore, Walker non aveva idea di quanto fosse peggiorata la bufera. Ma sapeva che quella notte nessuno sarebbe uscito furtivamente. Se qualcuno fosse scomparso, con quel tempo non ci sarebbe stato alcun dubbio sulla fine che aveva fatto.

Omicidio.

L'unica domanda sarebbe stata chi era il colpevole.

Per ora, il lavoro in quell'angolo in fondo all'arca proseguiva. Tutti gli altri si erano rintanati fino al mattino, seppellendosi sotto più strati possibili, ma c'erano questioni urgenti. Questioni che non potevano attendere il sorgere del sole e la fine della tempesta.

Padre Cornelius lavorava sulla bara ormai vuota, con dei fari che ne illuminavano l'interno. Gli stava accanto Kim, che prendeva appunti a mano su un diario che le aveva dato il sacerdote. Il suo ruolo di osservatore delle Nazioni Unite non prevedeva questo tipo di assistenza a padre Cornelius, ma fin dal suo arrivo tra la squadra di Walker e lo staff del PAKH si era manifestata una mancanza di fiducia, una distanza che si era trasformata in baratro.

Polly Bennett e una coppia di altri membri del team di archeologi stavano a guardare. La diffidenza sui loro volti era più che evidente, ma Walker sapeva che era stata meritata. Kim e il sacerdote avevano entrambi manifestato strani comportamenti vicino alla bara e al suo occupante. Walker non aveva dato alcun contributo nelle ultime ore, ma era rimasto per lo stesso motivo per cui l'avevano fatto quegli studenti: per assicurarsi che nessuno desse di matto e decidesse di danneggiare il sarcofago, o peggio ancora, se stesso o qualcun altro.

A breve distanza, in fondo alla scala che saliva al livello due, il cadavere era stato avvolto con cura, sistemato in un sacco di plastica e ulteriormente sigillato dentro un involucro di tela chiuso con una lampo che sarebbe stato più semplice trasportare. Pronto ad andarsene, non appena fosse cessata la tempesta.

Walker distolse lo sguardo dall'involucro di tela, e si sforzò di non pensare al corpo brutto e deforme al suo interno e alle orrende corna del teschio.

«Be', non è per niente carino», disse Kim, aggrottando la fronte e allontanandosi di un passo da padre Cornelius.

Walker avvertì un fremito. *No, no*, pensò. *Non più di tutta questa storia.*

Ma poi Kim gli lanciò un'occhiata per renderlo partecipe della battuta.

«Ha appena detto che vorrebbe che il professor Olivieri fosse qui», disse Kim, dando una leggera gomitata al sacerdote. «Sinceramente, mi sento offesa».

Il prete farfugliò confuso. «È solo che, insomma, Olivieri sarebbe in grado di comprendere le difficoltà della traduzione…».

«Ha contestato ogni parola che ha detto da quando è arrivato», disse Walker. «È instabile e, scusi padre, anche prima di dimostrarsi instabile era un vero stronzo».

«Niente da obiettare», replicò il prete. «Ma era uno stronzo di cultura».

Gli studenti lo fissarono. Kim inarcò un sopracciglio fingendo di non aver sentito, ma Walker scoppiò a ridere. Non era la prima volta che l'anziano padre si esprimeva in modo colorito. Se non altro, dimostrava di essere tornato in sé e avere piena padronanza di se stesso.

Polly Bennett si unì a Kim e al sacerdote vicino alla bara. In assenza di Helen Marshall, Polly era il membro più anziano e praticamente il capo del team archeologico.

«Che differenza c'è con quello che era sul coperchio?», chiese Polly.

Padre Cornelius guardò Walker e Polly lo imitò, osservando quello scambio silenzioso di occhiate. Il messaggio era chiaro. Quello poteva anche essere il Progetto Arca Karga-Holzer, ma, riguardo a ciò che aveva scoperto, padre Cornelius rispondeva a qualcun altro.

Walker annuì, dandogli la sua autorizzazione. Tutti e tre gli studenti lo fissarono un momento: non gradivano l'idea di essere tagliati fuori da nuove informazioni.

«Stesso metodo», disse padre Cornelius, indicando l'interno del sarcofago. «Quale che sia la metodologia usata da chi scrisse sul coperchio e incise i simboli sulla copertura di bitume, qui è utilizzata la stessa miscela di lingue. Ho trovato cose che si ripetono. L'elemento sumerico è fondamentale. Ma ho come la sensazione di non considerarlo in modo corretto, penso che se riuscissi a capire perché certe lingue sono usate in certe frasi, sarebbe tutto chiaro».

Polly riguardò Walker, sebbene non lavorasse per lui. «Io sono specializzata in lingue. Potrei dare una mano».

Walker si aspettava che il sacerdote sbuffasse. In certi momenti l'avrebbe sicuramente fatto. E invece padre Cornelius alzò la testa ed esaminò la giovane con la testa rasata a metà e i capelli verdi.

«Ne sarei contento», replicò, ma lo disse in un modo tale – con una sorta di tremore nella voce, un lampeggiare degli occhi – che Walker si chiese se fosse aiuto quello che voleva o piuttosto la concretezza della vicinanza di Polly. La compagnia di qualcuno che pareva forte e stabile laddove molti altri avevano i nervi a pezzi.

Kim si spostò di lato per far posto a Polly. Walker pensò che ci avrebbe scherzato su, dicendo che capiva quando era il momento di andarsene, ma invece scarabocchiò qualcosa sul diario e fissò il vuoto per qualche secondo. Parve ondeggiare e, preoccupato, Walker cominciò ad avvicinarsi.

«Aspetti un attimo», disse Polly, fissando la bara. «I segni qui...».

«Le macchie», replicò padre Cornelius. «Sì?»

«Pensava provenissero dai fluidi corporei».

«Lo penso ancora».

Gli altri studenti si avvicinarono. Ridestandosi dalle sue fantasticherie, Kim allungò il collo per guardare meglio. Walker arrivò alle spalle di Polly e del sacerdote, sbirciando tra di loro i simboli incisi e le striature scure dove era stato adagiato il corpo. Il motivo gli ricordava il profilo che la polizia disegna con il gesso attorno ai cadaveri sulla scena del crimine.

«Dovrei prendere dei campioni per avere la conferma»,

disse Polly. «Ma secondo me, il contorno è troppo nitido per essere stato creato solo da macchie».

Kim aveva la penna pronta come un'impaziente cronista alle prime armi. «Cosa suggerisce?».

Walker sentì che tutti i suoi dubbi cominciavano a chiarirsi. Tutto il tempo aveva cercato altre spiegazioni, non solo per il comportamento dello staff ma per quell'unica, enorme e impossibile ragione che superava qualunque altra: l'ubicazione dell'arca. C'erano modi per spiegarla, ma rasentavano tutti l'incredibile. C'erano state diverse volte nella sua carriera in cui credere nel soprannaturale gli avrebbe facilitato il lavoro e la vita, ma non l'aveva fatto e in ciascuno di quei casi aveva trovato una spiegazione tangibile e biologica. Straordinaria, orribile a volte, ma non soprannaturale. Cercava qualcosa di più: questo gli era diventato chiaro, per quanto fosse duro ammetterlo a se stesso. Ma il male vero, occulto non aveva per la sua vita maggiore rilevanza di un mucchio di fiabe per bambini.

Ora guardò nella bara e vide ciò che aveva visto Polly. La parte più scura del fondo del sarcofago, dove la maggior parte delle scritte erano nascoste sotto il cadavere... il profilo non si era scurito solo per via dei fluidi fuoriusciti dal corpo durante la putrefazione.

«Il legno è bruciato», disse.

Polly aveva cominciato la sua spiegazione, ma ora lo guardò e annuì. «Credo di sì».

«Com'è possibile?», chiese uno degli studenti.

«C'è modo di spiegarlo», replicò Polly.

Infatti. Chiunque avesse posto il cadavere nella cassa avrebbe potuto marchiare il legno col fuoco prima, come parte del messaggio. Ma padre Cornelius si fece il segno della croce, estrasse il crocifisso da sotto il colletto e lo baciò prima di rinfilarlo sotto l'abito.

«Io non...», cominciò Kim, chinando il capo e facendo un paio di profondi respiri.

Walker le si avvicinò. «Kim?».

La donna si raddrizzò, chiudendo la penna nel diario. «Sono molto stanca. Va bene se vado a stendermi? Vorrei dormire».

«Certamente», disse Walker. Lanciò un'occhiata a padre Cornelius. «A meno che non abbia bisogno di lei».

«Ce la caveremo», disse il prete, scrutando Kim con fugace preoccupazione, prima di rivolgere nuovamente l'attenzione a Polly. «Potrebbe aiutarmi a riordinare le idee e ripassare i vari elementi linguistici che ho già individuato».

Mentre il prete cominciava a ripercorrere le sue osservazioni, Walker prese Kim per il gomito e l'accompagnò via. Superarono il cadavere con le corna. Walker guardò appena il sacco di tela chiuso, ma sentì la presenza di quell'essere alle sue spalle, mentre aspettava che Kim salisse la scala fino al livello due, e poi saliva a sua volta. Come lo sguardo di un amante respinto gli ardeva tra le scapole, lo bruciava, finché non salì sulla scala. Aveva la mente affollata da un guazzabuglio di domande, la cui gran parte non aveva una risposta soddisfacente.

«Walker», disse piano Kim, mentre camminavano. «Si sente a posto?»

«No», fece subito lui, e poi rise per il suo tono drammatico. «Ma come dovrei sentirmi?».

Kim lo urtò, mantenendo l'andatura ma andandogli addosso a ogni passo. «Infreddolito, direi. Ma sa che non è quello che intendo».

Davvero lo sapeva?

«Osservato», disse lui, scontento di ammettere una paura tanto vaga. «Mi sento osservato».

Kim annuì, guardandosi intorno come se chi li stava osservando potesse nascondersi tra le ombre, gli spazi scuri tra i fari appesi ogni tre metri lungo il passaggio. La scala per il livello tre era più avanti, ma Kim si fermò e gli si mise di fronte. Erano nel buio tra le lampade, ma Walker riusciva a vedere il fiato della donna che si condensava. L'inverno non era semplicemente arrivato, aveva invaso tutto.

«Lo sento anch'io», fece lei. «Ma anche di più. Mi sento marcata».

«Come un bersaglio?».

Kim scosse il capo. «Non in quel modo. Intendo come un cane che marca il territorio e diffonde ovunque il suo odore in modo che gli altri cani stiano lontani. Mi sento come… reclamata. So benissimo che è sciocco, ma voglio andarmene. So che ho acconsentito a partecipare a questa missione. Ma ora… devo andarmene via di qui».

«La tormenta…».

«Lo so», disse, toccandogli il braccio, corrugando la fronte. «Non posso andare da nessuna parte finché il tempo non migliora. E mi vergogno di me stessa per questa mia ansia».

Kim lasciò la mano sul braccio di Walker, fissò le travi in terra e fece un respiro profondo, restia a spiegarsi meglio. O forse incapace di farlo.

Il giorno in cui erano arrivati, Ben ammetteva di aver provato in generale per lei una certa avversione, ma quella era una donna diversa. Bella, sì, ma non un'alleata. Né un'amica. Ora, privati entrambi della loro identità professionale, la guardò e vide una persona intelligente, schietta e piena di curiosità, molto simile a lui.

«Non è l'unica ad avere paura», disse piano lui. «Glielo garantisco, Seong, non è sola».

Levò una mano, quasi involontariamente, e gliela mise sulla guancia. Lei si appoggiò al palmo della sua mano e poi si avvicinò per farsi abbracciare. Ed ecco un'altra cosa che avrebbe ritenuto impossibile.

Restarono abbracciati, traendo calore e forza l'uno dall'altra.

E per un po', non furono soli.

Il margine della caverna era come la bocca mal scavata di una zucca di Halloween. Sulla metà occidentale, la gran parte della parete dell'arca aveva ceduto durante la frana, lasciando l'interno esposto agli elementi. Il Progetto Arca aveva cominciato a lavorare in questo lato per completare le analisi e la raccolta dei manufatti e campioni il prima possibile, e svolgere il lavoro successivo nel lato orientale.

Erano in ritardo. La tempesta era arrivata troppo presto.

Sul lato occidentale del margine della caverna/zucca, Adam era rannicchiato dietro un affioramento roccioso che bloccava gran parte del vento. Ciononostante, la temperatura era crollata vertiginosamente e sapeva che era sciocco stare lì fuori, soprattutto al buio. Ma era il posto più lontano dal resto dello staff – e da Meryam – che aveva trovato, senza dover scendere dalla montagna.

«Idiota», sussurrò tra sé e sé, con le labbra screpolate e secche dietro il passamontagna. Per un attimo, gli occhiali da sci si attaccarono attorno agli occhi mentre il vento cambiava direzione, poi si allentarono nuovamente.

Si disse che stava là fuori perché aveva accettato di fare il primo turno di guardia, ma non poteva credere a quella menzogna. Neanche per un secondo. Le mani ancora gli dolevano per il tepore e la morbidezza delle curve di Calliope, il ricordo dei muscoli duri e tesi delle sue braccia e della schiena mentre si muoveva contro di lui e viceversa. Indossava un'acqua profumata con sentore di vaniglia e cannella e quegli aromi ancora lo inebriavano, aveva ancora il gusto di lei sulle labbra.

Il senso di colpa lo divorava, ma non era solo quello. Quando chiudeva gli occhi, stringendoli contro la realtà, gli balenavano in mente immagini di Meryam con Feyiz, della loro intimità, e dell'espressione appagata sul volto di lui. Ma esse si mischiavano come carte di mazzi diversi a immagini dei brevi momenti trascorsi con Calliope solo un'ora prima, al modo in cui la sua bocca aveva formato una piccola O quando gli era salita sopra ed entrambi avevano cercato di non fare rumore.

Si detestava un po'. Forse più di un po'. Ma se doveva essere sincero, si detestava per aver tradito ciò in cui credeva e non tanto per aver tradito Meryam. In quel momento, Meryam non meritava il suo senso di colpa o l'autorecriminazione.

«Cazzo!», fece con voce aspra, da solo nella tormenta.

Doveva andarsene da quella montagna.

Le emozioni che lottavano dentro di lui stavano bruciando ogni cosa, lasciandosi dietro solo terra bruciata, e Adam non era mai stato bravo a celare i propri sentimenti. Come diavolo avrebbe fatto a resistere anche una sola ora nel momento in cui si fosse trovato faccia a faccia con Meryam? La sua compagna. La sua futura sposa. Era grave che lo stesse tradendo con Feyiz. Ma se fosse stato solo questo, Adam avrebbe potuto prendere la strada maestra. Stare a testa alta. Col cuore spezzato, ma almeno in grado di dire a se stesso di aver subito un torto. Ora non poteva più farlo.

E tutto per cosa? Calliope non lo amava. Erano amici, colleghi e flirtavano di tanto in tanto ma mai con intenzioni serie. Nel momento in cui gli aveva preso la mano e Adam aveva visto la tenerezza nei suoi occhi, era stato come se qualcun altro avesse preso il sopravvento, come se il suo corpo si muovesse di volontà propria. Non l'avrebbe mai ammesso ad alta voce. Tutta la vita aveva odiato le persone che si giustificavano con la scusa di aver perso il controllo. Perciò per quanto avesse ancora in testa il suo profumo e sulla punta delle dita la sensazione del suo corpo, Adam si sarebbe assunto le proprie responsabilità.

Rassegnato, si allontanò dalla parete e si riavviò lungo il bordo. La neve gli copriva gli abiti e dovette asciugarsi gli occhiali mentre s'incamminava verso l'ingresso della caverna, con la tentazione di tornare al rifugio che condivideva con Meryam per cercare di addormentarsi prima che lei andasse a letto, di rinviare il confronto al mattino. Si disse che non sarebbe stata codardia, ma praticità. Avevano bisogno di dormire.

Ma, no. Il senso di colpa e la rabbia gli ribollivano dentro e capì che doveva affrontarla. I pensieri gli tornarono agli ultimi mesi e si chiese come mai non l'avesse capito prima. Meryam era stata in continuo contatto con Feyiz sin dal loro primo viaggio nella regione. Persino mentre pianificavano il matrimonio, Meryam doveva aver continuato la storia a distanza. Non c'era da stupirsi che fosse stata tanto riservata, tanto disinteressata ai preparativi delle nozze. Il giorno in cui dovevano vedere il posto per il ricevimento e aveva fatto tutto quel ritardo, era arrivata con le notizie di Feyiz sulla frana, sulla caverna, sull'arca... non c'era da stupirsi che fosse stata tanto determinata a tornare lì il prima possibile, a rinviare i preparativi del matrimonio.

L'arca in realtà non c'entrava niente.

La neve gli scricchiolò sotto i piedi. Il vento gli spingeva la schiena come se fosse la tempesta stessa a indirizzarlo in fretta verso la brutta situazione che lo attendeva. Più di tutto gli dispiaceva per Calliope. La loro amicizia ne avrebbe sofferto, e così il loro rapporto professionale. Forse era possibile che a un certo punto dalle macerie avrebbero riesumato quell'amicizia, ma non ci giurava.

Una raffica lo fece sbandare a sinistra – verso l'orlo – e Adam si chinò in avanti per contrastare la tempesta. Riasciugandosi la neve dagli occhiali, fu sorpreso nel vedere emergere dalla caverna una figura illuminata in controluce dall'opaco bagliore proveniente dall'interno. La figura si fermò e si guardò intorno, cercando qualcuno. *Cercando me?* Adam si chiese se potesse essere Meryam, o anche Calliope. Ma mentre la figura lo individuava e cominciava ad avvicinarsi, Adam vide che era Feyiz.

Strinse i pugni. Sentiva a malapena le dita dentro i guanti, ma i muscoli, tesi per la rabbia, gli dolevano. Il senso di colpa quella sera intorbidiva i suoi sentimenti verso Meryam, ma quello che provava per Feyiz... era chiaro come il sole.

«Grazie al cielo», disse Feyiz, tremando e battendo i piedi dopo essersi fermato davanti ad Adam. «Non riuscivo a trovarti e quando Calliope mi ha detto che eri di guardia, ho pensato "stanotte?". Ma poi sono uscito e quando non ti ho visto ho pensato... insomma, non importa. Devo parlarti».

«Non è il caso», disse piano Adam.

Feyiz l'aveva sentito a malapena. Adam avrebbe voluto gettarlo in terra, prenderlo a pugni in faccia, vedere il suo sangue sulla neve, scaraventarlo oltre l'orlo del dirupo.

«Riguarda Meryam».

Quelle parole gli mozzarono il fiato. Quel figlio di puttana osava affrontarlo lì, nel bel mezzo della missione, su quella montagna del cazzo, durante una maledetta tempesta? Voleva parlargli della donna che Adam avrebbe dovuto sposare? Il solo sguardo negli occhi di Feyiz, quell'espressione ipocrita come a suggerire che conosceva Meryam meglio di lui, erano sufficienti a fargli meritare una bella ripassata.

«Dimmi», fece Adam a denti stretti. Voleva sentirglielo dire. Voleva che Feyiz confessasse i suoi peccati prima di ricevere le botte che meritava.

«Per poco non sarei venuto a cercarti», ammise Feyiz. «Le ho promesso che non avrei detto niente, ma non posso tenerlo per me. Non credo sia giusto che debba conoscere i segreti che una donna nasconde all'uomo che intende sposare».

Intende sposare, pensò Adam. *Meryam pensa ancora che ci sposeremo?*

Adam non faceva una scazzottata dai tempi delle medie. Da ragazzino, aveva un carattere difficile, si era trovato nei guai più di una volta ed era tornato a casa con graffi, lividi e mani sbucciate. Aveva imparato a essere più civilizzato, a trovare altre vie. Ma quella notte non voleva essere civilizzato, non voleva trovare un'altra via. Il senso di colpa per aver fatto sesso con Calliope scomparve, come se fosse stata l'unica cosa a frenare la sua rabbia.

«Hai le palle, te lo concedo», mormorò.

Il vento si portò via le sue parole. Feyiz corrugò la fronte e lo scrutò in volto. L'aveva sentito parlare ma non aveva capito cosa aveva detto.

«Sarà furiosa», proseguì Feyiz. «Ma devi saperlo, Adam. Pensa forse di proteggerti, ma vedo che questa cosa vi sta allontanando». Alzò le mani. «Senti come ci giro intorno. Mi dispiace. Detesto tradire la sua fiducia, ma devi sapere che è malata. Devi averlo notato, no? Ma forse non sai *quanto*».

Ci vollero diversi secondi perché quelle parole penetrassero attraverso il grumo della sua ira. A quel punto, il calore della rabbia svanì e il vento affondò in lui le sue gelide zanne. Paralizzato, congelato, Adam guardò inebetito Feyiz.

«Cos'hai detto?»

«È malata, Adam. Meryam te l'ha nascosto perché ha paura di come possano cambiare le cose tra voi. Me l'ha confidato perché ho perso mio padre e mia sorella nello stesso modo e ho lasciato che si appoggiasse a me, ma ora – con tutto quello che sta succedendo, tutto quello che le grava sulle spalle – non è giusto che...».

«Malata quanto?»

«...continui a nascondertelo. Ho cercato di convincerla a dirtelo, ma...».

Le mani di Adam si mossero autonomamente. Scattarono in avanti, afferrarono Feyiz per la giacca e lo avvicinarono, e i due si trovarono faccia a faccia, tanto vicini da creare tra loro una nuova e terribile intimità.

«Cos'ha?», chiese Adam.

Feyiz non cercò di allontanarlo, non cercò neanche di divincolarsi dalla presa. Fu questo, più di ogni altra cosa, a far capire ad Adam quanto terribile sarebbe stata la notizia. Pieno di sofferenza, Feyiz si limitò a sospirare.

«Ha un cancro, Adam. Meryam sta morendo».

Trascinandosi nella caverna – nell'arca – Adam si sentì a sua volta una specie di fantasma, come il *revenant* di un vecchio film, che compare d'improvviso introdotto da armonie sinistre e dissonanti. Come dall'esterno del proprio corpo, guardava impotente l'Adam Holzer, che da sempre vedeva allo specchio, superare gli alloggi dello staff, dove il calore dentro i ripari di plastica faceva sciogliere e scendere in rivoletti gelidi la neve che soffiava contro i teli.

Si guardò e vide solo una specie di fantoccio. Il corpo umano non era forse una marionetta i cui fili erano azionati dalla mente, e forse dall'anima? Ora Adam non sapeva chi stesse tirando i suoi fili. I piedi si muovevano, ma quasi non li sentiva. Quando si tolse gli occhiali da sci e abbassò la sciarpa per scoprire la faccia al freddo proveniente dalla roccia, dal legno e dalla neve, quasi non riconobbe quei gesti come suoi.

Intontito, arrivò davanti alla stalla che Meryam chiamava il suo ufficio. All'interno ronzava una stufa e la luce brillante creava due Meryam, una seduta al tavolo di plastica e una sua ombra, una scura gemella la cui sagoma pareva stranamente deforme. Inumana. Gli venne in mente che nessuna delle due era la donna che pensava di conoscere.

Gli scarponi strascicarono sulla neve, grattando il legno sottostante.

Meryam levò lo sguardo dal suo lavoro con aria impaziente, quasi sbigottita. Poi vide chi era, gli lesse l'espressione in volto e capì. Il labbro inferiore le tremò e per un momento parve adirata, come se avesse alimentato una riserva personale di rabbia da sguinzagliare contro di lui, o contro Feyiz per aver rivelato il suo segreto. Poi quel momento passò e Meryam rabbrividì e chinò il capo.

«Maledizione», disse con voce aspra.

Il vento soffiò nel passaggio alle spalle di Adam, quasi sospingendolo nella stalla. Il giovane inciampò e la neve gli crollò dagli abiti

«È vero?». Due parole. Tutto quello che riuscì a dire.

Meryam incrociò il suo sguardo, raddrizzandosi con aria spavalda, e annuì. Fu quel momento in cui aveva fatto appello al suo coraggio ad annientarlo. Adam fece tre passi verso di lei e cadde in ginocchio. Dalla sedia, Meryam tese la mano e Adam la attirò a sé in un abbraccio facendo inginocchiare anche lei. Col corpo scosso da ansiti, singhiozzi che non riuscivano a strappargli lacrime dagli occhi, Adam gridò.

«Mi dispiace», disse Meryam.

Adam inspirò bruscamente, con l'odore di Calliope ancora nelle narici. Fu invaso dall'orrore. Era ancora furioso con se stesso e con Meryam, ma il veleno più terribile che ora lo infettava era la verità che aveva scoperto. Tutta la vita, si era considerato dalla parte dei buoni. Nei vecchi film western, avrebbe indossato un cappello bianco. Ora era a pezzi come chiunque altro, altrettanto corrotto. Non un cattivo, ma in fin dei conti neanche un buono.

Cosa ho fatto?

«Dimmi», fece.

La giovane sostenne con fermezza il suo sguardo, col mento in su. Messa con le spalle al muro, non si sarebbe sottratta. «È un tipo particolare. Leucemia mieloide acuta. Hanno provato un paio di trattamenti, ma sin da subito non ho mai visto un barlume di speranza nei loro occhi. Mi hanno detto di sistemare i miei affari».

Adam sollevò una mano tremante per coprirsi la bocca, svuotato dal dolore.

«Mi dispiace tanto», ripeté Meryam, scossa a sua volta dai singhiozzi. «Mi dispiace di non poterti dare la vita che volevi».

Adam l'allontanò leggermente per scrutarla, come se potesse vedere il cancro in lei. «È per questo che ti dispiace? Non perché non me l'hai detto? Non perché mi hai fatto credere che non te ne importava più, che non volevi più sposarti? Di questo non ti dispiace?».

Meryam scosse la testa avanti e indietro, oscillando in tutto il corpo. «Mi dispiace per tutto. Ma non sarebbe stato giusto, amore. Legarti a una moribonda. Ho sperato che la diagnosi fosse errata, e quando i dottori l'hanno confermata, ho sperato di avere un'altra avventura, e poi un'altra ancora. Adamo ed Eva conquistano il mondo. Non sapevo quante altre avventure avremmo avuto».

Adam le guardò i cerchi scuri e pesanti sotto gli occhi. Vide, finalmente, quanto fossero diventati sporgenti gli zigomi, come era magro il collo. *Non è mal di montagna*, gli aveva detto quando si era sentita male quel primo giorno, poco prima di scoprire l'arca. Allora aveva percepito qualcosa ma il loro rapporto era già teso e non aveva voluto insistere. Gli si affacciarono alla mente una serie di ricordi, momenti in cui era inciampata o si era sentita male o era parsa stanca e lui l'aveva attribuito allo stress per il progetto.

Come ho fatto a non capirlo? Come ho potuto non insistere per sapere la verità?

«Stiamo insieme», disse, prendendole il volto tra le mani guantate, costringendola a guardarlo in faccia. «Avremmo dovuto affrontarlo insieme».

Meryam si accigliò. «Come Adam? Come possiamo avere il cancro insieme? Non sei tu quello che morirà».

«Che cazzo! Lo so che non posso condividere il tuo maledetto cancro! Ma non devi affrontarlo da sola. È sempre stato questo il problema, no? Non hai mai capito davvero cosa significa amare, condividere la tua vita...».

Meryam gli strappò le mani dalla faccia e lo spinse via con una forza tale da farlo cadere di schiena. Tremante, si alzò in piedi e indietreggiò, guardandolo torva.

«Se intendi se ho mai capito perché le persone si annullano nelle loro relazioni, hai proprio ragione. Questo lo sapevi molto prima che ci fidanzassimo. Volevo un compagno, un alleato, non il tipo di stronzata romantica immaginata da ragazzine e donne che sono state educate a prepararti la tua cena del cazzo. Non cerco la mia metà, qualcuno che mi completi. Sono intera da me, Adam. Volevo qualcuno che fosse intero come me».

Adam emise un sospiro tremante, invaso nuovamente dalla rabbia. Si sollevò e si alzò in piedi.

«Vuoi che mi scusi perché avevo bisogno di te? Perché ti amavo? Perché avrei voluto aiutarti ad affrontare questa diagnosi?»

«E cosa avresti fatto?», chiese Meryam, ormai urlando.

Gli si avvicinò e Adam indietreggiò, uscendo dalla stalla. Il vento ululava nel passaggio, soffiandogli attorno la neve. Dai rifugi spuntarono fuori delle teste e vide i volti di alcuni degli studenti di archeologia, e poi di Avci. In controluce nel passaggio scuro, vide Feyiz che lo osservava come un silenzioso ammonitore, un angelo scuro inviato da Dio per registrare gli eventi ma non intervenire.

Registrare, pensò. Aveva la telecamera nella tasca della giacca. Calliope non si vedeva. Non ci sarebbero state riprese di quel momento, e per una volta Adam fu contento di quell'assenza.

«Cosa diavolo avresti fatto?», urlò Meryam, seguendolo nel passaggio. «Mi avresti trattato come un pezzo di porcellana, chiusa in una qualche vetrina per proteggermi, e questo mi avrebbe ucciso molto più in fretta di questa maledetta montagna».

Adam non poté negare la verità. «Di sicuro non avrei mai acconsentito a questo progetto».

Asciugandosi le lacrime, quasi con un ghigno, Meryam annuì. «Un punto a mio favore». Guardò quelli che li stavano osservando, poi individuò la sagoma più avanti lungo il passaggio. «Dannazione, Feyiz. Vedi cos'hai fatto?».

Tutta l'arca parve fremere di amarezza e dolore, vibrare di ostilità.

«Basta», disse Adam.

Meryam si riasciugò le lacrime, con il volto rosso d'ira. «Non era un suo segreto! È la mia vita. Non la sua, e neanche la tua!».

Era da un po' che Adam aveva la sensazione che fossero tutti lentamente infettati da un veleno dell'anima, che si diffondeva sempre più. Ma ora era molto, molto peggio, come se ogni volta che espirava, un pezzo di lui lo abbandonasse sostituito da qualcos'altro. Un altro Adam, più arrabbiato, più brutto.

Anche se quel pensiero lo colpì, si sentì come tirare. I fili della marionetta che aveva immaginato di essere.

«*È* la mia vita», disse, ma non era lui. La sua voce e le sue labbra, ma non *lui*. «Come hai potuto essere tanto egoista?».

Qualcuno imprecò, scioccato da quella conversazione. Fuori da se stesso, con la mente in preda al malessere e all'orrore, Adam poteva solo guardare e ascoltare.

Meryam scoppiò a ridere. «Io? L'egoista sarei io?».

Feyiz lo chiamò. Adam sentì l'ammonimento, ma non poté rispondere.

Le sue gambe si mossero. Il corpo si voltò. Il braccio si piegò indietro.

Schiaffeggiò Meryam talmente forte che la giovane fece un mezzo giro e l'eco del colpo risuonò per le pareti del passaggio. Seguì un momento di silenzio, riempito solo dall'ululato della tempesta.

L'arca stessa parve trattenere il respiro.

Qualcosa dentro Adam cominciò a ridere.

QUATTORDICI

Walker si svegliò, sentendo il suo nome. Delle mani lo scossero bruscamente. Il piede gli uscì dalla spessa copertura del sacco a pelo e la chiusura lampo gli graffiò lo stinco. L'aria fredda scivolò all'interno facendogli venire la pelle d'oca nelle parti scoperte.

«Gesù, *che c'è?*», gemette, aprendo gli occhi.

Padre Cornelius era inginocchiato accanto a lui, adirato e insistente, e gli diede un'ultima scossa. Alle sue spalle c'era Polly, appena fuori della tenda. Ma il problema non era la sua presenza.

Walker si guardò intorno, e d'improvviso gli tornarono alla mente le ultime ore. La tenda non era la sua e il robusto sacco a pelo era caldo e morbido ma anche quello non era suo. Kim gli era sdraiata accanto, con la gamba nuda appoggiata sopra e solo ora anche lei cominciò ad aprire gli occhi.

Non appena vide il prete, richiuse gli occhi e mormorò qualcosa in coreano che Walker immaginò fosse un'imprecazione o una preghiera. Poi scivolò dentro il sacco a pelo tirandoselo sopra la testa.

«La pianti», disse padre Cornelius, tirando l'angolo del sacco a pelo per scoprire la faccia di Kim e la parte superiore del petto.

La donna gridò allarmata.

«Padre, ma che diavolo fa?», fece stizzito Walker. «Capisco che può sembrare...».

«Non ce ne importa niente di quello che sembra», disse Polly, aprendo ulteriormente la tenda e fissandoli tutti e tre.

«Ha ragione». Padre Cornelius gli diede una pacca sulla spalla. «Che voi due vi siate fatti una scopata è l'ultimo dei miei problemi. Mettetevi addosso qualcosa e fate in fretta».

Il prete tese una mano e Polly lo aiutò ad alzarsi, poi padre Cornelius si strofinò il ginocchio artritico. Quando fu uscito e Polly ebbe richiuso la tenda alle sue spalle, Walker tirò verso di sé gli abiti sparpagliati sul sacco a pelo e si vestì in fretta. Kim lo fissò nel più assoluto orrore e si nascose nuovamente.

«Coraggio», disse lui.

«Sono cattolica», spiegò con la voce attutita dal pesante sacco a pelo.

«Non hai visto la sua faccia? Noi non c'entriamo niente».

Walker le lanciò i vestiti. Lei annuì, s'infilò il reggiseno e si vestì in fretta per poi, un attimo dopo, attirarlo a sé e baciarlo talmente forte che Walker dovette staccarsi per riprendere fiato.

«Ma cosa...».

Kim sorrise. «Le cose prenderanno una brutta piega, ormai. Sì, ho visto lo sguardo negli occhi del padre. Perciò volevo farti sapere, subito, che questa parte, almeno, era stata buona».

Walker le prese la mano, le baciò le dita e Kim sorrise di nuovo, ritraendosi per finire di vestirsi. Una volta indossati gli scarponi, uscirono dalla tenda e trovarono padre Cornelius e Polly in attesa nella stalla, davanti alla tenda che Ben aveva condiviso con il sacerdote. Polly guardò il passaggio in entrambe le direzioni, e poi annuì.

«Mi pare di capire che quello che ha tradotto sul fondo della bara non promette niente di buono», disse Walker.

Padre Cornelius aveva un'aria malata. Si accarezzò la barba ispida e grigia che gli era spuntata sul mento negli ultimi due giorni.

«In parte sono avvertimenti, come le scritte sul coperchio e sul rivestimento», disse il prete. La sua carnagione pallida aveva assunto un colore grigiastro e di colpo sembrò a Walker molto anziano. «E non mi vanterò di aver decifrato tutto».

«Ha decifrato abbastanza», intervenne Polly. «Glielo dica».

Il sacerdote si schiarì la voce con un raschio secco. «Quello che c'è – che stava sotto il cadavere – è soprattutto una storia. Un apocrifo. Dell'epoca anteriore alla costruzione dell'arca da parte di Noè…».

«Il suo nome era davvero Noè?», chiese Walker.

Padre Cornelius lo fulminò con lo sguardo. «Naturalmente no. Ma non so pronunciarlo e non ho il tempo di fare congetture. È Noè, d'accordo? O comunque è dove comincia la storia. Molti eruditi antichi ritenevano che agli albori della terra i demoni scorrazzassero per il mondo. Nella Genesi Rabbah del IV secolo, gli ebrei che esaminarono le più antiche versioni della Bibbia, sulla base dell'interpretazione di certi brani, affermarono che Noè aveva preso a bordo dell'arca dei demoni. È solo uno dei numerosi esempi di testi antichi che stabiliscono…».

«Le credo sulla parola», fece Walker, col cuore che gli batteva forte. Non credeva a storie del genere e allora perché sentiva un formicolio alla nuca? Perché desiderava trovarsi ovunque tranne che lì?

«Lo stesso testo, la Genesi Rabbah, discute l'idea secondo cui fino ai giorni di Enos, gli uomini erano a immagine di Dio, e poi cambiarono. Non mi hanno mai convinto le traduzioni che ho visto. Il testo non è chiaro, ma sembra suggerire che i demoni abbiano cambiato l'umanità in modo decisivo. Questo trova un parallelo con il mito dei Nefilim, nati dall'unione di angeli ed esseri umani, o angeli caduti ed esseri umani».

«Angeli caduti?», ripeté Kim. «Intende dire demoni».

Padre Cornelius fece una smorfia. «Gli studiosi non hanno mai trovato un accordo. Stanotte non ha alcuna importanza. L'unica cosa importante è che la storia scritta dentro la bara narra di un mondo in cui i demoni cominciarono a contagiare le persone con la propria malvagità. Una sorta di veggente previde il diluvio: un sacerdote, un mago o anche una visione che Noè ebbe in sogno. Non è chiaro, ma Noè si convinse. Costruì l'arca per sé e la sua famiglia allargata. Portarono piante e semi e tutti gli animali che ritenevano necessari per insediarsi dove sarebbero approdati, e quando il diluvio cominciò erano pronti. Ma un demone di nome Shamdon trovò la maniera di salire a bordo. Il demone assassinò due figli di Noè e una nipote prima che riuscissero a catturarlo e ucciderlo».

Walker aspettò, pensando dovesse esserci dell'altro. Poi capì di conoscere già la fine della storia. Kim e Polly fissavano il prete, ma ora volsero la loro attenzione su di lui.

«La scritta nel sarcofago… dice il nome del demone?».

Padre Cornelius annuì. «Shamdon».

Walker si passò le mani tra i capelli, inclinando la testa. Sentiva il cuore pulsargli nelle tempie. «Sa che non credo a cose del genere».

Kim si avvicinò, attirando il suo sguardo. «Io penso di sì».
«Il corpo è ancora là?», chiese lui, guardando Polly.
«Ancora imballato. È solo un guscio vuoto. Non è possibile che se ne vada in giro o faccia del male a qualcuno».
«Concordo», disse padre Cornelius. «Il cadavere è solo un involucro. Ma il demone… credo sia ancora qui. Dentro l'arca… e dentro uno di noi».
«Stiamo parlando di possessione?», fece Walker.
Lo sguardo del prete s'indurì. «Esatto».
Kim prese i guanti e cominciò e indossarli. «Andiamo, Walker. Meryam e Adam devono essere informati. Che ci credano o no, dobbiamo dirglielo».
Walker si fece rosso in volto. Doveva crederci personalmente per poter riferire ciò che aveva scoperto padre Cornelius? Forse no. Quando Polly e il prete fecero strada nel passaggio e Kim li seguì, si rese conto che i propri sentimenti non avevano alcuna importanza. Padre Cornelius e Polly avrebbero riferito le loro scoperte. Lui doveva solo decidere se spalleggiarli o meno.
Si affrettò anche lui a mettere i guanti e calcò il pesante cappello di lana. Quando li raggiunse, erano già arrivati alla scala rinforzata che scendeva al livello due. La neve turbinava per i gradini, sospinta da raffiche di vento, e Walker si rese conto che il rumore che sentiva era provocato dalla tempesta. Scendendo al primo livello procedettero lungo la porzione sporgente della parete esterna della caverna e all'aperto. Battendo i denti, si pentì di non essersi vestito più pesante, ma quando padre Cornelius l'aveva svegliato, non aveva immaginato di dover uscire dal suo alloggio.
All'inizio, le urla da sotto parvero provenire da più lontano, trasportate dal vento e riecheggianti sul fianco della

montagna. Kim era scesa per prima e ora cominciò a correre. Polly cercò di prendere padre Cornelius per il braccio ma lui le urlò di andare a vedere cosa fosse quella confusione.

Sotto, delle voci urlavano il nome di Adam, intimandogli di arretrare. Qualcuno gridò in un turco concitato, ma a quel punto anche Walker stava correndo. Appoggiando una mano alla parete, scese i gradini due a due e tutta la struttura tremava sotto i suoi scarponi. Padre Cornelius andava più adagio, ma per quanto anziano, non aveva bisogno dell'aiuto di nessuno. Aveva usato il termine "confusione", ma qualsiasi cosa stesse accadendo al livello uno, era molto più grave.

Un'altra voce urlò. Quella di Meryam. «Toglimi di dosso quelle cazzo di mani!».

Walker arrivò di corsa in fondo ai gradini. Polly e Kim erano avanti, ma quando arrivarono al punto in cui era radunata la gran parte dello staff le aveva quasi raggiunte. Kim si fece largo a spintoni, gridando, e Polly l'aiutò a crearsi un varco.

Attraverso lo spazio, Walker intravide Meryam che barcollava all'indietro. Vacillò nell'ombra e poi tornò alla luce, con del sangue che le colava dal naso e uno spacco sul labbro inferiore.

«Stategli lontani», disse alle persone riunite. «È fuori di sé».

Polly si fece strada, pronta alla lotta. Feyiz si mise davanti ad Adam, bloccandogli l'accesso a Meryam. Un taglio sull'occhio aveva cominciato a gonfiarsi. Tese le mani con cautela.

«Basta, Adam», disse Feyiz. «Non è questo che vuoi. Non se l'ami».

Walker si fece strada tra gli astanti e si mise accanto a Kim. Apriva e chiudeva i pugni, ma c'erano altri pronti a intervenire.

Adam si muoveva troppo in fretta per loro. Con il volto deformato dalla rabbia, si lanciò contro Feyiz e lo colpì in faccia con tale ferocia che questi cadde nella neve. Adam gli si mise a cavalcioni e cominciò a menare pugni che provocavano un rumore sordo e terribile. Cercarono di bloccarlo in quattro e uno studente gli tirò indietro la testa per i capelli. Con il pugno sporco di sangue, furibondo, ringhiante, gli occhi di fuori, si liberò e afferrò Polly per la gola. La giovane riuscì a staccarlo e gli diede due violenti colpi al petto con una rapidità che tradiva la pratica di arti marziali. Prendendogli il polso, glielo torse e gli diede un calcio nell'incavo dell'ascella, poi gli diede un altro calcio, gettandolo in terra.

Gli erano addosso. Walker accorse, gli mise un ginocchio sul braccio sinistro mentre Polly gli prendeva l'altro e due studenti gli tenevano le gambe. Kim gli stava sopra, urlando di calmarsi, mentre accanto a lei comparve Meryam che si asciugava il sangue dalla faccia.

Adam urlava, cercando di divincolarsi. Tutti lo fissavano, ammutoliti. In un momento di sosta del vento sferzante, Walker sentì uno scatto che conosceva bene, si voltò e vide Hakan che puntava la pistola su Adam.

Walker avrebbe potuto estrarre anche la sua, ma per farlo avrebbe dovuto mollare la presa.

«No!», urlò Meryam, lanciandosi davanti all'arma.

«Non capisce?», le disse Hakan. «Lo guardi. Questo non è il suo uomo».

Qualcuno aveva aiutato Feyiz ad alzarsi. Si appoggiò alla spalla di uno dei ragazzi, cercando di non ricadere. «Non farlo, zio».

Hakan accennò una risata. «Non lo ammazzerò. Almeno finché terrà le mani a posto. Legatelo mani e piedi, e fatelo bene in modo che non debba spargli».

Si avvicinarono altri a sostituirli. Avevano tirato fuori chissà da dove delle fascette di plastica a volte usate dalla polizia al posto delle manette. Walker cedette il posto, ma continuò a vigilare per accertarsi che Adam non ricominciasse a lottare. Polly aveva dovuto torcergli un braccio, ma a parte questo, Adam si limitava a sorridere con occhi freddi e un sottile rivolo di sangue che gli colava dal mento, come se si fosse morso la lingua.

«C'è una stalla aperta da quella parte», disse Hakan, indicando con la pistola. «Portatelo lì. Penseremo a come rinchiuderlo. Portate una luce».

Mentre gli operai curdi cominciavano a muoversi, Polly si mise a smontare alcuni fari del campo, riposizionandoli come aveva chiesto Hakan.

Walker si alzò e guardò torvo Hakan. «È la pistola di Zeybekci?»

«Stanotte sta meglio nelle mie mani che nelle sue», replicò Hakan.

Walker non ribatté, anche se in quel momento non si fidava di nessuno con in mano un'arma da fuoco. Persino il peso della sua stessa pistola contro il fondoschiena gli parve troppo pericoloso, troppo suscettibile a essere rivolto contro gli altri. Adam non era in sé e Walker non voleva pensare a cosa sarebbe accaduto se anche lui avesse perso il controllo.

Kim stava vicino a Meryam e le parlava piano, esaminandole le ferite. Avvicinandosi, Walker vide che Meryam aveva cominciato a piangere. La vista delle lacrime sul volto di una persona solitamente tanto forte lo colpì profondamente. L'intera scena era stata talmente surreale, talmente spaventosa da far sembrare tutto un incubo. Ma ora vide che aria stanca avesse Meryam, quanto fosse tesa, afflitta e confusa mentre il sangue continuava a scorrerle sulla bocca e sul mento e la realtà della situazione lo fece tremare.

«Hakan ha ragione», disse Meryam. «Adam non avrebbe mai alzato un dito contro di me. Soprattutto ora».

Walker vide padre Cornelius che si faceva largo tra gli astanti.

«Glielo dica», fece il prete, e le rughe profonde gli incresparono gli angoli degli occhi. «Sta succedendo tutto troppo in fretta».

Meryam si tolse il sangue dal mento ma non cercò di asciugarsi le lacrime. «Dirmi cosa?»

«Quello che sa già», replicò Walker. «Quello che avete appena detto lei e Hakan. Quello non era affatto Adam. Era qualcos'altro… e pensiamo di conoscere il suo nome».

Meryam ebbe un sussulto quando il dottor Dwyer le spinse l'ago nella guancia, tirando il filo dall'altra parte. La giovane inspirò aria tra i denti.

«Mi dispiace», fece il dottore. «Pensavo che l'anestetico locale attutisse il dolore».

«Resterà una brutta cicatrice?».

Il dottor Dwyer tirò il filo e lo tagliò. «Quattro punti. Non sarà una cicatrice enorme e le conferirà carattere. Ma se le dà noia, un buon chirurgo plastico potrà renderla quasi impercettibile».

Il dottore fece un passo indietro ed esaminò la sua opera. «Ne vuole parlare?».

Aveva uno sguardo gentile, ma in Meryam ora non c'era posto per la gentilezza. L'avrebbe solo addolcita e in quel momento voleva essere solo spigoli e forza bruta.

«Non saprei da dove cominciare».

Il dottor Dwyer annuì. «Cerchi di riposare. I sedativi che le ho dato dovrebbero indurle il sonno e sono certo che sia esausta. Le decisioni possono attendere il mattino».

Meryam fece un mezzo sorriso. «Si riposi anche lei».

Il dottore aveva cerchi scuri sotto gli occhi e *lui*, per quanto ne sapeva Meryam, il cancro non l'aveva. Rifletté che, date le circostanze, si era comportata piuttosto bene. Sì, aveva davvero bruciato tutta l'energia che aveva in corpo, ma quell'energia l'avrebbe ben presto abbandonata: era inutile conservarla per il futuro.

Si sdraiò sul fianco su uno spesso materassino, tirando su la coperta. Le stufe dell'infermeria facevano il loro lavoro, ma con l'aria gelida che soffiava nei passaggi dell'arca, c'era un limite alle loro possibilità.

Il dottore aveva permesso a Patil e Zeybekci di scendere nella mensa per mangiare qualcosa. Li aveva fatti accompagnare da una studentessa di nome Belinda, con l'ordine di riportarli in infermeria non appena avessero finito di mangiare. Ma la loro temporanea assenza non significava che Meryam fosse sola. A pochi passi da lei, era steso Armando Olivieri con la testa su un piccolo cuscino. Il dottor Dewyer l'aveva sedato, ma per quanto in stato di incoscienza, l'anziano professore aveva la fronte corrugata e il sonno inquieto.

Assonnata, chiuse gli occhi… e le si affacciò alla mente un'immagine di Adam, furibondo e crudele, gli occhi ardenti di astio. Sentì il bruciore del primo colpo, la prima volta che aveva alzato le mani su di lei. Gli aveva visto il guizzo di uno strano fuoco negli occhi, il baleno di un colore che non gli apparteneva? Lo immaginò sorridere, gli vide nella bocca una fila di denti neri, arretrò e intravide le corna che gli sporgevano dal cranio, che emergevano dai capelli…

Con un brontolio, Meryam si svegliò di soprassalto. Il cuore le martellava in petto, riempiendole la gola, quasi impedendole di respirare. Fissò la sagoma immobile del professore accanto a lei. Si era voltato e ora le dava la schiena. Trattenendo il respiro, si guardò intorno e vide che le luci dell'infermeria erano state abbassate. *Un sogno*, pensò, ma le era parso più simile a un'infestazione.

Rimase in ascolto del respiro profondo di Olivieri e gli vide la schiena espandersi e contrarsi. Le parve che il suo respiro fosse troppo regolare, come se non stesse affatto dormendo, ma fosse in attesa. In ascolto.

Abbracciandosi sotto la coperta, si ritrasse un po' da lui, ascoltando nel buio. Meryam si sforzò di non soffermarsi sulle conclusioni tratte da padre Cornelius e da Ben. In quel momento voleva solo che Adam stesse bene e venisse liberato da qualsiasi cosa si fosse impadronita della sua mente.

E quindi ci credi, pensò. *Credi nell'esistenza di quel demone.* Il suo corpo era forse morto, ma la sua essenza restava. Ben aveva parlato di antiche malattie, di una sorta di contagio a cui nessuno era stato esposto da migliaia di anni, e ora Meryam capì che era proprio questo… ma non nel modo in cui avevano voluto immaginarlo.

Le faceva male la faccia e una fitta di dolore le attraversò la testa, sopra l'occhio sinistro. Combattendo la sonnolenza, Meryam tolse la coperta e si alzò rigidamente in piedi. I suoi scarponi e la giacca erano lì vicino e infilandoli sussultò diverse volte per il dolore. Il dottor Dwyer non si vedeva da nessuna parte. Olivieri le dava ancora la schiena, ma pareva troppo immobile, tanto che Meryam si aspettava che le parlasse da un momento all'altro, nel bagliore di quella luce soffusa. Aspettò un momento, certa che le avrebbe rivolto la parola. Non sarebbe stato male avere un po' d'aiuto e sapeva che Olivieri avrebbe capito. Altri avrebbero cercato di fermarla. Prima di vedere quella pura cattiveria negli occhi di Adam, il luccichio di qualcosa che non gli apparteneva e che la fissava dai suoi occhi, avrebbe cercato lei stessa di fermarsi.

Non più.

In silenzio uscì dall'infermeria. Lungo il passaggio, sulla destra, bisbigliavano delle voci, dei passi silenziosi si avvicinavano e Meryam si lanciò a sinistra perdendosi nelle silenziose ombre dell'arca. Nel cuore della notte, nessuno sarebbe venuto da quella parte, tranne forse una o due guardie. Nessuno avrebbe voluto esserci, soprattutto ora.

Perché c'era *lui*. Il demone. Shamdon.

Meryam affrettò il passo.

Walker aveva le guance che bruciavano per il freddo. Stanco com'era, il gelo gli dava ora più fastidio. Le vecchie ferite gli dolevano e trascinandosi accanto a Kim si sentì vecchio. Il dottor Dwyer correva avanti agitato e con aria di grande disapprovazione. La fila era chiusa da padre Cornelius, la cui età infine cominciava a farsi sentire.

«Lasciatela dormire fino al mattino», disse il dottore, sconvolto dal fatto che lo ignorassero e sempre più angosciato.

Cercò di opporre resistenza, sbarrando loro la strada, ma Kim gli mise una mano sulla spalla e lo scansò delicatamente.

«È il progetto di Meryam», disse. «Se il suo socio fosse in grado di prendere delle decisioni, mi atterrei al suo consiglio medico. Ma, a meno che non pensi che lo staff accetterebbe di buon grado che io e il dottor Walker prendessimo il controllo della situazione, qualsiasi decisione deve essere approvata da Meryam».

«Al mattino», disse il dottore, con un aspro bisbiglio, mentre si avvicinavano all'infermeria. Non voleva disturbare i suoi pazienti.

Walker lo apprezzava per questo. «Senta, dottore...». Fece una pausa, dando a Dwyer un momento per riprendersi e calmare il battito convulso. «Quello che è accaduto con Adam di sotto ha spaventato a morte tutti quanti. È terribile perché al momento laggiù non si fa che piangere e pregare. Un sacco di gente vorrebbe non essere mai salita su questa montagna. Ma all'improvviso, nessuno litiga più. Gli operai di Hakan aiutano a sorvegliare Adam. Gli studenti non si accapigliano per stabilire se questa sia o non sia la vera arca di Noè, o se ci sia davvero un demone del cazzo fra di noi. Molto presto cominceranno a chiedersi se Adam abbia ucciso le quattro persone scomparse le notti scorse o, se non lui, chi l'abbia fatto, perché sa bene che credono tutti siano morte. Ma di colpo, per la prima volta e forse non per molto, vanno tutti d'accordo. Lavoriamo insieme, raccogliamo quanti più dati sono già stati presi e non appena cessa la tormenta, andiamocene via da questa montagna».

Il dottor Dwyer annuì con vigore, guardando a turno Walker e Kim. «Bene, è una buona notizia, no? Niente più liti. Ce ne andiamo il prima possibile».

Walker si sentì attraversare da un sottile brivido di terrore. «Questo è il piano».

«Ma perché disturbare Meryam? Intanto lasciamola dormire», implorò il dottore.

Kim levò le mani. «I litigi ricominceranno presto. Il veleno di quel demone ormai è in noi».

«Non credo che...», cominciò Dwyer.

«Dopo che la gente avrà ricominciato a bisticciare, l'argomento sarà ovvio. Cosa farne di Adam».

Padre Cornelius si schiarì la voce. «E se Adam non è indemoniato, allora chi lo è? Ognuno farà delle congetture, puntando il dito su chi non gli piace. La paranoia si diffonderà in fretta».

Walker scrutò il dottor Dwyer. «Dobbiamo essere pronti, dobbiamo mantenere tutti d'accordo e farli lavorare in armonia. Se riusciamo a farlo, forse nessun altro si farà del male».

«Vi prego solo di...», disse il dottore, correndo dietro a Walker che aveva raggiunto l'ingresso dell'infermeria.

«Fare piano», terminò per lui Kim. «Lo sappiamo».

Walker si fermò appena entrato. Era riuscito a trovare l'energia necessaria per andare avanti. Ora ebbe la sensazione che si fosse completamente esaurita. Alla luce bassa, vide solo il professor Olivieri su una branda. Le altre erano tutte vuote.

«Merda», mormorò Dwyer.

«Dov'è andata?», chiese secca Kim. «Dottore, non possiamo permettere che qualcuno sparisca, soprattutto se è stato esposto alla presenza di...».

«Del demone», terminò padre Cornelius.

Un fruscio attirò la loro attenzione, e poi parlò una voce roca.

«Padre, deve considerare il bitume».

Un altro fruscio e Olivieri si voltò e li guardò alla luce fioca. Walker non aveva idea di cosa avesse fatto quell'uomo per finire in infermeria, ma la testa gli ciondolava ed era chiaro che era stato sedato. Un sottile rivolo di bava gli luccicava sulla guancia.

«Armando, ora non è il momento», disse padre Cornelius.

Il volto di Olivieri si contorse in un ghigno. «Ora è l'unico momento. La sua arroganza costerà delle vite, e forse anche la sua. Non è l'unico studioso qui, padre».

Walker lanciò un'occhiata al prete, manifestando la propria confusione e curiosità.

Kim riguardò nel passaggio, in cerca di Meryam.

«Padre?», lo esortò Walker.

Il sacerdote si allentò la sciarpa. «D'accordo, Armando. Che ha il bitume?».

Olivieri tossì, un raspo secco che gli fece venire un breve attacco. Si calmò e guardò con occhi annebbiati il padre. «Il team di Helen Marshall ha studiato i resti di molti passeggeri dell'arca. Molti di loro indossavano al collo degli amuleti, schegge dello stesso bitume nero che avevano usato per ricoprire la bara del demone».

«E allora?», chiese Walker.

«Ha letto lo storico Beroso?»

«Ora non abbiamo il tempo per conversazioni del genere», disse Walker, guardando con ansia Kim, che scosse il capo dal passaggio. Nessuna traccia di Meryam.

«Terzo secolo a.C.?», disse padre Cornelius. «Lo conosco, ho visto qualche compendio, ma non ho mai avuto l'opportunità di leggere il testo originale».

«Non c'è da stupirsi. Uno storico minore, nel migliore dei casi. Riferì molte storie che aveva sentito come se fossero di prima mano. L'ho conosciuto solo grazie alle mie ricerche sull'arca. Anche all'epoca c'erano eruditi che discutevano dell'esistenza di Noè e dell'arca e che cercavano di trovare delle prove, scoprendo solo altre storie. Beroso riferisce che quando era giovane aveva conosciuto un uomo che affermava di aver trovato i resti dell'arca su una delle montagne di questa regione. La gente che viveva ai piedi di quella montagna, dice Beroso, indossava schegge di bitume indurito su cordicelle attorno al collo a mo' di amuleti».

«Come i passeggeri dell'arca», osservò padre Cornelius.

Kim si tolse i capelli dagli occhi. «Si credeva che il bitume avesse proprietà magiche? O eseguivano qualche rituale per impregnarlo di qualità protettive?»

«Ci ho pensato quando Helen mi ha mostrato gli amuleti, ma era prima che avvenisse tutto questo e l'avevo dimenticato», disse burbero Olivieri. «Non ricordo le parole precise che può aver usato Beroso, ma se la famiglia che ha costruito l'arca si è presa la briga di ricoprire la bara con il bitume...».

«Hanno spalmato la bara con almeno quindici centimetri di quello schifo», disse Walker. «Perché farlo se non pensavano che avrebbe dato loro una sorta di protezione?»

«Evidentemente in qualche modo sapevano che il demone era ancora vivo», disse pensoso padre Cornelius. «Che la sua essenza era ancora una minaccia».

«Per sempre», aggiunse cupa Kim. «Come le scorie nucleari, messe in barili e poi seppellite dentro bunker di acciaio e cemento».

Nell'infermeria calò il silenzio. Walker guardò le persone che gli erano intorno – il prete e il dottore, Kim e Olivieri – e capì che forse non significava niente. Ma forse significava *qualcosa*. E poteva significare vita o morte.

«Padre, può lavorare con il professor Olivieri? Cercate tutti gli amuleti rinvenuti dalla professoressa Marshall. Poi estraete del bitume dalla copertura e ricavatene delle altre schegge. Ne servono per tutti».

Il dottor Dwyer sbuffò. «Crede a queste cose? È una leggenda di duemila anni fa».

Walker lo fissò e non riuscì a bloccare la risatina secca che gli uscì dalle labbra. «Ah sì? E in cosa crede che ci troviamo?».

Il dottore stava per ribattere, ma Kim lo zittì e alzò una mano. Era sulla soglia e ascoltava i rumori della caverna.

«Qualcuno sta urlando».

Walker fu invaso da una terribile tristezza e vide negli occhi di Kim che anche lei provava lo stesso, come se un attimo prima avessero cercato di alimentare un barlume di speranza che ora si era spento.

«Padre si metta al lavoro con il professore», disse, e poi avvicinandosi a Kim: «Andiamo».

Seguirono le urla. Per via delle stalle, dei passaggi e delle aperture tra i livelli, l'arca poteva fare strani scherzi con i rumori, proiettando dei bisbigli in angoli lontani. Ma quando raggiunsero la parete posteriore, le urla si fecero più forti e numerose. Walker andò a sbattere contro la scala mentre rifletteva su come la sua squadra avrebbe potuto scendere dalla montagna da sola. Quanto ci avrebbero messo a prepararsi? Padre Cornelius sarebbe riuscito a scendere durante la tempesta? Una delle guide curde li avrebbe accompagnati? Forse lo stesso Hakan, che pareva tanto determinato a fermare il progetto.

Cadde in terra, si voltò e corse verso la scala che conduceva al livello uno. Attraverso l'apertura, vide un bagliore di fiamme. C'era Meryam, con pozze di luce arancione che le guizzavano sul volto, ombre che si muovevano come in un inferno sottomarino.

«Kim», disse lui. «Un incendio».

La donna replicò con una sequela di colorite imprecazioni in inglese. Mentre le pronunciava, Walker si era precipitato giù per la scala, lei lo seguì.

«Sta' indietro!», esclamò Meryam.

Walker saltò d'un balzo gli ultimi tre pioli e si voltò per guardarla, ma Meryam non stava parlando con lui. Da uno dei passaggi era arrivata Polly, con in mano un estintore, e Meryam era corsa a fermarla.

«Sei completamente impazzita?», urlò Polly. «Qua attorno è tutto legno secco e hai appiccato un incendio!».

Meryam puntò un dito in aria, come se bastasse a fermare Polly. «Allora il tuo lavoro è impedire che si diffonda, ma fallo bruciare! Mi hai capito? Fa' bruciare quell'affare del cazzo!».

Kim si avvicinò a Walker. C'era un gruppetto di altre persone – Feyiz, Avci e una studentessa di nome Chloe – e Calliope stava in un angolo a filmare la scena. Walker vide il riflesso delle fiamme sull'obiettivo della telecamera.

«Meryam», disse Feyiz, facendo per avvicinarsi, le mani tese in segno di supplica.

«No», fece Meryam, deglutendo a fatica e ricacciando indietro le lacrime. «Tu no. Sei l'ultima persona che dovrebbe rivolgermi la parola stanotte».

E non lo fece nessun altro.

Aveva tolto il demone dalla tela, l'aveva forse cosparso con qualche sostanza infiammabile e gli aveva dato fuoco. Le ossa rinsecchite schioccavano, i brandelli di pelle simili a papiro s'increspavano e si arricciavano e la cenere volteggiava nel fumo. Le fiamme danzavano dentro il teschio, creando nell'orrenda curva della mascella spalancata una ripugnante lanterna di Halloween. Le corna si erano fatte ancora più nere, ma restavano immuni alla luce e alle fiamme come ad affermare la loro origine infernale.

Walker vide che il fuoco cominciava a consumare le travi sotto il cadavere, diffondendosi verso la parete. Polly, Chloe e Feyiz fecero un passo avanti, come se dovessero correre da un momento all'altro.

«Aspettate», disse Walker, superando Meryam.

Quando vide che Walker faceva per prendere l'estintore dalle mani di Polly, Meryam cominciò a protestare. Polly oppose resistenza, confusa, ma poi lasciò la bombola metallica. Walker la prese e si voltò per guardare le ossa annerite e schioccanti del demone.

«Meryam ha ragione», disse. «Dobbiamo lasciarlo bruciare».

QUINDICI

Meryam aveva la pelle che ancora pizzicava per il calore di prima. Il cadavere giaceva sul pavimento inclinato in fondo al livello inferiore dell'arca, ormai ridotto a un mucchio di ossa bruciacchiate, cenere e braci ardenti. Le corna del demone ancora emergevano dal teschio, ma gran parte dello scheletro era bruciato e alcune ossa si erano sbriciolate.

In mezz'ora, forse meno, i resti del demone si erano ridotti a questo.

Il demone, pensò Meryam, fissando le braci ardenti. Stranamente, sentiva di dover festeggiare. Credeva in quell'essere, nella sua malvagità, e se il male esisteva davvero, questo lasciava aperte molte altre domande a cui pensava di aver risposto ormai da anni. Da bambino, Adam era vissuto nel terrore che gli aveva ispirato il racconto di sua nonna, che credeva in uno spirito maligno nascosto in un orologio. Aveva sempre mentito a se stesso e a Meryam, non ammettendo quanto in realtà ci credesse. Aveva lottato con tutte le sue forze contro quella fede per tutto ciò che avrebbe significato per quei giorni e quelle lunghe notti della sua infanzia.

Ora il male si era insinuato in lui, come se il dybbuk avesse aperto la porta della sua anima tanti anni fa e ora quell'essere, Shamdon, fosse riuscito a entrare.

Quando Meryam alzò la mano nera di fuliggine per asciugarsi le lacrime, il suo intero corpo iniziò a tremare.

Una delle sagome scure in fondo all'arca cominciò ad avvicinarsi ai resti sbriciolati e fumanti del demone. Era Walker. Aveva un'espressione cupa e, arrivato davanti allo scheletro, alzò un pesante scarpone e col tacco schiacciò il volto del demone. Il teschio cedette, riducendosi in una polvere nera. Si levò uno sprizzo di scintille.

Una scia di fuoco si era diffusa alla parete dietro i resti, ma Walker alzò l'estintore e la spense. Aveva tenuto sotto controllo la fiammata tutto il tempo. Il cadavere si era bruciato incredibilmente in fretta, non era nient'altro che pelle rinsecchita e ossa, ma c'era stato molto fumo. Meryam se lo sentiva nei capelli, negli abiti, in gola. Il puzzo le sarebbe rimasto addosso per giorni. Forse per sempre.

Ebbe un fremito e guardò intorno a sé le sagome in ombra. Per la prima volta, le venne in mente che "per sempre" per lei avrebbe potuto significare lì nell'arca. Ma non l'avrebbe permesso.

«Quanto di tutto questo pensate sia da attribuire al demone?», chiese, scrutando i volti di chi le stava intorno. Wyn Douglas e Polly Bennett. Kim e Walker. Il signor Avci e padre Cornelius. Calliope, con la sua telecamera del cazzo.

No, non odiarla per quello. Odiala se vuoi, ma non per quello. Adam vorrebbe questa scena per il suo documentario.

«Non capisco cosa intenda», disse l'anziano prete.

«Sì, invece. Il nostro comportamento, compreso il mio. La mia vita attualmente è di merda anche a parte quest'incubo, ma comunque mi chiedo se mi abbia influenzato. Se abbia influenzato tutti noi».

Walker si pulì lo scarpone sul pavimento. «Forse sì e forse no. Ma non ha importanza. Da questo momento in poi, controlliamoci a vicenda e guardiamo dentro noi stessi.

Quello che è successo ad Adam non è solo un'influenza, è più una...».

Meryam capì che non voleva pronunciare quella parola, quindi lo fece per lui. «Possessione».

«Padre», disse Kim, «è accaduto perché l'abbiamo spostato dalla cassa? Gli ha permesso di... muoversi più liberamente?»

«Forse», replicò padre Cornelius. «Ora in effetti sembra più spavaldo. Ma dobbiamo presumere che le persone scomparse siano state uccise, e che abbia usato qualcuno per ucciderle. Questo suggerisce che Adam o un altro siano stati posseduti prima che spostassimo il cadavere».

«Non possiamo fidarci di nessuno», disse Walker. «Potrei guardarvi, parlarvi e ognuno di voi potrebbe essere il demone. Non c'è modo di saperlo».

Meryam inspirò l'aria fumosa. Un vento freddo scivolò per il passaggio. Per un momento rimasero a guardarsi l'un l'altro, dubbiosi.

«No», disse Wyn Douglas. «In questo preciso momento, lo *sappiamo*. Ha preso il controllo di Adam. Perciò se dobbiamo prendere delle decisioni, facciamolo ora».

Avci concordò. Polly e Kim annuirono.

Padre Cornelius tossì. Avevano tutti respirato fumo. «Non sono d'accordo. Il demone continuerà a tormentarci. E non abbiamo modo di sapere di cos'altro può essere capace».

«Meryam ha distrutto i suoi resti», disse Wyn. «Non ne è rimasto più niente».

«Però sono appena andato a vedere Adam in infermeria», replicò padre Cornelius. «È sveglio. Ha gli occhi aperti e sogghigna. Quando gli ho chiesto chi fosse, mi ha sputato».

Walker bisbigliò un'imprecazione, che avrebbe anche potuto essere una preghiera.

«Allora cosa suggerisce di fare?», chiese Polly con un brivido. «E la prego di suggerire qualcosa, perché non fare niente...».

«Io intendo fare qualcosa», la interruppe padre Cornelius. «È l'unica cosa che mi viene in mente. Ma dovete essere tutti d'accordo che va fatta, che non ci sono altre opzioni, e che eserciterete tutta la vostra influenza per placare gli altri membri della missione se la cosa dovesse irritarli. In questo momento non possiamo affrontare contrasti religiosi. Questo demone è precedente alla mia religione. Se è davvero ciò che credo, allora le precede tutte. Ma se c'è un modo per aiutare Adam e proteggere tutti noi, l'unica cosa che mi viene in mente è un esorcismo».

Avci cominciò subito a scuotere il capo. «Penso che sia una pessima idea. Pessima. Molti degli studenti turchi sono già alquanto turbati. E le guide, gli operai di Hakan...».

«Non parli per loro», lo interruppe Polly. «Hanno visto tutti quello che è successo ad Adam. Se è invece un suo problema, lo ammetta, ma con gli altri abbiamo lavorato fianco a fianco per settimane. I musulmani e gli ebrei presenti non devono per forza credere in Cristo per cercare qualsiasi mezzo per proteggersi».

Avci sbuffò e tacque. Meryam fece un cenno del capo per ringraziare Polly.

«Conosce il rituale?», chiese Walker, fissando il sacerdote. «Ho sempre pensato fossero vere e proprie stronzate, ma so che i preti che hanno l'autorizzazione a eseguire un esorcismo seguono una preparazione molto rigorosa».

«Non ho quella preparazione», disse padre Cornelius, «ma

sono stato testimone del rituale e ne conosco gli elementi. Sono certo che il papa non approverebbe, ma non so che altra scelta abbiamo. Il pericolo che pone la presenza del demone supera qualsiasi pericolo possa porre per me il rituale».

Walker allungò la mano e si massaggiò la nuca, come se stesse combattendo contro un'incipiente emicrania. Meryam lo capiva, ma era giunta alla consapevolezza che certe cose andavano fatte e basta. Dare fuoco al cadavere era stato un passo necessario, e così era l'esorcismo.

«Possiamo starcene ad aspettare che il demone uccida qualcun altro, o tentare per lo meno di fare qualcosa», disse.

«O scendere dalla montagna nel bel mezzo della tormenta», aggiunse Wyn Douglas.

«Va' all'infermeria. Chiedi a Hakan e Feyiz di portare qui Adam. E accertati che sia ammanettato», disse Meryam a Polly.

Avci cominciò a protestare, ma Meryam gli scoccò un'occhiata fulminante.

«Ho preso nota delle sue obiezioni, Avci. Riferisca pure al suo governo, se mai riuscirà a lasciare vivo questa dannata montagna».

L'aria nel passaggio si era fatta soffocante e viziata, e stranamente calda. Meryam si disse che probabilmente era dovuto al calore dei corpi, ora che li avevano raggiunti anche Feyiz e Hakan. Se lo disse e cercò di convincersene a tutti i costi. Secondo Polly, fuori infuriava ancora la tempesta. Era andata a controllare gli altri membri dello staff e li aveva trovati quasi tutti rannicchiati al livello due, non lontano dall'infermeria, e pochi altri nel campo del livello uno. Al mattino dovevano mancare poche ore, ma la temperatura aveva continuato a scendere, e all'esterno di alcuni teli di plastica si era formato il ghiaccio.

Non lì, dove le braci ancora ardevano tra i resti carbonizzati del demone. Kim stava accanto a padre Cornelius. L'anziano sacerdote era inginocchiato su un cuscino che gli avevano portato. Di fronte a loro, sul pavimento in legno, c'era Adam supino, con le mani legate davanti. Un'altra fascetta gli stringeva le caviglie. Da quando lo avevano portato aveva in volto lo stesso sorriso silenzioso ed ebete. Delle gocce di sudore gli imperlavano la fronte. La carnagione aveva assunto la lucentezza oleosa e la tonalità giallognola di una pergamena antica.

Quando lo guardava, Meryam sentiva montargli in gola qualcosa. Come un urlo o un conato, ma lo ricacciava indietro.

«È ebreo», disse Feyiz, accanto a lei.

«E io sono musulmana», replicò lei.

Ma mentre lo diceva, sapeva di mentire. Adam era forse più ebreo di quanto lei non fosse musulmana, ma nessuno dei due era mai stato molto religioso. Erano due persone che cercavano semplicemente la verità. Meryam aveva sempre sperato che la verità rivelasse dei misteri nascosti, e Adam si era sempre augurato il contrario. Ora lei aveva trovato esattamente quello che aveva sempre voluto, nel peggiore dei modi immaginabili.

E qui fa molto caldo, pensò. A quanto pare, lì il vento non voleva arrivare, il freddo si teneva lontano. *Il calore dei corpi.* Ma sapeva che non era vero.

Era ormai quasi un'ora che padre Cornelius era impegnato nel rituale. Una preghiera dopo l'altra. E per alcune aveva richiesto l'assistenza di Kim Seong, l'unica tra loro dichiaratamente cattolica praticante. Hakan e Walker stavano dietro ad Adam, pronti a intervenire se il demone avesse dato in escandescenza. Polly e Wyn stavano a guardia del passaggio che conduceva verso la parte anteriore della caverna, per accertarsi che nessuno venisse a interromperli. Avci e Feyiz osservavano Meryam. Strana congrega per eseguire un esorcismo. La parola stessa le pareva assurda, quindi perché non un gruppo di persone ugualmente ridicolo?

Fa così caldo, pensò. Lanciò un'occhiata ai puntini incandescenti che ancora tremolavano tra le ceneri del demone. Il fumo era stato spazzato via dal vento che soffiava attraverso la caverna prima che cessasse di entrare nel passaggio. Persino l'odore di fumo era diminuito, sostituito in parte da qualcos'altro. Qualcosa che all'inizio non aveva potuto identificare. Poi le era venuto in mente. Quell'odore le ricordava il forte aroma del tè nero, delle foglie alla prima apertura della confezione. Secco, vecchio e terroso.

«C'è un odore strano qui», disse Calliope da dietro la telecamera, come se le avesse letto nel pensiero.

Una ruga increspò la fronte di Meryam. Calliope stava piangendo? Guardò l'operatrice, Adam, e poi di nuovo la donna, osservando il modo in cui lo guardava. Lo notava per la prima volta.

Razza di stronza, pensò, e poi si sforzò di accantonare quei pensieri e di riconcentrarsi su Adam. La gelosia avrebbe dovuto aspettare. Per anni aveva immaginato di essere lei alla ribalta, lei quella che attirava l'attenzione, e Adam in questo l'aveva incoraggiata. Era il suo compagno e coautore, e anche l'uomo dietro la telecamera. Questa sua voglia di essere al centro dell'attenzione le aveva forse impedito di vedere cose che avrebbe dovuto notare?

Basta, pensò. *Non serve a niente. Preoccupati della tua relazione quando Adam sarà libero.*

«Sei sicura che è questo che vuoi?», chiese piano Feyiz mentre le preghiere continuavano.

Meryam evitò di incrociare il suo sguardo. «Niente di tutto questo è quello che vorrei. Ora silenzio».

Padre Cornelius mise le dita in una tazza piena di acqua che aveva già benedetto e ne spruzzò un po' sulla faccia di Adam. Il giovane inspirò bruscamente, allargò il sorriso e ruotò la testa di scatto per guardare Meryam.

«Dovrei davvero dirtelo», disse.

La voce che gli uscì dalle labbra non era la sua. Era *simile* alla sua... talmente simile che gran parte degli altri non avrebbe notato la differenza. Ma aveva un che di accidentato, una sorta di asprezza che non gli apparteneva.

«...Accorri al nostro richiamo di aiuto», pregava padre Cornelius, alzando la voce come se rispondesse. «Strappa dalla rovina e dagli artigli del demonio meridiano questo essere umano fatto a tua immagine e somiglianza. Incuti terrore, Signore, nella bestia che devasta la tua vigna. Da' ai tuoi servi il coraggio di combattere risoluti contro il drago dissoluto...».

Continuò, spruzzando acqua santa sulla faccia e sul corpo di Adam. Per la prima volta, quell'odioso e contratto sorriso vacillò. Adam dilatò le narici e sogghignò al sacerdote. Quando Kim mormorò un «amen» in risposta alle preghiere del prete, fece una risatina.

Non è reale, si disse Meryam. *Deve essere un gioco. Uno scherzo che ha escogitato Adam per il documentario.*

Meryam sentì un dolore al petto. Alzò la mano destra per coprirsi la bocca ed ebbe la sensazione che le fosse stato piantato nel ventre un uncino e che venisse tirato con forza. In quel momento avrebbe pregato qualsiasi dio, dato qualsiasi cosa per poter credere che fosse tutta una burla, una beffa di cui Adam l'aveva tenuta all'oscuro.

Gli occhi le bruciavano per le lacrime che non riusciva a versare. Calliope non aveva problemi a piangere, invece Meryam non ci riusciva.

«Che la tua mano potente lo scacci dal tuo servo, Adam», proseguì padre Cornelius.

Meryam si sforzò di respirare, inalando a fondo il caldo innaturale del passaggio, l'aroma di tè e fumo che la perseguitava. Oltre il prete, le corna bruciacchiate del demone continuavano a riflettere la luce.

In terra, Adam cominciò a tremare. Il sorriso si deformò e il cranio sussultò contro le antiche travi del pavimento. Meryam sentì ronzarle accanto una mosca e all'inizio non ci badò, solo un insetto, finché essa non atterrò sulla guancia di Adam. Accanto a lei, Feyiz imprecò in kurmanji.

«Potete dirmi da dove cazzo arriva quella mosca?», chiese piano Walker.

Per la prima volta, Meryam sentì la paura nella voce di quell'uomo tenace, risoluto e brillante. Autentica paura, non semplice ansia. E questo la terrorizzò. Effettivamente, da dove arrivava una mosca lassù nel bel mezzo di una tormenta di neve?

La mosca zampettò lentamente sul naso di Adam, contraendo le ali. Calliope piagnucolò e cominciò ad abbassare la telecamera.

«Continua a girare», la rimproverò Meryam, e la giovane rialzò la telecamera.

Mentre padre Cornelius continuava le sue preghiere, Adam

rideva. Voltò di nuovo la testa e fissò Meryam con violento disprezzo.

«Dovrei dirtelo», fece il demone. «Te lo dirò, ora, così potrò vedere la faccia che fai quando lo sentirai da questa bocca».

Meryam fece un passo avanti. Il calore e l'aria soffocante quasi la respingevano, ma riuscì a muoversi. Hakan le si avvicinò, come se non la detestasse, come se volesse proteggerla, ma lei lo spinse via e cadde in ginocchio, fissando negli occhi l'essere dietro gli occhi del suo fidanzato.

«Se l'è scopata. Sarebbe questa la grande sorpresa? Non c'è bisogno che me lo dica».

Il sorriso si fece talmente ampio che il labbro inferiore di Adam si spaccò, e allora finalmente le arrivarono le lacrime.

«Quindi lo sai?», sussurrò il demone. «No. Lo sospettavi, ma non ne eri certa. Non fino a questo momento. Il dolore nei tuoi occhi è magnifico».

«Sei stato tu a tirare i fili», bisbigliò Meryam. «Sei stato tu a provocarlo».

Il demone fece un sorriso compiaciuto. «Certo che sono stato io. Ma ti assicuro che me l'ha reso facile».

Meryam rimase paralizzata. Sentì su di lei delle mani e le scrollò di dosso, pensando appartenessero a Hakan. Invece sentì all'orecchio la voce dolce di Feyiz, e quando la toccò nuovamente gli permise di tirarla via, di togliersi per lasciare lo spazio al prete. Alzò lo sguardo e vide la solidarietà di Walker, la paura di Kim, ma non avrebbe più guardato la telecamera. O Calliope.

«Continua a girare», le disse, nel caso che la donna si perdesse nuovamente d'animo. Sarebbe stato tutto nelle riprese, a beneficio di Adam. Dopo che Meryam sarebbe morta, lui sarebbe diventato famoso. Sarebbe stato ricco. Avrebbe sempre ricordato che lei l'amava.

Anche lei sarebbe stata famosa. Ma sarebbe stata morta.

La voce del sacerdote la cullava. Poteva stare solo a guardare. Le luci tremolarono e il vento soffiò per la prima volta da interminabili minuti, ore eterne, ma anche il vento era caldo. La mosca ronzava attorno alla faccia di Adam e gli atterrò sul labbro inferiore. Camminò lentamente sui denti esposti da quel terribile sorriso.

«Ti ordino, antico serpente, per il giudizio dei vivi e dei morti, per il tuo Creatore, per Colui che ha il potere di consegnarti all'inferno, di andartene ora nella paura. Sottomettiti non alla mia persona, ma al ministro di Cristo. Poiché è il potere di Cristo che ti costringe, che ti ha umiliato presso la Sua croce...».

Adam continuava a tremare, a sbattere ripetutamente la testa contro il pavimento. Mentre il demone rideva, la mosca riprese il volo e si posò sulla curva luccicante dell'occhio sgranato. Adam non batté neanche le palpebre.

Il signor Avci cominciò a pregare nella sua lingua il suo dio. Più distante, sulla destra, tra le ombre dell'entrata del passaggio, Wyn Douglas singhiozzò forte e cominciò a urlare negando che stesse accadendo per davvero.

La pelle di Meryam era ancora calda, ma la base della testa cominciò a ghiacciarsi. Cominciò a vedere tutto nero. Quanto tempo era passato da quando aveva mangiato o dormito? Mentre si interrogava perse la sensibilità a mani e piedi.

Quanto tempo mancava al mattino?

Staccata da se stessa, cominciò a pronunciare il nome del fidanzato. Poi lo urlò, come se lo stesse osservando perdere l'equilibrio sull'orlo di un dirupo, come se lo stesse osservando precipitare in un abisso. E non era forse così? Meryam conosceva la risposta e urlò di nuovo il suo nome.

Ridendo, con l'intero corpo tremante, Adam cominciò a mormorare le peggiori bestemmie. Ruotò di nuovo la testa e fissò Meryam mentre alzava e sbatteva la testa contro il pavimento, come se volesse guardarla negli occhi mentre si spaccava il cranio. Meryam pensò che stava ancora urlando, ma non ne era certa.

Walker e Hakan caddero in ginocchio. Forse gliel'aveva gridato padre Cornelius. Afferrarono Adam per le spalle e lo immobilizzarono, mentre Walker gli teneva ferma la testa in modo che non potesse sbatterla di nuovo contro il pavimento. Del sangue colava dai capelli di Adam, lungo la nuca, fino al colletto della camicia.

Quando Meryam espirò, il fiato si condensò. Sentiva ancora caldo, ma l'aria era diventata gelida. Qualcosa si mosse dietro il prete e i suoi assistenti e vide che il cranio spaccato con le corna si era inclinato da un lato, come se anche il volto sfondato, le orbite carbonizzate e fracassate, si fossero voltati a guardarla.

«Vattene, dunque, peccatore. Vattene, seduttore, pieno di menzogne e astuzie, nemico della virtù, persecutore degli innocenti. Allontanati, abominevole creatura, abbandona...».

Le luci si spensero. Qualcuno urlò. Passarono diversi secondi che Meryam poté contare solo con i battiti frenetici del suo cuore, e poi le luci si riaccesero.

Adam aveva gli occhi chiusi. Il petto si levò e si abbassò in un sospiro. Aveva ripreso colore, anche se aveva ancora le gocce di sudore. Trasse un altro respiro e gli occhi gli si aprirono tremolanti un momento, poi si richiusero. Meryam era sicura che l'avesse guardata. Che l'avesse vista *Adam*, non quell'altro essere.

Dietro la telecamera, Calliope sussurrò un «grazie» a qualsiasi entità avesse rivolto le sue preghiere.

«Ha funzionato?», chiese Kim. «È... Padre, ha funzionato? Se n'è andato?».

Padre Cornelius intinse le dita nella tazza con l'acqua santa e fece il segno della croce sulla fronte di Adam. Meryam provò un'ondata di disgusto, ma sotto quell'ondata correva un rivolo di speranza.

Al tocco del prete, Adam si limitò a sospirare.

«Cornelius», fece cupo Walker. «Dannazione, *se n'è andato?*»

«Credo di sì».

Hakan manifestò mormorando la propria disapprovazione, ma Feyiz lo zittì e si rivolse al sacerdote. «Ce l'ha fatta».

Padre Cornelius non lo guardò. Invece, si voltò verso Meryam e per un momento la giovane vide solo la testa di Adam girata da una parte e il teschio fracassato e carbonizzato del demone nella stessa posizione. Poi vide la dolce tristezza negli occhi del sacerdote.

«Non ho fatto niente», fece lui. «Non ho neanche terminato. Non so se le mie preghiere abbiano fatto qualcosa. Potrei non essere abbastanza forte».

Kim indietreggiò. «Ma ha detto che se n'è andato».

«Credo di sì», replicò il sacerdote, con un'aria contrita negli occhi. «Ma non l'ho cacciato... e non so dove sia andato».

Il dottor Dwyer boccheggiò e aprì tremolando gli occhi, meno sbigottito per essersi svegliato nel cuore della notte che per il fatto di essere riuscito ad appisolarsi. L'ultima volta che aveva guardato l'orologio dell'infermeria erano quasi le due e gli era venuta la pelle d'oca per l'ansia. Padre Cornelius aveva ammesso che intendevano eseguire un esorcismo e la cosa gli era parsa al contempo irreale e terrificante. Si era steso su una branda, sicuramente più al caldo e più al sicuro del resto dello staff, ma non si era sentito né più al caldo né più al sicuro. A ogni modo, si era addormentato.

Gemette e cercò di rannicchiarsi in posizione più fetale per allentare la pressione dei muscoli contratti, sperando di riuscire a riaddormentarsi.

Sentì uno strascichio dietro di sé.

Rimase paralizzato, con la faccia rivolta verso il muro e il resto dell'infermeria alle sue spalle. Il dolore alla schiena gli risalì al collo e capì che doveva espirare e allungarsi, ma non riusciva a fare altro che stare ad ascoltare. Fuori dall'infermeria, il vento faceva sbatacchiare i teli di plastica. Non per la prima volta, immaginò che l'intera caverna inspirasse ed espirasse, che l'arca respirasse.

Il dottore strinse forte gli occhi. Gli arrivò il suono di voci lontane che bisbigliavano, membri dello staff accampati lungo il passaggio, dove quella notte molti si erano sistemati per stare più vicini tra loro e più lontani dall'imboccatura della caverna e dall'inesorabile tempesta.

Dalle sue spalle provenne un fruscio. Avrebbe voluto chiedere chi fosse, ma un odore riempiva l'infermeria, un aroma intenso, terroso con una punta di marcio. D'improvviso, ritornò un bambino di otto anni che cercava di fare il coraggioso, ora che lui e suo fratello avevano finalmente ottenuto camere separate, ma spaventato... tanto spaventato dalla mano scheletrica del frassino i cui rami simili a lunghe dita grattavano la finestra a ogni soffio di vento.

Dwyer fece un sospiro e cercò di scacciare quel ricordo. Per un attimo era stato talmente vivido, e la sua paura infantile così familiare, che gli era parso di essere tornato a quei giorni, nel letto della sua cameretta. Delle notti era talmente spaventato che andava in camera del fratello Teddy e lo svegliava. Teddy, di due anni più grande, gli dava un pugno sul braccio e gli diceva di non fare la femminuccia.

Non fare la femminuccia, pensò.

Stanotte, Teddy avrebbe avuto ragione. Il dottor Dwyer sospirò nuovamente. Assonnato com'era, si era dimenticato di avere dei pazienti in infermeria. Adam era stato portato via, e il professor Olivieri se n'era andato anche lui, ma c'erano ancora Zeybekci e Dev Patil.

Idiota. Ridendo della propria stupidità e cercando di scuotersi di dosso la paura che ancora lo attanagliava, il dottore si alzò dalla branda e vide Zeybecki che si alzava dal suo letto, sull'altro lato della stanza. Alla luce dell'unica lampada accesa, un tenue bagliore in un angolo, il giovane ispettore turco pareva quasi sonnambulo. Zeybekci chinò la testa, tirò su col naso, poi si asciugò le mani sul maglione.

«Si sente bene?», chiese piano il dottor Dwyer, per non svegliare Patil, a cui aveva somministrato degli antibiotici e una massiccia dose di ansiolitici che lo avrebbero anche aiutato a dormire. Ciò che aveva inalato spostando il cadavere gli aveva fatto male ma, per quanto fossero necessari ulteriori esami, Dwyer non riteneva che il patologo avesse subito danni permanenti. Era riuscito a scendere a mensa con Zeybekci e a mangiare qualcosa. Ora necessitava di riposo e ulteriori analisi.

Zeybekci, invece, poteva andarsene quando voleva.

«È ancora notte», disse il dottore, cercando di guardarlo

in faccia per verificare se dopotutto non fosse sonnambulo. «All'alba manca ancora qualche ora. Forse dovrebbe cercare di dormire ancora un po' e restare qui fino al mattino».

«Le sue sono state le mani che ho usato per prime», disse Zeybekci, alzando le proprie mani, come se le vedesse per la prima volta. «Gli ho sussurrato in testa talmente piano che non ha mai capito che c'ero. Non ha mai capito quello che ha fatto. Ma non ho più bisogno di sussurrare».

Zeybekci fece due passi, poi rimase a osservare Patil.

«Signor Zeybekci?», azzardò il dottor Dwyer, pensando *forse deve andare al bagno.* Deve essere così. Ma allora perché...

Zeybekci allungò una mano – doveva averlo fatto in fretta, ma era parso al rallentatore, come se l'infermeria fosse una palla per i pesci e tutti si muovessero sott'acqua – e la mise sulla faccia di Patil, premendolo contro la branda. Gli infilò le dita dell'altra mano in bocca, afferrò la mandibola e gliela strappò. Le ossa si spezzarono, la carne si lacerò e il sangue schizzò sul letto e in terra.

«Gesù Cristo!», urlò il dottore, barcollando all'indietro.

Quelle parole fecero trasalire Zeybekci. Sogghignò, guardò Dwyer con un'espressione torva sul volto sporco di sangue, e poi cominciò a colpire e graffiare la faccia di Patil con l'estremità spezzata di un osso che emergeva dal pezzo di mandibola sanguinolenta. Patil alzò le mani nel tentativo di difendersi e questa fu la parte peggiore. Peggiore persino della ferocia dell'aggressione. Per un po', Patil, sveglio e cosciente, emise un gemito inarticolato, l'unico suono in grado di essere prodotto da un uomo senza mandibola.

Poi le mani crollarono e il corpo si afflosciò. Il sangue si riversò a fiotti sul pavimento, inzuppando abiti e lenzuola. A un passo dalla morte.

Zeybekci riguardò il dottore, fremette di evidente piacere e si diresse verso di lui.

Un puzzo caldo di urina riempì le narici di Dwyer. Solo quando sentì il liquido caldo che gli colava lungo le gambe e gli bagnava i pantaloni, si rese conto che era della propria urina.

Aveva terrorizzato il bambino che era in lui. E ora non c'era nessun fratello maggiore a proteggerlo.

Urlando, scappò dall'infermeria, scivolando nella pozza della propria pipì. Zeybekci si lanciò su di lui e lo mancò. Il dottore andò a sbattere contro lo stipite della porta e uscì inciampando nel passaggio accolto dal vento gelido che soffiava attraverso l'arca.

«Gesù santo... Cazzo», fece con voce roca.

Sulla destra, sentì provenire delle voci. Tremante, inebetito per gli orrori a cui aveva assistito, si mosse incespicando in quella direzione, accelerando sempre più. Zeybekci si lanciò nel passaggio squarciando alcuni dei teli di plastica. Il dottore cominciò a gridare aiuto.

Davanti a sé uno spesso telo di plastica tagliato bloccava il passaggio. Dopo che l'ebbe superato, le voci gli parvero più distanti. Una forte luce sulla parete sinistra gli fece sbattere le palpebre, poi si sentì afferrare per il braccio e si divincolò.

«Dottore! Ehi, si calmi!».

Le mani lo afferrarono di nuovo, per i polsi, una presa forte che gli fece alzare la testa di scatto per guardare l'altro in faccia. Uno degli studenti americani, giovane e attraente, con un nome italiano. Bellucci. No, Belbusti. Steve.

«È dentro Zeybekci», disse il dottor Dwyer. «Muoviamoci. Ci servono armi. Qualcosa per proteggerci».

Altre teste spuntarono dalle stalle più avanti lungo il passaggio, uomini e donne stanchi e impauriti ma che insieme si sentivano al sicuro. C'erano tende e gruppetti e in mezzo al passaggio quattro persone accucciate in terra con un termoconvettore erano nel bel mezzo di una partita a carte: qualsiasi cosa per ammazzare il tempo durante la tempesta.

«Alzatevi!», urlò il dottore. Una voce dentro di lui gli diceva che non potevano capire, ma non si accorgevano della sua paura? Pensavano forse che come altri della missione avesse momentaneamente perso la testa?

«Dannazione, ascoltate! Sta arrivando! Dobbiamo...».

«Ehi, dottore», fece Belbusti, indicando gli altri. «Non siamo mica scemi. Demone o no, abbiamo delle armi».

Il giovane sganciò una piccozza che aveva attaccata al fianco e la brandì per mostrarla al dottore. Il manico argentato di metallo scintillò alla luce violenta e la lama scura in acciaio aveva denti crudeli... denti terribili. Dwyer annuì, confortato da quel tremendo strumento, e insieme si voltarono verso i pesanti teli di plastica che chiudevano il passaggio. Il dottore corrugò la fronte. Dov'era Zeybekci?

«Mi veniva dietro», disse. «È lui che ha assassinato Helen e gli altri. Ha appena ucciso...».

«Forse è andato verso l'imboccatura della caverna», disse Belbusti. «Dovremmo avvisare quelli del livello uno».

Con la piccozza levata, la fronte aggrottata dall'impavida determinazione, Belbusti scostò i teli e avanzò. Non aveva fatto neanche un passo che dall'ombra spuntò Zeybekci. L'ispettore prese Belbusti per la gola, il giovane oscillò la piccozza e grugnì, sempre fermo nella sua determinazione, sempre impavido. Un coraggio a cui il dottore non aveva mai assistito in vita sua.

Zeybekci gli strappò la piccozza dalla mano come se afferrasse un bastoncino da un bambino prepotente. L'unica luce tremolò e si spense solo un momento, ma in quel momento il dottore vide che gli occhi di Zeybekci ardevano di un sinistro bagliore arancione, la luce putrescente dentro i visceri di una lanterna di Halloween.

«Ti prego, Dio», piagnucolò Dwyer. «Ti prego».

Zeybekci piantò la punta della piccozza nella faccia di Belbusti, bucandogli l'occhio sinistro e penetrando per quindici centimetri nel cervello del giovane americano. Belbusti crollò in terra e la punta della piccozza che scivolò fuori dall'occhio del morto provocò un risucchio viscido.

Il dottore si stava già muovendo. Correva. Vide le facce in fondo al passaggio, rivolte verso di lui, gli occhi sgranati per il terrore. Tutti cominciarono a prendere le armi. Altri urlavano. Una donna aveva già cominciato a scappare verso l'interno dell'arca, lontano da quell'orrore e dalla compagnia delle persone con cui aveva immaginato di essere al sicuro.

Il dottore stava per dirle che ormai nell'arca non c'erano più posti sicuri, ma poi avvertì un colpo violento alla nuca, sentì cedere l'osso.

E morì tra un coro di grida.

SEDICI

Olivieri stava nella stalla che gli serviva da alloggio. Il giaciglio era stato arrotolato in un angolo e tre sedie di plastica e un tavolo si trovavano ora al centro dell'ambiente. Ammucchiati in terra c'erano pezzi di bitume della copertura del sarcofago. Sul tavolo si trovava una dozzina di pezzi più piccoli, lisci e lucidi e dai margini taglienti. Alcuni di essi erano stati scoperti con i cadaveri esaminati dal team della professoressa Marshall, ma il resto li stavano preparando loro.

In una delle sedie era seduta Chloe che, con un trapano a batteria, faceva dei fori nelle nuove schegge di bitume mentre Errick infilava nei buchi rozze e spesse cordicelle. Olivieri aveva scelto i nuovi pezzi in base alle dimensioni, privilegiando quelli che presentavano incisioni con i segni di quella lingua antica e imperscrutabile che padre Cornelius riteneva di poter tradurre. Olivieri aveva cercato di non pensare troppo all'abilità del sacerdote di dare un senso a quelle incisioni. Non c'era tempo per l'invidia.

«Questo», disse, selezionando un altro pezzo dal pavimento. A forza di stare accucciato a esaminare il bitume gli dolevano la schiena e le ginocchia.

Per via del rumore del trapano, Chloe non l'aveva sentito.

Olivieri le diede un colpetto sulla spalla e la ragazza sollevò il dito dalla leva dello strumento.

Nel silenzio che seguì, udirono urlare. Olivieri alzò di scatto la testa e mormorò: «No». Errick si alzò così in fretta che la sedia cadde all'indietro. Aprì e chiuse le mani e poi imprecò, rendendosi conto di non avere armi.

«Chloe», disse, tendendo la mano verso il trapano.

La ragazza si accigliò e gli voltò le spalle. Olivieri capì. Non aveva alcuna intenzione di cedere a lui la sua unica arma. Chloe si mise di fronte all'ingresso della stalla, col dito sulla leva del trapano. Olivieri fece un passo indietro, malgrado si rendesse conto che così avrebbe avuto la schiena contro la parete. Dal passaggio arrivarono altre urla. Sentì un tonfo che poteva appartenere solo a un corpo che cadeva in terra, e poi delle persone oltrepassarono di corsa l'apertura della stalla, fuggendo, e Olivieri capì che dovevano andarsene.

«Scappate!», esclamò. «Andatevene via, tutti e due!».

Errick lanciò un'occhiata al mucchio di bitume, afferrò uno dei pezzi più grossi e affilati e uscì nel passaggio. Un grido arrivò portato dal vento e Olivieri vide un uomo finire addosso a Errick, che cercò di scansarsi per liberarsi da quell'impedimento. Olivieri vide Errick levare lo sguardo, pronto a combattere, e poi alla luce fioca balenò una piccozza che sibilò conficcandosi nella carne del giovane. Errick si scansò all'ultimo momento e la punta gli perforò la spalla invece del petto. Cadde in terra e il suo aggressore lo calpestò, levando la piccozza per assestare un altro colpo.

Olivieri gridò, come se avesse potuto fermare l'assassinio semplicemente con la sua voce.

Chloe si scagliò fuori dalla stalla e usando il trapano a mo' di mazza, colpì l'aggressore sul cranio. L'uomo oscillò all'indietro e Olivieri vide che era Zeybekci. O meglio, il demone dentro Zeybekci.

Con un urlo, Chloe gli ficcò il trapano nella guancia, tirò la leva e la punta perforò sibilando la carne e l'osso. Per tutta risposta, Zeybekci allargò il sorriso e afferrò Chloe per i capelli. La punta del trapano gli affondò nella faccia e il sangue schizzò Chloe mentre l'ispettore curvava le dita ad artiglio e le conficcava le unghie nel collo. Con una forza disumana, il demone dentro Zeybekci resisteva mentre Chloe crollò in terra con il sangue che le sgorgava dalla gola. Il trapano cadde accanto al corpo di Chloe che sussultava e Zeybekci si voltò a guardare Errick.

Olivieri non riusciva a muoversi. Non respirava, perché se l'avesse fatto il demone avrebbe potuto sentirlo. Vederlo. Ucciderlo.

Come se gli avesse letto nel pensiero, il demone si voltò e guardò nella stalla. La bocca di Zeybekci sorrise.

Poi, arrivò qualcun altro, di corsa. Un pugno si abbatté su quella bocca e Olivieri sentì il demone ringhiare sorpreso e infuriato. Non gli piaceva che qualcuno osasse opporsi.

Walker sentì chiamare il suo nome. Kim e Hakan gli erano subito dietro e correvano per il passaggio del livello due, ma ora non ci sarebbe più stata alcuna esitazione. Il signore Avci, in seguito, si sarebbe domandato se avesse fatto tutto il possibile per salvare Zeybekci. Il governo turco avrebbe avviato un'inchiesta ufficiale. Mentre, poi, l'osservatrice delle Nazioni Unite, Kim Seong, avrebbe dovuto fare del suo meglio per spiegare l'accaduto. Ma perché tutto questo potesse succedere, doveva *esserci* un poi.

Walker sferrò un pugno d'istinto, ma il suo istinto si era affinato in anni di pratica e micidiale esperienza. Colpì Zeybekci partendo dalla vita, tirando il pugno con la forza di tutto il suo corpo. Quel colpo avrebbe fatto crollare un zuomo normale. Lo avrebbe mandato all'altro mondo. Zeybekci vacillò all'indietro, si voltò e gli sibilò. Il sibilo si mutò in un ringhio bestiale.

Walker l'aveva fatto incazzare. Avrebbe dovuto esserne orgoglioso, ma poi il sorriso sul volto del demone tornò e vide gli angoli della bocca squarciarsi, il sangue scorrere ai lati, un sorriso troppo ampio per un volto umano.

In quel momento avrebbe dato qualsiasi cosa per un'arma. Ne aveva una, ma non in mano. Non ora. Probabilmente Hakan aveva ancora quella di Zeybekci, ma non poteva contarci.

Il demone si lanciò contro di lui. Walker lo schivò e gli abbatté il gomito sul cranio. Zeybekci gli conficcò le dita ad artiglio nella gamba, strappandogli i pantaloni e scavando dei solchi nella carne della coscia. Walker ruotò su se stesso, si fece spazio e gli sferrò un violento calcio in testa, mosse la gamba come un pistone e lo colpì altre due volte.

Con un urlo, il demone ricoperto della carne di Zeybekci si lanciò su di lui, lo afferrò e lo sollevò in aria. Il puzzo di sangue e morte riempiva il passaggio. Linfa rossa che evaporava dalle travi del pavimento. Il demone tenne Walker sollevato da terra, con il volto a pochi centimetri dal suo. Il suo alito era vomitevole e il suo tocco faceva accapponare la pelle. La paura gli invase il corpo come un'infezione. Walker la combatté, ma quel fetore, quello schifoso lerciume che pareva ricoprirgli la carne solo tramite lo sguardo di quell'essere...

Impuro, pensò. *È così che è il male.*

«Volevi qualcosa in cui credere», disse in tono rauco con la voce di Zeybekci. «Credi in me e alle cose che farò al tuo bambino quando finalmente toccherò la sua carne. A come lo farò a pezzi. La porta è ormai aperta Benjamin. Sono qui. E ora anche altri si ridesteranno e sentiranno la mia presenza e ricorderanno il mondo degli uomini e i piaceri della carne umana e si uniranno a...».

Walker sentì uno schianto e Zeybekci s'irrigidì. Il demone allentò la presa e Walker cadde in terra dimenando le braccia. Fu invaso dalla rabbia e fece per lanciarsi su Zeybekci, ma l'ispettore turco gli stava già crollando accanto. Lo sguardo gli era diventato assente e Walker lo afferrò per il braccio e la gola. Voltò il corpo che crollò su un fianco, accasciandosi in terra e capì che Zeybekci era morto.

«Oh, no», disse Kim, arrivando alle sue spalle.

Nel passaggio c'era Meryam, con in mano una piccozza insanguinata. Pallida e tremante, era piegata in due e faceva grandi respiri, fissando l'uomo che aveva appena ucciso. L'uomo che aveva assassinato per salvare la vita a Walker. Alle sue spalle, come una specie di avvoltoio, Calliope filmava tutto.

«Da dove diavolo siete arrivate voi due?», chiese Walker, appoggiando una mano alla parete e alzandosi in piedi.

«Abbiamo sentito urlare...», disse Meryam, ansimando tra una parola e l'altra. «Abbiamo attraversato il livello uno e siamo salite. Pensavamo fosse... meglio venirle... dietro».

Calliope continuava a girare, e Walker si chiese cosa fosse venuto nelle riprese, poi fissò Meryam, cercando di capire cos'avesse. Le occhiaie erano scure e profonde, la carnagione aveva una sfumatura giallognola che la faceva sembrare pallida malgrado la sua tinta naturale. Non era posseduta – non come Adam – ma qualcosa, potente quanto un demone, si era impadronito di lei. Dalla lite con Adam, tutti avevano intuito che era malata, ma Walker voleva sapere quanto. Pensava di dover sapere se la giovane sarebbe ancora stata in grado di prendersi cura di se stessa.

Considerato che gli aveva probabilmente appena salvato la vita, pensò che forse Meryam se la sarebbe cavata.

Walker guardò Hakan, gli vide la pistola in mano appesa inutilmente lungo il fianco e tra sé e sé lo maledisse per non essere arrivato prima, per premere il grilletto e uccidere lui Zeybekci in modo che Meryam non si sporcasse le mani col sangue di quell'uomo. Forse non era giusto nei confronti di Hakan, ma non poté fare a meno di pensarlo. Oltretutto, una pallottola sarebbe stata più pulita.

«Lo ha ucciso», disse Olivieri, uscendo dalla stalla, mettendosi loro accanto e fissando il cadavere dell'uomo indemoniato.

Meryam guardò lungo il passaggio. Walker fece lo stesso. Errick si teneva una mano sulla spalla insanguinata.

Chloe era morta in terra e c'erano diversi altri cadaveri sparsi per l'antico pavimento in legno.

«No», disse lei con voce cupa. «Ho solo ucciso Zeybekci».

L'ispettore giaceva a faccia in giù e il sangue gli zampillava tra i capelli come acqua da una buca appena scavata. Rivoletti si riversavano tra i capelli arruffati. Il demone non era sicuramente morto. Walker fissò i volti delle persone che cominciavano a raccogliersi e capì che la pensavano come lui. Meryam l'aveva fatto per salvargli la vita – forse per salvare la vita di tutti loro – ma era comunque incomprensibile e crudele. Era stato crudele, ma la crudeltà non era stata da parte di Meryam.

Volevi qualcosa in cui credere. Credi in me, aveva sussurrato il demone.

Guardò Calliope, dritto nell'obiettivo e puntò un dito. Non contro la telecamera, contro di lei. «Cancelli immediatamente il video che ha girato di questa scena. Tutto».

Calliope lo ignorò, perciò Walker guardò Meryam. La ripresa l'avrebbe mostrata mentre assassinava Zeybekci. Nessuno guardandola avrebbe creduto che Zeybekci fosse stato manovrato da qualcosa, che fosse stato indemoniato. Nessuno al di fuori di quell'arca avrebbe capito come ci si sentiva a essere contaminati da quel male, a sentirlo sulla pelle, a sentirne il sapore in bocca, a respirarlo nell'aria.

«Ne parleremo dopo», disse Meryam. «Quando sapremo con chi davvero abbiamo a che fare».

Walker si guardò intorno e scrutò i volti dei presenti, li guardò negli occhi mentre elaboravano l'affermazione di Meryam. Cominciarono a capire, lentamente, ma cominciarono. La prima fu Kim, poi Hakan. Uno a uno, vide le fronti corrugarsi, gli occhi socchiudersi. Poi staccarono gli sguardi dai cadaveri e li posarono sui presenti, chiedendosi – proprio come Walker – dove fosse andato il demone. Come aveva detto Meryam, Zeybekci era morto. Ma l'essere che l'aveva posseduto, e aveva posseduto Adam prima di lui, era ancora tra di loro.

Nessuna di quelle facce tradiva la presenza del demone. Quel sorriso feroce e crudele, quegli occhi antichi e scaltri non si vedevano in nessuno, ma se c'era una cosa che Walker aveva capito del suo avversario, era che sapeva nascondersi.

Fece un cenno del capo a Meryam, tacitamente comunicandole che condivideva la sua angoscia.

Meryam si raddrizzò, stringendo ancora in mano la piccozza sporca di sangue. «Vorrei piangere. Vorrei urlare. Ma rimanderò tutto al momento in cui saprò che quest'essere non sarà più in grado di uccidere nessuno».

«Quindi è… è sicura?», chiese qualcuno.

Olivieri fece una risata rotta, senza allegria. «Sta scherzando? Chiede se siamo sicuri? L'ha appena visto coi suoi occhi!».

«E ora?», chiese Errick, facendo una smorfia, sempre con la mano sulla ferita alla spalla. «Se questo… se è in grado di saltare da una persona all'altra, continuerà a farlo finché non saremo tutti morti».

«Ci stiamo lavorando», disse Olivieri, aprendo il pugno e rivelando un pezzo di bitume scolpito con una cordicella infilata in un foro al centro.

Errick scosse il capo. «È una follia. Non può essere vero».

«No?», disse Hakan, facendo un passo avanti. «Lo chieda a *lui*».

La guida spinse il cadavere di Zeybekci con un piede, come ad assicurarsi che fosse davvero morto. Spaventati, gli altri lo fissarono. Leggermente chino, Hakan aveva gli occhi in ombra e per un attimo Walker trattenne il respiro chiedendosi se il demone non fosse affatto lontano. Poi Hakan si guardò intorno, con la pistola ancora in mano, come se temesse di doverla usare da un momento all'altro. Con la mano libera indicò uno dei suoi operai e uno degli studenti di archeologia e disse: «Voi due. Scendete al livello uno e portate tutti qui. Tutti, senza eccezione. Se qualcuno si mette a discutere, ditegli che non mi farà affatto piacere andare a prenderlo personalmente».

«Io andrò a prendere padre Cornelius, Feyiz e gli altri, e porteremo qui anche Adam».

L'operaio fece subito per voltarsi, ma lo studente – Walker

non sapeva come si chiamasse – esitò e guardò Meryam. Era il suo progetto, dopotutto. Era lei il capo, e Walker era sicuro che l'intero staff fosse consapevole dell'animosità che c'era tra lei e Hakan.

Meryam annuì. «Andate. Presto».

I due si allontanarono in fretta, mentre Hakan continuava a parlare, stavolta rivolgendosi direttamente a Meryam.

«Dobbiamo toglierli da qui», disse, indicando i corpi di Zeybekci, Dwyer e gli altri. «Dobbiamo risparmiare questa vista a chi non ha assistito a quest'orrore».

«Me ne occupo io», disse Walker.

Kim si offrì di aiutarlo, e subito cominciò a entrare nelle stalle in cerca di coperte e qualsiasi cosa potesse servire per avvolgere i morti.

Meryam diede dei colpi sulla parete tra le stalle per ottenere l'attenzione di tutti.

«Immagino manchino poche ore al mattino», disse. «Metteremo insieme le stufe. Materassi, tende e coperte. Consumeremo un pasto caldo e prepareremo l'equipaggiamento in modo da essere pronti. Alle prime luci dell'alba, ce ne andremo dall'arca. Lo faremo il più lentamente possibile, ma dobbiamo andarcene da questa caverna e dalla montagna».

«Se c'è ancora la tormenta, potremmo morire là fuori», ribatté Errick.

Meryam lo guardò e Walker capì cosa stesse pensando. Con quella ferita alla spalla, Errick non era in grado di affrontare la discesa. Ma, quale che fosse la malattia che la stava consumando, non lo era neanche Meryam. La differenza tra loro era che lei aveva capito che non c'erano altre possibilità.

«Potresti morire là fuori», disse lei. «È possibile che per alcuni di noi sarà così. La differenza è nella certezza. Se andiamo potresti morire, ma se restiamo morirai sicuramente».

Meryam sta nel salotto dell'appartamento al terzo piano di un palazzo di Mayfair, che lei e Adam hanno trasformato nel loro piccolo nido. Dalla finestra si gode una tipica vista londinese: file di case bianco sporco che fiancheggiano una strada talmente stretta che ci passano a malapena un taxi e una bicicletta insieme. Le grigie luci del mattino creano un'aura particolare, un'atmosfera surreale da paese delle fate. In piccole fioriere, vivaci colori sbocciano nel grigio. Questa è la primavera londinese.

La finestra è appena schiusa, perché al mattino fa ancora un po' freddo, e Meryam sente delle lontane risate infantili. Immagina i bambini che giocano e si avvicina alla finestra, allungando il collo per vedere meglio. Arriva zigzagando un bambino che ride e prende a calci un pallone per la strada, incurante dell'eventuale traffico lungo la stretta via. La rugiada del mattino fa luccicare il marciapiedi e la strada e scintillare le finestre degli appartamenti di fronte.

Una giovane donna va in bicicletta. Ha i capelli di un acceso blu cobalto. Anni fa, Meryam è stata quasi tutto l'anno con i capelli di quel colore, e si chiede perché mai l'abbia cambiato. Poi individua una bambina che insegue il ragazzino con il pallone. Corre con rabbia, agitando le braccia, il volto deformato in una smorfia, ed è chiaro che il pallone appartiene a lei. Il bambino gliel'ha rubato, forse per divertimento, ma comunque gliel'ha sottratto. La giovane in bicicletta grida un avvertimento e sterza, evitando a stento la bambina.

Meryam vorrebbe urlare, ha il cuore che batte forte. Ma non hanno bisogno del suo avvertimento, quella giovane e la bambina che in un certo senso assomigliano entrambe a Meryam. Ad altre Meryam, di altri momenti della sua vita. Si fa rossa in viso, malgrado rabbrividisca per la fredda aria primaverile che penetra dall'apertura della finestra. L'incidente è stato evitato, ma con lo sguardo segue la corsa della bambina.

«Mamma», dice una voce alle sue spalle.

Delle dita ghiacciate le toccano il braccio e Meryam ha un sussulto. Dov'è Adam? Non lì. Non dove dovrebbe essere. E dov'è il suo cancro? Non lì. Non dove dovrebbe essere.

«Mamma».

Segue con lo sguardo la corsa della bambina che raggiunge il ladruncolo, il ragazzino che le ha preso il pallone. È furibonda.

Quelle dita le afferrano l'avambraccio e sono talmente fredde da bruciarla. Di nuovo, quella voce infantile sussurra il suo nome. Meryam si sforza di distogliere lo sguardo dalla finestra e si volta.

Che c'è, Jo? chiede.

Jo sorride. JoJo, la sua piccola Josephine. «Non essere triste, mamma», le dice la sua bambina. «Non avresti mai dovuto avermi. Mi hanno fatto vivere solo per potermi portare via. Se sei triste, farai solo il loro gioco».

Confusa – ma tu non sei confusa, vero? – *Meryam si acquatta davanti alla bambina. Jo ha degli occhi bellissimi, di un brillante color rame che scintilla e bilancia il marrone della carnagione. I capelli le ricadono in riccioli naturali: è una bellissima bambina. Un giorno, la sua bellezza lascerà le persone senza fiato. Un giorno.*

Ma perché Jo è quassù? Come può essere contemporanea-

mente qui e per strada a inseguire il bambino che le ha rubato il pallone?

Hai preso il bambino? le chiede Meryam.

Jo le prende la mano e gliela stringe forte, guardandola negli occhi. «Non riguardare dalla finestra, mamma».

Meryam sente le risate del ragazzino, del ladruncolo, trasportate dal vento e le sembra che diventino più forti. La stanza intorno a lei è immersa nella stessa luce grigia e fatata della vista dalla finestra, ma lì, con lei, tra i mobili disposti in modo ordinato e i ricordi delle avventure che lei e Adam hanno vissuto prima che arrivasse Jo… lì, l'unico colore è il lucente rame degli occhi di sua figlia.

«Non voltarti», la esorta Jo, ma ora i suoi occhi luminosi e tondi come penny sono più brillanti che mai e il resto del suo corpo sta svanendo. I riccioli ora sono poco più che un fumo.

No, dice, e allunga le mani verso la sua bambina. La sua JoJo. Ma Jo sparisce e le mani si tendono nel nulla, come se l'atto stesso di cercare di toccarla, di cercare di aggrapparsi all'amore che riempie il cuore di Meryam, abbia trasformato la figlia in fumo. Quegli occhi di rame sono l'ultima cosa a svanire, seguiti dall'eco della sua voce.

Non guardare, mamma, non guardare, non…

Meryam si volta per guardare dalla finestra. È come se non fosse passato neanche un momento da quando Jo le ha messo le dita sul braccio. Il tocco della bambina generata da lei e Adam, la figlia che non avrebbe mai dovuto avere.

Per strada, furibonda e determinata, Josephine raggiunge il ladruncolo e lo afferra per il braccio. Nel momento in cui le sue dita lo toccano, tutti i fiori della piccola via di Mayfair appassiscono e muoiono.

Il bambino lascia il pallone per strada. Si volta per guardare Jo.

Prima, Meryam non aveva notato le corna.

Meryam comincia a urlare.

E si sveglia.

Meryam si svegliò urlando. Si voltò su un fianco e si rannicchiò in posizione fetale prima di essere del tutto certa di essersi ridestata dal sogno. Col corpo rigido, il respiro ansante, rabbrividì serrando forte gli occhi per paura di quello che avrebbe potuto vedere se li avesse aperti. Le faceva male il petto, il cuore le batteva forte. Aveva freddo in tutto il corpo, il vento gelido le accarezzava la pelle scoperta delle mani, della faccia e del collo e avrebbe voluto urlare.

Urlare, urlare e urlare.

L'eco delle sue grida aspre le risuonava ancora nelle orecchie, ma avvertiva solo una sensazione di perdita. Una sensazione di perdita che non avrebbe mai ritenuto possibile. Ogni sogno che aveva serbato in segreto, ogni speranza di amore e felicità erano stati sepolti in fondo al cuore quando aveva saputo di avere il cancro. Ora erano stati dissepolti ed esposti, e la carne dei suoi sogni era stata scorticata e ridotta in nervi sanguinolenti.

«Meryam».

Le parve simile a *Mamma*.

Delle dita fredde la toccarono e Meryam saltò su, tirandosi appresso le coperte. Si gettò giù dalla branda e si rannicchiò contro la parete di plastica rigida. Batté le palpebre e si rese conto di avere aperto gli occhi. Le luci erano fioche ma sempre troppo forti per lei. La figura sopra di lei fece nuovamente per toccarla e Meryam la scacciò.

«È tutto a posto», disse una voce maschile. «Meryam, stava sognando. Era un incubo».

Abbassando le mani, lo guardò. *Walker*. Col cuore che ancora le batteva forte, cercò di regolarizzare il respiro. I suoi pensieri si fecero nuovamente coscienti e si guardò intorno. Si trovavano nell'infermeria. Stava dormendo su una delle brande, intrappolata in quello che sembrava non un incubo, ma l'inferno stesso. Il terrore e la sofferenza ancora le scorrevano dentro, in cerca di una via d'uscita, di un modo per esaurirsi prima di distruggerla.

Walker le tese le mani. «È tutto a posto», ripeté. «Perché non torna a letto? Aspetti un po', lasci che il sogno svanisca. E svanirà, a prescindere da quello che era... a prescindere da quanto si sia insinuato in lei. Respiri e se lo lasci alle spalle».

Espirando, poi sforzandosi di trattenere il respiro, Meryam tornò lentamente verso la branda. La stanchezza dovuta alla malattia era peggiorata. La natura estrema di quel progetto aveva reclamato il suo tributo. Walker le offrì la mano, ma lei la ignorò, issandosi sulla branda. Si tirò le coperte sulle spalle e sedette sul bordo, guardandosi intorno, come se solo ora sentisse di tornare nel mondo reale.

Di poco migliore dei miei sogni.

Si asciugò le lacrime. Il ritmo era rallentato, ma continuavano a scendere. Il nome di Josephine le risuonava ancora in testa, come il motivo di una canzone di cui non ci si riesce a liberare. Josephine. Jo.

Una bambina che non avrebbe mai avuto.

Il genere di figlia che sarebbe stata orgogliosa di crescere. Una bambina che non sarebbe mai nata.

Sulla branda accanto, una sagoma si mosse sotto le coperte. Meryam vide la zazzera di folti capelli neri e sentì un gemito familiare come la sua stessa voce. Adam si voltò e aprì gli occhi, strizzandoli per la luce. Trasandato e non lavato, arrabbiato e infedele, ferito e confuso, restava sempre l'uomo che amava. Josephine non ci sarebbe mai stata, ma quello era il padre che si sarebbe meritata. Umano, e pieno di amore.

«Meryam?», fece Adam.

Walker si fece indietro mentre Meryam scendeva dalla branda e si stendeva accanto ad Adam. Scivolò sotto le coperte e si strinse a lui per poter entrare nel letto. I ricordi della notte cominciarono a riaffiorarle nella mente e per quanto terribili, orrendi – pieni di orrore e sangue – li preferiva all'infinita disperazione del suo sogno e quindi li accettò.

«Volete restare un po' da soli?», chiese Walker, seduto sul bordo della branda appena lasciata da Meryam.

Adam scrutò la sua fidanzata in volto. Meryam capì che stava cercando una spiegazione, una risposta al perché la tensione tra loro fosse svanita all'improvviso, ma ora non era il momento giusto per quel genere di conversazione. Lo amava. Per ora, avrebbe dovuto accontentarsi di quella risposta. Il cancro le aveva rubato i sogni molto prima che quel demone si insinuasse nei loro cuori. Ma Adam poteva ancora sognare. Avrebbe potuto avere un giorno una piccola Josephine, con un'altra donna. Una donna che avrebbe potuto essere più gentile con lui. La morte attendeva Meryam dietro l'angolo, in un momento che aveva già stabilito. Ma fino a quell'appuntamento, Meryam avrebbe lottato perché Adam vivesse e sognasse, a prescindere dalle sue colpe. Lei stessa non ne era priva.

«Ha vegliato su di noi», disse la giovane, scrutando Walker dal letto.

«Se dobbiamo affrontare la discesa, avete bisogno entrambi di tempo per riprendervi», disse Walker. Aggrottò la fronte e li guardò. «A essere sinceri, non sono certo che ce la facciate. La tormenta là fuori è ancora violenta e nessuno di voi due è abbastanza in forze. Ma il sole sorgerà tra una ventina di minuti».

«Da qui non è che il sole si veda molto», disse Adam.

«Ci sarà abbastanza luce», replicò Meryam. «Se non altro per la neve».

Walker si stropicciò gli occhi, con profonde occhiaie. «Sarà il massimo a cui possiamo aspirare, a meno che non vogliate aspettare che passi».

Meryam tirò via le coperte. Gli abiti di Adam sapevano di muschio e stantio, ma l'odore apparteneva a lui. Significava che era vivo.

DICIASSETTE

Adam lasciò che Meryam lo mettesse a sedere sul bordo del letto. Fece un sorriso forzato mentre gli tirava le coperte sulle spalle, gli baciava la mano e gliela stringeva. La sua gentile dolcezza – un lato di lei che aveva visto di rado nelle ultime settimane – lo aiutò, ma di poco. Una scintilla nel buio. Nessuna amorevole attenzione avrebbe potuto eliminare la sporcizia che sentiva dentro. Se lassù ci fosse stato modo di fare una doccia bollente, si sarebbe strofinato dalla pelle lo strato di sudore che sapeva di ammoniaca, ma ci sarebbe voluto del tempo perché il corpo si liberasse da quella infezione. Il demone se n'era andato, ma il suo organismo aveva ancora bisogno di purgarsi del veleno che gli aveva lasciato dentro.

«Ehi», disse Meryam, dandogli una leggera gomitata. «Ci sei?».

Di nuovo, Adam si sforzò di fare un sorriso. Seppur debole, fece respirare di sollievo Meryam e Walker.

«Sì», disse Adam. «Solo... sapete come ci si sente quando si esce da una brutta influenza, o da un'infezione intestinale? Si è deboli e... incerti... come se ancora non si fosse...».

Walker s'irrigidì. «Crede che il demone sia ancora in lei?».

Adam vide come l'altro strinse il pugno destro e si chiese cosa avrebbe potuto fare se la risposta fosse stata «sì».

«No. Penso che ci abbia manovrato per un certo tempo,

ma quando davvero entra e prende il sopravvento, si sente. *Vuole* che tu lo senta».

Gli occhi di Meryam si riempirono di dolore riflesso e partecipazione e Adam non lo sopportò. Dovevano agire subito, non potevano permettere che angoscia e rammarico fossero loro d'intralcio. Poi avrebbero avuto il tempo per i dubbi e le recriminazioni.

Se Meryam l'avrebbe avuto, il tempo.

Adam sapeva una cosa: se i suoi giorni su questa terra erano brevi come aveva previsto il suo medico, non voleva passarli a negoziare verità e amore. Voleva viverli e basta.

«Devo parlarti», disse lui. *Di Calliope. Di quello che pensavo stesse succedendo, e del ruolo che penso abbia svolto il demone.*

Il resto non lo disse, non alla presenza di Walker, ma Meryam parve capirlo ugualmente. Gli accarezzò la guancia ispida con il dorso della mano.

«Dopo».

Adam avrebbe voluto protestare. Insistere. Tra loro si era aperto un abisso e voleva sapere se quello spazio vuoto potesse colmarsi, se avessero potuto davvero ritrovarsi. Sedevano fianco a fianco, mano nella mano, ma quelle erano solo carne e ossa. Lo spazio tra loro non poteva misurarsi in centimetri.

«C'è molto da fare», disse Walker, chinandosi sulla branda cigolante. «Devo sapere se riuscirà a resistere o se avrà bisogno dell'aiuto di qualcuno».

Adam aveva le mani sulle ginocchia come un anziano in sedia a rotelle. Si rese conto che dopo tutti quei morti e le loro vite in pericolo, ormai il responsabile era Walker. Il Progetto Arca Karga-Holzer era finito. Ormai era solo questione di sopravvivenza.

«Se avrò bisogno di aiuto, manderò un segnale».

«Mi raccomando», gli sussurrò Meryam.

Adam aprì le coperte con cui Meryam l'aveva avvolto e l'abbracciò attirandola nel tepore delle coltri. L'espressione della bocca e lo sguardo della giovane rivelavano che c'erano parole non dette, ma questo non era un segreto. La contaminazione del demone permaneva in più d'un modo.

Un'ombra oscurò il pavimento, Adam levò gli occhi e vide Feyiz in piedi sulla soglia, illuminato in controluce dall'abbagliante faro industriale nel passaggio.

«Sono contento di vedervi in piedi», disse Feyiz.

Sotto la coperta, Adam sentì Meryam irrigidirsi. Per un momento parve che Walker fosse scomparso dall'infermeria e fossero soli con la tensione delle ultime ventiquattr'ore che riempiva lo spazio tra loro.

«Senti», cominciò Adam. «Sai che non ero io».

Feyiz raddrizzò il capo. «Chi non eri tu? Il pazzo scatenato che mi ha aggredito? L'uomo geloso che pensava avessi una storia con la sua fidanzata?».

Walker si alzò, muovendosi tra le brande e la porta. «Dobbiamo proprio parlarne ora?».

Feyiz gli girò attorno. «Credo di sì». Si accovacciò davanti ad Adam e Meryam, guardando ora l'una ora l'altro. «Sono e continuerò a essere vostro amico. Però mi chiedo, Adam, dove terminassero i tuoi sentimenti e il tuo comportamento e cominciassero quelli del demone».

Meryam fece un sospiro brusco. «Non conosceremo mai la risposta a questa domanda».

«Esatto», disse Feyiz, scrutandola in volto. «Non lo sapremo mai. E allora andiamo avanti, tutti e tre insieme. Scendiamo vivi da questa montagna, e quando l'avremo fatto, ci preoccuperemo di cosa significhi per la nostra amicizia».

Tese una mano. Adam tolse il braccio dalla spalla di Meryam e gliela strinse. Per il momento, almeno, potevano sostenersi a vicenda.

«Magnifico», disse Walker. «Ora vuole aggiornarli sulla situazione attuale o lo faccio io?»

«È un uomo determinato, dottor Walker. Determinato e pieno di segreti. Sono contento che sia qui. E sono contento che ce ne andiamo», replicò Feyiz.

«Proceda allora», disse Walker.

«Sette morti in tutto stanotte». Feyiz scosse il capo, e mentre condivideva la notizia la sua facciata dura si incrinò. «Restiamo in sedici, compresi noi quattro. I corpi sono stati avvolti bene e sistemati in una stalla del livello uno per il recupero in primavera…».

«Li portiamo con noi», disse Meryam. «Non posso… non possiamo lasciarli qui».

«Meryam», cominciò Walker.

Intervenne Adam. «Feyiz ha appena detto che siamo rimasti in sedici. Sarà già abbastanza difficile scendere dalla montagna con questa tempesta, per non parlare dei probabili tentativi del demone di ostacolarci. Se entra in qualcun altro…», *o di nuovo dentro di me*, pensò, «non possiamo e basta. Lo sai. Verrà qualcun altro a prenderli. Anche io mi sento responsabile verso di loro. Non voglio abbandonarli, ma la nostra priorità sono le persone ancora in vita. Le persone che possiamo salvare».

«D'accordo», disse piano Meryam. «Ho capito».

«Non possiamo metterli ulteriormente in pericolo chiedendogli di trasportare i cadaveri giù dalla montagna», proseguì Adam.

«Ho detto che ho capito!».

La sua voce risuonò tra le quattro pareti di plastica del piccolo ambiente.

Adam intravide un movimento con la coda dell'occhio e vide Calliope nel corridoio che filmava tutta la scena. Si sentì ardere le guance, per la rabbia e la vergogna in egual misura.

«Non ora, Callie», disse. «Togliti dal cazzo con quell'affare».

La ragazza ebbe un sussulto. Con i capelli biondi legati in una crocchia, pallida, tesa ed esausta, pareva distrutta e vulnerabile come tutti loro.

Era stata un'amica ed era stata di conforto e fare l'amore con lei gli era parso un vero rifugio dallo sfacelo emotivo del suo cuore. In quel momento, gli era sembrata la cosa giusta. Punirla per questo era da stronzi, ma si giustificò dicendo che non era una punizione. Solo questione di privacy.

«Dici sul serio?», disse Calliope. «Uno di noi sta facendo il suo cazzo di lavoro e, nel caso non l'avessi capito, non sei tu. In questo momento sono fuori di me dalla paura, ma immaginavo che...».

Scosse il capo. «Sai che ti dico? Lasciamo perdere».

Calliope si voltò e abbassò la telecamera.

Meryam la richiamò. «Aspetta!».

Le due donne erano una di fronte all'altra – Calliope sulla soglia e Meryam sulla branda – e Adam distolse lo sguardo.

«Continua a fare il tuo lavoro», disse Meryam. «Quando sarà tutto finito, ci servirà una registrazione. Qualunque cosa accada, la gente deve sapere».

Calliope fece per replicare, ma fu distratta dall'arrivo del professor Olivieri. Indietreggiò per farlo entrare in infermeria e Adam inviò al nuovo arrivato taciti segni di gratitudine per quell'interruzione.

«Benissimo», cominciò Olivieri, appoggiando una borsa di tela sul banco accanto alla porta. Guardò Feyiz e Walker. «Voi due siete a posto, no?».

Walker annuì cupo. Feyiz s'infilò la mano nella camicia ed estrasse un amuleto nero e lucente; un pezzo di bitume appeso a una cordicella legata attorno al collo.

Rovistando nella borsa, Olivieri tirò fuori altri due talismani uguali a quello e ne porse uno a Meryam e uno ad Adam.

«Io ho già indosso il mio», disse il professore. «L'ho messo per primo, a essere sinceri».

Aveva sotto gli occhi delle borse scure e profonde. Il naso era arrossato, ma la carnagione scura si era fatta pallida. Adam pensò che avesse un aspetto orribile, ma immaginò che lo avessero tutti. Lo aiutò a non concentrarsi sulla malattia di Meryam. Avevano tutti un'aria terribilmente malata.

«Grazie, professore», disse.

Meryam s'infilò subito l'amuleto di bitume, ma Adam esitò. Padre Cornelius aveva benedetto quegli oggetti, ma non era la fede di quel sant'uomo a farlo indugiare. Rabbini, preti, imam... una benedizione era una benedizione. Ma se era in cerca di qualcosa in cui credere, non poteva essere un pezzo di scintillante roccia vulcanica.

«Ehi», disse Meryam, dandogli una leggera gomitata. «Non ti mangia mica».

Adam fece un debole sorriso e mise l'amuleto attorno al collo.

«Ovviamente il dottor Walker, con tutte le sue doti, potrebbe non aver bisogno di una protezione esterna».

Adam s'infilò il pezzo di bitume sotto la camicia. «Effettivamente, la cosa mi incuriosisce, Walker. Non avevo mai visto prima d'ora un accademico combattere a quel modo».

Walker si strinse nelle spalle. «Tutti abbiamo più di una abilità. Essere in grado di cavarmela in un combattimento mi è stato utile più spesso di quanto avrei voluto».

Meryam giocherellò con la cordicella attorno al collo. «Possiamo concentrarci, per favore? Qualcun altro ha mostrato segni di essere...».

«Indemoniato?», terminò Adam per lei. «Puoi dirlo, Meryam».

«D'accordo», disse lei, lanciando un'occhiata a Walker e Feyiz. «Qualcuno ha mostrato segni di essere indemoniato?»

«Nessuno in modo palese», disse Walker. «Potrebbe nascondersi dentro qualcuno, manovrarlo come ha apparentemente fatto con Zeybekci. Forse lui ha agevolato il demone, non lo so. In questo preciso momento, l'unica cosa che noto è molta tensione, ma è normale».

«In realtà, ora ce n'è molta di meno», aggiunse Feyiz. «Le cose che prima ci dividevano ora non sono più importanti».

«Il terrore è un grande pacificatore», mormorò Olivieri. «Hanno visto la morte. Credono nel male in una maniera o in un'altra. Tutti quelli che sono ancora vivi vogliono solo sopravvivere».

«Per restare in argomento», disse Calliope dal passaggio fuori della porta, «perché non la piantiamo con le chiacchiere e non ce la battiamo da qui?».

Adam la guardò, ma vide solo l'obiettivo della telecamera. Calliope era nascosta dietro la macchina, come spesso aveva fatto lui. Con un cenno del capo, appoggiò la mano sulla schiena di Meryam, un momento di contatto prima di alzarsi dal letto. Si sentì malfermo, ma si riprese in fretta e fece un respiro profondo.

«Assolutamente d'accordo», disse. «Infagottatevi, gente. Fa freddo fuori».

Olivieri stava con gli altri sulla cengia, e per la prima volta comprese l'impossibilità di quell'impresa. La neve si gli era accumulata sugli occhiali da sci e la tolse con il guanto sinistro. In mezzo alla tormenta di neve che infuriava, pareva che fossero gli ultimi sopravvissuti sulla terra. Come gran parte di loro, indossava un passamontagna che lasciava scoperti solo gli occhi e la bocca. Si convinse che fosse quello il motivo per cui non respirava bene. Erano la stoffa e la tempesta, non la paura.

Morirò su questa montagna, pensò. Fu una consapevolezza lucida, come la conoscenza della sua età, dell'altezza o del peso. Sarebbe morto molto prima che avessero raggiunto i piedi della montagna. Ma forse sarebbe stato meglio così.

Attorno, le persone si urlavano a vicenda, cercando di darsi una parvenza di ordine. Hakan era stato il capoprogetto, ma ora lui e Feyiz erano tornati al loro ruolo di guide e stavano lavorando con una terza guida, una specie di cugino, per organizzare la discesa. Alcuni trasportavano zaini pesanti mentre altri aiutavano i più deboli o i feriti, ma le persone intorno avevano perso qualsiasi identità sotto cappelli e cappucci e dietro occhiali da sci e passamontagna. Erano diventati estranei. Si chiese se il demone fosse nascosto in uno di loro, e li stesse studiando.

Olivieri indossava i ramponi. Aveva una piccozza appesa al fianco e bastoncini da trekking che gli aveva dato Hakan. C'erano corde e chiodi, ma solo per le emergenze. Una volta allontanati dalla caverna, camminando di traverso verso ovest e verso il normale sentiero che li avrebbe portati al Campo Due, la montagna non era tanto ripida da richiedere una cordata. Ma pensava potesse esserci un altro motivo per cui Hakan non voleva legarli.

Nessuno voleva essere legato a uno scalatore che avrebbe potuto tentare di ucciderlo da un momento all'altro.

Un uomo gli afferrò il braccio. D'istinto, Olivieri si divincolò.

«È il prossimo, professore», disse l'uomo, con un forte accento. Col volto nascosto in quel modo, poteva essere Feyiz o suo cugino. O anche qualcun altro.

Olivieri avrebbe voluto mettersi a piangere. «Non penso di riuscirci».

«Deve», disse la voce, attutita da un passamontagna grigio. «Stiamo andando e dobbiamo farlo insieme. Mi ha detto di aver scalato una dozzina di montagne. Questa è facile».

Olivieri scoppiò a ridere. Alla fine era Feyiz. Quell'uomo aveva una gentilezza intrinseca, non come suo zio. «Facile d'estate».

Ma cominciò a muoversi. Il vento soffiava con violenza e Olivieri inciampò, ma Feyiz lo sorresse per il braccio e lo aiutò a raggiungere l'angolo occidentale della cengia. Il freddo lo aveva già intorpidito e avevano ancora migliaia di metri di arrampicata. Col bel tempo avrebbero fatto la discesa in poche ore. Ma in quelle condizioni era tutt'altra storia.

Tutta la mattina aveva avvertito dentro di sé un malessere. Grida che avrebbero voluto uscirgli dalla gola. Lacrime incontrollabili che aveva dovuto cercare di ricacciare indietro. Adam era stato posseduto, ma non era stato l'unico. Quando il demone aveva preso le redini del suo corpo, Zeybekci aveva commesso degli omicidi, e ci aveva provato anche Adam. Ma non Olivieri. Il demone lo aveva usato in modo diverso. Gli era penetrato nelle ossa, si era insinuato in lui e lo aveva tormentato con tutti i suoi dubbi, con tutti i momenti di autocommiserazione che aveva provato in vita sua. Si era pasciuto di tutte le sofferenze e i rimpianti che Olivieri pensava avesse ogni uomo. Il demone gli aveva squarciato le ferite dell'anima e l'aveva spinto a tentare il suicidio.

Era il demone, si disse ora. *Che rideva di te. Che tirava i tuoi fili.* Ma la verità era che non poteva esserne affatto certo, perché quello stimolo irrefrenabile restava. Mentre Feyiz lo guidava verso la fune di sicurezza, che avevano predisposto per indirizzarli lontani dalla zona della frana ricoperta di neve verso un terreno più sicuro, aveva dovuto combattere la tentazione di gettarsi nel vuoto.

«Venga, professore», disse Feyiz, accertandosi che si reggesse alla corda. «È ora».

Gli scarponi scricchiolarono nella neve e Olivieri scivolò di qualche centimetro. Le sue mani lo sorpresero reggendosi forte alla corda. Rimase paralizzato un momento, e poi cominciò a muoversi verso ovest, chino contro la montagna, affondando i ramponi nella neve e nella roccia sottostante.

La morte lo chiamava. Ma il professore resisteva.

Tempo, pensò Walker. *È questa la chiave.*

Si reggeva alla fune di sicurezza predisposta dal cugino di Feyiz, appoggiandosi alla montagna. Mentre avanzava di traverso, le ginocchia gli scricchiolavano nella neve e la piccozza gli batteva contro la coscia. Stavano abbandonando l'arca in gruppi di tre o quattro alla volta, muovendosi lungo la fune verso una sezione della parete della montagna che secondo Hakan era sicura. Già diversi gruppi si erano raccolti a una trentina di metri a ovest, e Hakan aveva cominciato a istruirli su come affrontare la discesa. Con i ramponi sulle punte degli scarponi avrebbero potuto scavare nella neve per trovare un buon appiglio. Con la montagna davanti, avrebbero potuto scendere in questo modo più o meno per i primi mille metri, poi la discesa sarebbe stata più agevole. L'aria gelida e il vento violento erano un problema, ma ora che era stato per un po' nella tormenta, Walker era sicuro che il vero pericolo non fossero loro.

Tempo, ripensò. Dovevano fare più strada possibile prima del calare della notte. In mezzo alla tormenta era già abbastanza scuro, ma quando fosse arrivato il buio, la temperatura sarebbe ulteriormente precipitata e anche con le torce la situazione si sarebbe fatta più pericolosa. Aveva lasciato nella caverna tutti i suoi campioni, tutti gli appunti ma non gliene importava. Poteva scrivere a quelli della DARPA tutti i rapporti che volevano, ma solo se fosse tornato vivo.

«Andiamo, padre!», lo esortò. «Dobbiamo tenere il passo».

Walker mise una mano sulla fune di sicurezza e l'altra sulla schiena di padre Cornelius. Il sacerdote era avanzato in ginocchio come Walker ma era già senza fiato. Dopo di lui, Kim Seong era inclinata contro la montagna, reggendosi alla corda e aspettandoli pazientemente. Le impronte lasciate dalle ginocchia e i piedi della decina di persone che erano già passate creavano un sentiero nella neve e la donna pareva più sicura del proprio equilibrio di quanto lo fosse Walker.

«Padre», ripeté, con la voce attutita dal passamontagna

e i fiocchi che turbinavano. Persino attraverso la stoffa, gli bruciava la faccia.

«Sto facendo del mio meglio!», disse sbuffando padre Cornelius. «Sono vecchio, Walker!».

«Se ci tiene a diventare ancora più vecchio, deve metterci un po' più di impegno».

Il prete brontolò, ma cominciò a trascinare le ginocchia più rapidamente. Dopo un momento, mormorò un'imprecazione, conficcò gli scarponi nella neve e si alzò in piedi.

«Padre, non credo che sia...».

«Il dolore alle ginocchia mi sta uccidendo», disse padre Cornelius. «Se continuiamo così, non arriverò da nessuna parte».

Walker non si prese la briga di spiegargli a quali fatiche avrebbe dovuto ancora sottoporre le sue ginocchia. Se non ce l'avesse fatta e avessero dovuto avvolgerlo in un travois di fortuna per trascinarlo giù l'avrebbero fatto senza indugio. Ma padre Cornelius aveva il suo amor proprio e Walker non voleva minarglielo sin dall'inizio.

Grugnendo e sbuffando, il prete appoggiò una mano contro la montagna e con l'altra strinse la fune. Non era sicuro – niente di ciò che stavano facendo lo era – ma lì c'erano altri pericoli e la rapidità era d'importanza fondamentale.

Tempo.

«Guardate», disse Kim, indicando con un cenno del capo verso ovest.

Walker si voltò e vide nel cuore della tormenta guizzare un bagliore rosso che si levò per poi cominciare a cadere.

«Be', è un buon segno», disse padre Cornelius.

Lo pensò anche Walker. Il cugino di Feyiz doveva scendere di circa duecento metri e inviare un segnale luminoso per informarli se la discesa potesse farsi senza difficoltà, almeno fino a quel punto. Tutti osservarono il segnale tremolare un momento, con la luce rifratta un milione di volte nel bianco e silenzioso turbinio della tormenta, e poi svanire, nascosto dalla neve battente.

«I suoi superiori saranno delusi», disse padre Cornelius con voce roca e attutita, «di vederla tornare a mani vuote».

Walker lo vide scivolare per la neve che aveva ceduto sotto il piede sinistro e lo sorresse. Il prete cadde su un ginocchio, ma si rialzò subito. Anche Kim gli aveva messo una mano sulla schiena. Incrociò lo sguardo di Walker e gli rivolse un breve cenno del capo per fargli intendere che era con lui. Qualsiasi cosa sarebbe successa, avrebbero portato padre Cornelius via da quella montagna.

«Viste le circostanze, non credo possano davvero ritenermi responsabile, non crede?», replicò Walker. Aveva le dita ormai rigide e fredde dentro i guanti. Non vedeva l'ora che finisse quel tratto con la fune di sicurezza.

«Anzi, direi che saranno ancora più delusi», disse padre Cornelius. «Ha trovato un demone, dottor Walker. Una forza soprannaturale con dei veri poteri malefici. Chiunque siano i suoi datori di lavoro, ho la sensazione che sarebbero stati felicissimi di esaminare quei poteri per cercare di trovare il modo di padroneggiarli».

Walker s'irrigidì. Si trovavano ormai a circa tre metri dalla fine della corda. In fondo c'erano Wyn Douglas e Polly Bennett. Il loro gruppo si era mosso prima di quello di Walker e stavano aspettando, evidentemente per dar loro una mano. Con la tormenta che infuriava e visto come erano imbacuccati contro il freddo, erano troppo lontane per poter sentire la conversazione e Walker ne fu contento.

«Sapete per chi lavoro», rispose, guardando prima il sacerdote poi Kim.

«Sappiamo per chi *ha detto* di lavorare», replicò padre Cornelius.

«Il resto è solo un'ipotesi plausibile», aggiunse Kim, chinandosi leggermente verso di loro, per accertarsi che Walker potesse sentirla al di sopra del rumore del vento e attraverso la stoffa che le ricopriva la bocca. «Abbiamo stabilito che deve essere la DARPA. Alcune allusioni che hai fatto su cose che hai visto vanno al di là dell'esperienza di un normale ricercatore, e la tua formazione è un po' troppo particolare per qualcosa di ordinaria amministrazione come la National Science Foundation».

Walker continuò a trascinarsi verso sinistra, affondando gli scarponi nella neve. Erano in gamba, tutti e due. Le Nazioni Unite avevano scelto Kim a ragione veduta, ed era stato lo stesso Walker a selezionare padre Cornelius per la sua intelligenza brillante e la relativa ampiezza di vedute. Meditò se dir loro la verità, ma non poteva farlo. D'altro canto, si rifiutava di mentire. Dopo quello che avevano passato insieme, e la situazione di pericolo in cui si trovavano ora, glielo doveva.

«Ha importanza, ora?», gridò, inciampando leggermente e sbattendo un ginocchio sulla neve. «Tutti avevamo certe responsabilità in questo viaggio, e tutti abbiamo cercato di fare del nostro meglio. Una parte del mio lavoro consisteva esattamente in quello che ho detto. I miei titoli in biologia e antropologia sono autentici».

«Oh, questo lo so», disse Kim. Walker volle credere che stesse sorridendo, ma aveva gran parte della faccia coperta. Riuscì solo a intravederle gli occhi dietro gli occhiali da sci e la neve e la luce grigia quasi gli impedirono anche quello. «Non credi che le Nazioni Unite ti abbiano passato al vaglio prima di mandarmi?».

Padre Cornelius fece una pausa per riposarsi un momento, rimettendosi in ginocchio nella neve. Era più vicino a Walker, e i suoi occhi si vedevano chiaramente dietro gli occhiali.

«Ed è per *questo* che l'hanno mandata», fece il sacerdote. «Per assicurarsi che scoprisse qualsiasi cosa scoprisse *lei*».

Walker non riuscì a trattenere una risata. «Allora siamo stati entrambi sfortunati».

Padre Cornelius non si sbagliava. Se avesse lasciato vivo quella montagna, il generale Wagner e gli altri a cui rispondeva alla DARPA sarebbero stati sommamente scontenti che non avesse niente da mostrare. Aveva delle responsabilità, gli avrebbero sicuramente detto. Obblighi nei confronti del proprio paese. Ma cazzo, non era mica esperto di demoni. Meryam aveva bruciato i resti di quell'essere, ma ovviamente il suo vero potere non si trovava più nelle ossa. Sarebbe stato forse possibile intrappolarlo dentro una persona, la prossima volta che ne avesse posseduta una, ma non aveva la più pallida idea di come farlo, ed era chiaro che padre Cornelius non ne sapeva più di lui. Se la DARPA voleva divertirsi a giocare con i demoni, poteva rimandare una squadra sull'arca dopo che Walker avesse fatto rapporto. L'unica cosa che sapeva per certo era che a quella missione non avrebbe partecipato.

Se c'era un modo per imbrigliare il male, per usare un demone per i propri scopi, la DARPA l'avrebbe fatto e delle implicazioni morali si sarebbe preoccupata poi, come faceva sempre. Ma fosse stato dannato se avesse cercato di afferrare lui la tigre per la coda.

Dannato, pensò Walker, e rise di nuovo.

«Che c'è di tanto divertente?», chiese padre Cornelius, aggrappato alla fune e sbuffando per lo sforzo.

«Niente», disse Walker e il sorriso gli svanì. «Assolutamente niente».

Turbato, ma determinato, si trascinò verso ovest. Un attimo dopo, levò lo sguardo e vide Polly che gli tendeva una mano. Si fece indietro, sorreggendo padre Cornelius che insieme a Kim si univa a Polly e Wyn e poi finalmente lasciò la corda.

C'era una delle guide, che dava loro istruzioni e consigli. Walker batté le mani per riattivare la circolazione, e poi afferrò la piccozza che gli pendeva al fianco. La pendenza non era terribile, ma la neve avrebbe reso instabile ogni passo Conficcò la piccozza nella parete della montagna, dando la schiena alla tormenta, e cominciò a scendere, facendo strada agli altri.

Espirò, sentendo formarsi dentro il passamontagna i cristalli di ghiaccio. A ogni passo che lo allontanava dalla caverna sentiva sciogliersi la tensione alle spalle.

Non aveva alcun dubbio. Non sarebbe più tornato sull'Ararat.

Adam osservò Meryam e Feyiz che cominciavano a muoversi lungo la fune di sicurezza. Un tempo non avrebbe resistito alla tentazione di riprendere tutto con la telecamera, ma malgrado quello che Meryam aveva detto a Calliope, non aveva alcuna voglia di filmare il loro esodo. Avrebbe dovuto farlo, lo sapeva. Con tutti quei morti o presunti tali, a difesa delle loro decisioni sarebbe stata utile ogni ripresa che avesse mostrato come si erano dipanati gli eventi. Ma non stava ancora bene, era intontito e aveva la nausea e si sentiva la pelle ricoperta da un invisibile strato di sudiciume.

Era troppo concentrato sui suoi malesseri, e su come contrastarli, per fregarsene di quello che sarebbe o non sarebbe finito nel documentario. Perciò era un bene che ci fosse Calliope.

Si guardò alle spalle e vide che lo seguiva. L'obiettivo della telecamera era scuro. La neve le turbinava accanto, talmente forte da farla piegare visibilmente. Era una donna eccezionale. Bellissima. Gli affiorò alla mente il ricordo dei suoi baci, del tocco della sua pelle e chiuse forte gli occhi per scacciarlo. Forse a lei non importava niente, forse per Calliope non c'era stato nulla di romantico in quello che avevano fatto. Solo sesso. Gliel'aveva praticamente detto. Ma ciò malgrado, Adam sentiva che fosse stata lei ad aver subito il torto maggiore.

Sei uno stronzo anche a pensarlo.

Conficcando le punte dei ramponi nella parete innevata della montagna, Adam si preparò a lasciare la cengia.

«Ehi», disse Calliope, mettendogli una mano sulla sua che reggeva la corda.

Con un sussulto, Adam si voltò di scatto a sinistra e per poco non cadde giù.

«Scusa», disse lei. «Cazzo, scusa. Volevo solo…».

Aveva abbassato la telecamera un momento, ma ora la risollevò, filmando Meryam e Feyiz che avanzavano.

«Calliope, dobbiamo andarcene da qui», disse lui,

La giovane annuì, ma Adam vide che pigiava il pulsante che bloccava la registrazione. Era una questione privata.

«Lo so», replicò lei. «Hai ragione. Pensavo solo che una volta scesi, forse non avremo occasione di parlare. E volevo solo dirti che mi dispiace».

Adam la guardò. Si abbassò il passamontagna per essere

certo che potesse sentirlo. «Ti ho trascinato io in questa situazione».

Calliope sorrise. «Gli uomini e la loro arroganza. Non fare lo sciocco, Adam. Stai per sposarti. Lo sapevo. Ho visto che c'erano segni di tensione nel vostro rapporto. Non sapevo se Meryam si fosse davvero scopata Feyiz, ma quando l'hai pensato, eri distrutto. Sei colpevole, non dico di no. Ma io ne ho approfittato, e questo rende colpevole anche me».

Adam guardò oltre Calliope. Hakan era uscito dalla caverna, con un'enorme sacca sulla schiena. Alle sue spalle, nel buio della grotta, guizzava una luce arancione e un pennacchio di fumo cominciò a riversarsi fuori, mulinando nel vento.

«Porca puttana», disse Adam.

Calliope si voltò, vide la scena e riaccese la telecamera. Hakan aveva dato fuoco alla struttura lignea dell'arca, e le fiamme si stavano diffondendo rapidamente. La luce del fuoco tremolava all'imboccatura scura della caverna e Calliope riprese tutto, mentre Hakan si avvicinava, un cupo fantasma nella tormenta bianca.

«Meglio muoversi», disse la guida. «Ci sarà un bel po' di fumo».

Adam si voltò verso Calliope, parlando più piano e sperando che riuscisse a sentirlo, incurante del fatto che la telecamera potesse registrarlo.

«Capisco quello che dici», le disse, «ma comunque mi dispiace. Non avrei mai pensato di essere il genere di persona che fa cose simili».

«Forse non lo sei», replicò lei, dandogli le spalle e filmando le fiamme che lambivano l'ingresso della caverna. «Forse non eri affatto tu».

«Lo credi davvero?», le chiese.

Calliope gli lanciò un'occhiata. «Andiamocene di qui, Adam. E buona fortuna a te e a Meryam».

Adam annuì. Si tirò su il passamontagna e cominciò a muoversi lungo la corda il più rapidamente possibile. Il sentiero era ormai segnato e meno difficile e quindi riuscì a muoversi a una buona andatura.

Ripensò al dybbuk dell'orologio della nonna e si chiese cosa sarebbe accaduto al suo spirito se fosse morto sull'Ararat. Avrebbe infestato la montagna, restando lì per sempre o sarebbe rimasto intrappolato anche lui in un oggetto, come quel vecchio dybbuk? Intrappolato nella telecamera, forse, a rivedere le stesse riprese, frammenti di memoria digitale che sarebbero stati tutto ciò che restava della sua vita?

Decise che non voleva morire lì. Si rifiutava di farlo.

A testa china, strinse la corda talmente forte che gli fecero male le nocche. Seguito a ogni passo dai suoi peccati.

DICIOTTO

Meryam avrebbe voluto non sentire più niente. Persino con gli spessi strati, avvolta in calzamaglie e maglia isolanti e un maglione con la giusta assorbenza, sentiva il freddo penetrarle nelle ossa. Il cancro non l'aveva solo indebolita, l'aveva menomata, le aveva eroso la carne e i muscoli e il calore che in condizioni normali il suo corpo avrebbe generato. Si sentiva le membra simili a tubi vuoti di vetro congelato che se fosse caduta si sarebbero fracassati in mille pezzi.

A denti stretti, continuò a scendere. Estraendo la piccozza dalla parete, la piantò a una sessantina di centimetri più in basso, conficcò le punte dei ramponi nella roccia innevata, e ricominciò.

Mentre scendevano, di tanto in tanto sentiva borbottare o urlare imprecazioni e guardando in giù vedeva persone che scivolavano per aver messo un piede in fallo o aver scelto un appiglio instabile. L'angolazione dava adito a errori, ma consentiva a chi scivolava di aggrapparsi alla neve e alla parete rocciosa, di conficcare scarponi, mani e piccozze e correggere i propri sbagli. Una brutta caduta poteva provocare ossa fratturate, o molto peggio, non c'era dubbio.

Batté i denti dietro il passamontagna. Con le ossa che le dolevano e il respiro che le rantolava in petto, continuava a muoversi, concentrata solo sul prossimo appiglio per mani e piedi.

La tormenta spazzava la parete della montagna, avvolgendo il mondo in un bianco silenzio. La tempesta respirava, inspirando il vento e poi trattenendo il respiro prima di farlo soffiare di nuovo. Quando arrivavano delle raffiche forti Meryam doveva fermarsi e aspettare che cessassero di ghermire lei e le poche forze che continuava a esaurire.

Riuscì a individuare le due figure sopra di lei sulla montagna. Hakan e Calliope avanzavano a ritmo costante. Gli abiti ricoperti di neve, bianco contro bianco, li rendevano simili a fantasmi e solo il loro movimento costante li distingueva dalla tormenta.

«Ehi», disse Adam, appoggiandole una mano sulla schiena come se temesse che potesse cadere.

Confusa, Meryam lo guardò, vide la fronte corrugata sopra gli occhiali e capì che si era fermata. Il gelo nelle ossa, il dolore – *oh, Dio, il dolore* – che non aveva voluto sentire, l'avevano fatta fermare senza che se ne rendesse conto.

«Abbiamo ancora molta strada da fare», disse Adam.

Meryam sospirò, e un soffio di aria condensata filtrò dal passamontagna.

«Va tutto bene», fece lei, annuendo.

Si morse forte il labbro, risvegliandosi per la fitta acuta. Era un dolore diverso, caldo e intenso, e sentire il gusto ferroso del suo stesso sangue la rianimò. Appiglio per il piede, per la mano, per il piede, piccozza fuori, piccozza dentro la neve e la roccia una sessantina di centimetri più in basso, poi ancora. E ancora. E ancora.

Anche i suoi pensieri si fecero intorpiditi, ma continuò a muoversi. Adam era sotto di lei, e Meryam pensò che sarebbe andato tutto bene. Un migliaio di metri e l'inclinazione sarebbe cambiata, consentendo loro di camminare invece che scalare. Immaginava già di fermarsi brevemente al Campo Due per bere qualcosa di caldo, magari accendere anche un piccolo falò. Avrebbe tranquillamente dato fuoco a qualche attrezzatura per scaldarsi un po' le ossa.

Qualcosa si mosse alla sua destra.

Guardò da quella parte e batté sorpresa le palpebre. Attaccato alla parete c'era Feyiz, con la testa contro la montagna. L'ultima volta che l'aveva visto era più in basso, ma evidentemente a un certo punto si era fermato, proprio come aveva fatto lei.

Anche attraverso gli occhiali da sci gli vide delle lacrime negli occhi.

«Feyiz?».

L'uomo sgranò gli occhi. La guardò con una tristezza talmente supplichevole che in principio pensò che avesse perso le speranze o si sentisse male.

«Lo sento», disse, e le sue parole quasi si persero nel vento. La neve gli si era accumulata sul cappello, sugli occhiali e sul collo della giacca.

«Che succede?», gridò forte Adam, risalendo verso di lei.

Non lo so, avrebbe voluto rispondere Meryam.

Ma sarebbe stata una bugia. Perché lo sapeva. Aveva visto gli occhi di Feyiz. Avrebbe dovuto vederci del terrore, ma non sembrava spaventato. Solo triste e rassegnato.

«Lo sento dentro di me», disse Feyiz. «Lo sento ridere».

Lo sguardo gli s'indurì. Una terribile insensibilità gli entrò negli occhi e la guardò, ma Meryam sapeva che non era Feyiz.

L'uomo boccheggiò quando il demone allentò la presa. Meryam assistette al momento in cui Feyiz riprese il controllo del proprio corpo. E vide i suoi occhi riempirsi di dolore e disperazione.

«No», disse. «Oh, Meryam, le cose che ti *mostra*...».

Feyiz estrasse la piccozza dalla neve. Alzò il braccio. Meryam urlò il suo nome, lo afferrò per la giacca, cercò goffamente di avvicinarsi per prendergli il polso, ma era troppo lontana, troppo lenta, troppo debole. Con una forza feroce, Feyiz si colpì la testa con la piccozza, e la punta gli penetrò la carne, l'osso e il cervello.

Meryam fece un urlo che le squarciò la gola. Continuava a stringergli la giacca mentre Feyiz si accasciava con la testa penzolante all'indietro e ormai sorreggeva lei tutto il suo peso. Adam la chiamò e Meryam si sentì cingere la vita e scuotere perché mollasse la presa.

Aveva le dita talmente fredde e intirizzite che neanche sentì quando Feyiz scivolò via. Avvertì solo l'assenza del suo peso. E imprecò contro un Dio nel quale non aveva mai creduto.

Il corpo di Feyiz precipitò giù dalla montagna. Meryam continuò a gridare. L'aria era troppo rarefatta per un attacco isterico e la giovane non riusciva a prendere fiato tra un urlo e l'altro. La visione cominciò a offuscarsi ai margini e si sentì afflosciare contro Adam, soffocare nell'oscurità. Poi il mondo intorno sparì.

Battendo le palpebre, prese aria e il cuore ricominciò a batterle concitato. Adam era lì accanto, a calmarla, parlarle con la sua voce confortante, come se non avesse mai smesso. Quindi non era svenuta a lungo, e questo era un buon segno.

Comunque il tempo sufficiente perché fossero raggiunti da Hakan e Calliope.

Calliope aveva la telecamera accesa e riprendeva tutto.

«Vaffanculo», farfugliò Meryam. Strinse i denti, poi si rimorse il labbro, inviando in tutto il corpo scariche di dolore e risvegliandosi completamente. «Vaffanculo tu e la tua telecamera».

«Mi avevi detto di...», fece per ribattere Calliope.

Meryam le ringhiò contro. Non erano necessarie altre parole. Ma Calliope non mise via la telecamera e Meryam sapeva che aveva ragione. Maledetta lei e il suo lavoro del cazzo.

Poi vide come la guardava Hakan e si ricordò di Feyiz.

«Hakan», disse Meryam, sommersa dal dolore. «Mi...».

«Ce la fa a continuare?», domandò Hakan, con un tono più freddo e minaccioso della tempesta.

Col cuore spezzato, Meryam fece il punto della sua situazione, dei suoi dolori e della poca forza che le restava.

«Credo di sì».

«Allora muoviamoci», disse Hakan, fissando lei e Adam con odio. «E anche in fretta, prima che vi ammazzi tutti e due».

Walker fece appoggiare padre Cornelius alla montagna. Il sacerdote era avanzato lentamente ma con sicurezza, conservando sia il fiato che le forze. Poteva essere anziano, ma possedeva una vitalità e una tenacia che molti alla sua età non avevano, La carnagione gli era diventata bianca quanto la tormenta di neve, tanto pallida da farlo sembrare un cadavere, ma aveva le sopracciglia folte corrugate in un'espressione determinata sopra gli occhiali e andava avanti.

Finché non gli era precipitato accanto il corpo di Feyiz. La testa della guida aveva colpito un affioramento roccioso circa tre metri più giù e lo schianto sonoro che aveva echeggiato intorno non lasciava alcun dubbio sul suo destino. Il sangue macchiò la neve sottostante. Il corpo continuò a cadere con le braccia e le gambe contorte in una posizione assurda. Più giù, qualcuno urlò, concentrando giorni di paura repressa e di orrore in un unico gemito dolente.

Walker e il suo gruppo si erano fermati, paralizzati. Fece appoggiare padre Cornelius alla montagna, mentre a pochi metri, Kim e Polly cercavano di convincere Wyn Douglas a proseguire.

«Coraggio, tesoro», la esortò Polly. «Va' avanti».

«Ma cosa… com'è potuto accadere? È caduto così?», chiese Wyn, e poi arrivarono altre domande.

«Non ha importanza com'è accaduto», replicò Polly. «Dobbiamo…».

«Non ha importanza? È morto! Era così gentile, e ora è…».

«Wyn, dobbiamo muoverci!», esclamò Polly.

«Non ce la faccio!», urlò Wyn, come per cercare di aggredire la tempesta con la voce.

Kim rivolse uno sguardo duro a Walker, non la richiesta di un suo intervento, ma una tacita domanda: Cosa avrebbero dovuto fare se Wyn rifiutava di muoversi?

«Dobbiamo andare», fece lui con fermezza.

Il suo bambino lo aspettava a casa. Sì, aveva del lavoro da fare. Aveva delle responsabilità, ma non voleva morire lì, tanto lontano da casa, con Charlie che lo aspettava.

«Kim…», cominciò.

Ma la donna non aveva bisogno delle sue esortazioni. Spingendo da parte Polly, afferrò la giacca di Wyn e la tirò, costringendo l'archeologa a reggersi più forte.

«Che diavolo sta facendo?», urlò Wyn, fissandola, pensando forse che il demone fosse entrato in lei.

«Vado avanti senza di lei!», gridò Kim superando l'ululato della tempesta. «Può muoversi, o restare qui. Se resta qui, alla fine morirà congelata o precipiterà. Quello che è impossibile è che sopravviva restando qui».

Kim cominciò a scendere. Walker diede un colpetto sulla spalla di padre Cornelius e anche loro cominciarono a muoversi, appiglio per il piede, per la mano, all'unisono. Polly rimase con Wyn, discutendo piano per diversi secondi prima che anche loro cominciassero a muoversi. Superando l'affioramento roccioso dove la neve si era macchiata del sangue di Feyiz – rosso nero contro il grigio scuro della tormenta – nessuno tranne Walker si voltò a guardare.

Kim lo raggiunse e continuarono a muoversi fianco a fianco, tanto vicini da sentire i grugniti di sforzo dell'altro.

«Questo non dovrebbe accadere», disse Kim. «Gli amuleti avrebbero dovuto tenere lontano il demone».

«Non lo sappiamo», rispose Walker. «Forse Feyiz non l'aveva indosso...».

«O è solo un'altra leggenda! Ci giochiamo la vita sulla base di una leggenda!».

Padre Cornelius si fermò un momento, ansimando dietro il passamontagna. Allungò il collo per guardarli giù.

«Non può saperlo», disse forte con voce roca.

«E non abbiamo altre risposte!», esclamò Walker. «Ormai siamo in ballo».

Dei ricordi gli affiorarono alla mente. Immagini di Charlie. Ripensò alle mattine di Natale, quando Charlie era ancora piccolo e la loro era ancora una casa felice. Si chiese ora perché non avessero mai girato dei video. *Avviene mai che le persone apprezzino i momenti che stanno vivendo?* si chiese e quella domanda lo lacerò.

Walker levò lo sguardo per assicurarsi che Wyn e Polly

mantenessero l'andatura e vide il terrore negli occhi di Wyn… e la mano sinistra di Polly che le stringeva il collo.

Walker urlò, in preda a una scarica di adrenalina. Come un granchio si trascinò lateralmente e in su e afferrò Polly per la gamba. La donna voltò la testa di scatto e in mezzo al turbine di fiocchi bianchi, Walker le vide un bagliore arancione negli occhi. Polly afferrò la piccozza che le pendeva al fianco, si girò e cominciò a colpirlo. Walker tentò di difendersi con una mano, ma Polly aveva una forza talmente assurda che egli dovette staccare anche l'altra mano dalla parete. Polly emise un strillo acuto e folle e gli diede un calcio sul fianco. Gli colpì con lo scarpone le costole e un attimo dopo Walker precipitò.

Mentre cadeva si piegò, gettandosi di lato invece che giù, in modo da atterrare piatto di petto. Altrimenti avrebbe cominciato a ruzzolare e come minimo si sarebbe rotto le ossa. Invece cadde con un tonfo contro la neve e la roccia, affondò le dita e poi conficcò le punte degli scarponi. Le punte dei ramponi fecero presa. Lo slancio per poco non lo rovesciò all'indietro, ma riallontanò i piedi dalla parete, trascinò le mani, le ginocchia crearono dei solchi nella neve e poi riaffondò i piedi.

Sentiva il cuore battergli forte nelle orecchie ed emise un grido di vittoria e di rabbia. Kim e padre Cornelius urlavano a Polly da sotto. E urlavano a Walker per assicurarsi che fosse tutto a posto. Tutto in lui gli diceva di continuare a scendere, di fuggire dal demone, ma quando alzò lo sguardo, vide Wyn che cercava di allontanarsi, attaccata alla parete, graffiando con le dita la neve.

Polly la tirava. Del vapore cominciò a levarsi dalla bocca,

a fumarle dagli occhi, come se il demone portasse con sé un inferno che ora le bruciava dentro.

Sotto, padre Cornelius aveva cominciato a pregare forte. Walker lo vedeva a stento nella tormenta, ma ora che pregava la voce dell'anziano prete si trasformò in un fragore e Polly trasalì come se quelle parole le facessero male.

«Lasciala!», gridò Walker, risalendo verso di loro. «Nel nome di Dio...».

L'essere dentro Polly a quel nome stavolta non ebbe alcun sussulto. Scoppiò a ridere. «Quando mai hai creduto in Dio?».

Wyn strillò, il suo volto a malapena visibile, mentre Polly le stringeva un braccio attorno al collo. Il demone riguardò Walker, con le braci scintillanti dei suoi occhi simili a punti luminosi nel bianco turbinio della bufera.

«Non hai alcuna fede, Benjamin», disse con le labbra di Polly da dietro il passamontagna.

Poi strattonò con forza la testa di Wyn e i gemiti cessarono. La lotta si arrestò.

«No!», gridò Walker.

Polly scosse il capo, come se fosse delusa, un genitore che rimprovera un bambino disubbidiente. «Tu non credi in niente».

Con un calcio si allontanò dalla parete della montagna, le braccia strette attorno al corpo senza vita di Wyn. Una forza inumana le spinse a quattro metri o più dalla montagna, poi cominciarono a scendere ad arco, precipitando nella tormenta. Gli altri scalatori le osservavano urlando. Come un ragno avvolto attorno alla sua preda, Polly restò avviluppata a Wyn per un momento... poi con un balzo si allontanò roteando le membra e cercando un appiglio per le mani.

Polly andò a sbattere, scivolò, rotolò e finì contro il crinale frastagliato di un crepaccio.

Il corpo di Wyn scomparve alla vista, inghiottito dal turbine bianco e sibilante. Walker rimase in ascolto, ma erano ormai talmente avvolti dalla tormenta che non riuscì neanche a sentire l'impatto. Lì vicino, qualcuno soffocava dei singhiozzi. Per un attimo, pensò potesse essere Kim, ma poi la vide che appoggiava una mano sulla schiena di padre Cornelius e capì che a piangere era il prete.

Da sopra, sentì Meryam e Adam urlare di muoversi. Non avevano altra scelta.

«Andate avanti», disse con freddezza, accertandosi che Kim e padre Cornelius lo avessero sentito. «Muovetevi».

Cominciarono a scendere, rassegnati e in silenzio.

E poi udirono urlare dal basso.

Walker piantò la piccozza nella parete e si sporse il più possibile per cercare di vedere attraverso la tormenta. Gli ci volle un po' prima di intravedere del movimento dove non avrebbe dovuto essercene.

Il corpo di Polly aveva colpito il crinale. Aveva sicuramente le ossa fracassate, doveva esserci sangue ovunque. Ma continuava a muoversi, trascinandosi su con una mano, inarcandosi per salire un metro dopo l'altro, innaturale e inesorabile.

«Uccidetela!», urlò Walker a quelli di sotto. «Dovete ucciderla!».

E mentre pronunciava quelle parole, qualcosa dentro di lui si spezzò. Si sentì più piccolo, degradato e più lontano dal suo bambino di quanto non fosse mai stato prima, persino dentro l'arca.

Olivieri era aggrappato al fianco della montagna, in preda a una disperazione che lo inghiottiva più della tormenta. Negli ultimi minuti la discesa si era fatta più facile e mentre avanzavano verso la spaccatura sottostante, l'inclinazione era diminuita. Il primo gruppo – una guida e due studenti di archeologia – aveva già superato il crepaccio e aveva proseguito.

Poi erano cominciati a cadere i corpi.

«Chi era?», chiese. «Avete visto?».

Allungò il collo per cercare di guardare, ma era inutile. La tormenta soffiava loro intorno in un turbine bianco che li trasformava tutti in spettri, come se ogni scalatore fosse già morto e condannato a vagare in eterno per le pendici dell'Ararat.

«Non ho idea di chi sia caduto per primo», disse Errick, «ma ora mi pare fossero in due, donne. Ho visto dei capelli verdi. Doveva essere...».

«Polly», disse Olivieri, intirizzito, con le labbra secche e spaccate. Lasciò la presa sulla piccozza, quasi inconsapevole dello stimolo che lo spingeva a mollare tutto, a lasciarsi cadere insieme agli altri. La cinghia della piccozza gli tirava contro il polso ma non la riafferrò.

Avci si mosse verso il basso, conficcando gli scarponi nella neve. Il vento soffiava con tale forza che la giacca si increspava e il corpo veniva sospinto a sinistra.

«Dobbiamo proseguire», disse Avci. «Ci fermeremo in quella spaccatura là sotto. Qualche minuto di riposo prima di...».

Errick urlò un'imprecazione.

Olivieri guardò giù e riuscì a intravedere a stento l'incubo bianco e terribile che si svolgeva in basso. Attraverso la cortina di neve, vide i capelli verdi di Polly Bennett, una chiazza di colore contro il bianco spettrale. Il braccio sinistro le pendeva floscio e inerte lungo il fianco, si trascinava dietro una gamba e per arrampicarsi usava il braccio destro e la gamba sinistra, lasciando nella neve una scia di sangue vivo. Aveva un sorriso talmente ampio che gli angoli della bocca si erano spaccati e il sangue le scorreva dalle guance. Gli occhi scintillavano come fiammelle e si arrampicava con una rapidità innaturale.

Avci urlò. Errick scivolò verso Polly, per sbaglio o per proteggerli, Olivieri non lo capì, ma d'improvviso si ritrovò a fare lo stesso. Estrasse la piccozza dal ghiaccio e si mosse nel disperato tentativo di fare qualcosa per scacciare il terrore che aveva dentro, il male che sentiva contaminargli l'anima e il cuore. Polly si afferrò alla gamba di Errick. Il giovane tirò indietro lo scarpone e le diede un calcio in faccia. Le punte dei ramponi le lacerarono ulteriormente la guancia.

Errick perse l'equilibrio e l'appiglio. Scivolando più giù, si ritrovò prima alla stessa altezza di Polly e poi leggermente più in basso.

Olivieri dimenticò la propria età. Dimenticò i centimetri in più del girovita e gli anni passati dall'ultima volta in cui aveva fatto regolare esercizio fisico. Allontanò mani e piedi dalla neve e cominciò a scivolare. La neve gli entrava nella giacca, nel maglione, nei risvolti dei pantaloni e per una frazione di secondo si chiese se sarebbe stato in grado di fermarsi.

Finì dritto contro Polly. La neve le si ammucchiò sui tratti pallidi e insanguinati, ma gli occhi arancioni fiammeggiavano in quella maschera bianca. I capelli verdi si agitavano arruffati. Un lembo di pelle della guancia squarciata tremolò nel vento ululante. Da uno spacco nella manica della giacca emergeva qualcosa di grigio: il margine frastagliato di un osso rotto emerso violentemente dal braccio durante la caduta.

La mano sana si strinse alla giacca di Olivieri. Cominciarono a scivolare insieme. Il professore si aggrappò alla montagna con gli scarponi e una mano mentre Polly si lanciava con la faccia verso di lui. Il suo alito aveva il puzzo di carne andata a male e sebbene le sue labbra non si muovessero, Olivieri fu sicuro di sentire un coro di voci che sussurravano e ridevano dagli oscuri recessi della sua gola.

Per un momento aveva pensato di poter lottare, di poter affrontare il male e resistere. E invece cominciò a piangere e a colpirla con la mano libera. Perché era andato? Perché era stato tanto sciocco da pensare di poter proteggere chicchessia? Polly gli afferrò la testa e gliela sbatté contro la parete. La neve, morbida e cedevole, lo salvò.

Altre voci urlarono. Una apparteneva a Errick. Sentì Polly che allentava la presa e si costrinse a guardare, vedendola che lottava con Errick... le vide conficcare le dita nell'orbita dell'occhio sinistro del giovane ed estrarne qualcosa di umido e sfuggente. La vide penetrare ancora più a fondo e quando tirò fuori le mani, Errick cominciò a scivolare e a rotolare per le pendici ora meno scoscese. Precipitò nel crepaccio e si fermò su un crinale roccioso, con la neve che gli danzava intorno.

Polly si rivolse di nuovo a Olivieri.

Le persone intorno si stavano allontanando, cercando disperatamente di scappare, da parte loro non c'era da aspettarsi alcun gesto di eroismo.

Restava solo il signor Avci.

Olivieri batté le palpebre sorpreso. Avci si era avvicinato, salendo a circa un metro e mezzo di distanza. Teneva nella sinistra una pistola nera. Prese la mira e sparò in testa a Polly. Dalla nuca esplose un ammasso di sangue e capelli verdi che colpì la neve, scivolando giù come una grottesca piccola palla di neve.

«Oh, mio Dio», fece ansante Olivieri, voltandosi per ringraziare Avci.

L'ispettore gli puntò in faccia l'arma. «Razza di bastardo. Aveva detto che gli amuleti avrebbero funzionato. Ora dovrei ammazzare lei».

Poi gli altri urlarono, entrambi alzarono lo sguardo e videro Walker, Kim e padre Cornelius che scendevano lentamente verso di loro e il momento di tensione passò. La rabbia, l'odio e la paura negli occhi di Avci erano stati puramente umani.

O almeno, così gli era parso.

DICIANNOVE

Meryam e Adam sedevano insieme nel crepaccio. La donna era appoggiata a lui e lui la sorreggeva. In altri periodi, Meryam avrebbe valutato se agli occhi degli altri una posizione del genere avesse potuto indebolire la sua leadership. Ma ormai tutto questo era superato. Anche senza la tempesta e l'orrore, c'era il cancro. L'aveva consumata molto prima che il freddo affondasse in lei i suoi artigli. La stanchezza l'attirava come un canto di sirena, chiamandola verso un oscuro stato d'incoscienza. Ma quello stato significava la resa, e la resa significava la morte.

Non potevano fermarsi a lungo. Lo sapeva. Finché si fossero mossi e fossero rimasti ben coperti, non avrebbero sofferto troppo per l'esposizione al gelo. Sicuramente avrebbero avuto sintomi da congelamento, ma se avessero mantenuto un'andatura accettabile e avessero lasciato la montagna nel giro di poche ore dopo l'imbrunire, al massimo, se la sarebbero cavata. Calcolava meno di un'ora per raggiungere il Campo Due, forse due per il Campo Uno, o anche meno se, come immaginava, la tormenta era più debole a una minore altitudine.

Puoi farcela, pensò. Ma si appoggiò ad Adam e pensò che forse, ma solo forse, stava mentendo a se stessa.

I sopravvissuti le erano raggruppati intorno. Ormai pensava a loro in quei termini. *I sopravvissuti*. Olivieri, Avci, Belinda e un altro studente che Meryam non conosceva bene. Hakan – *quello stronzo di Hakan* – e l'altra guida, suo cugino, o nipote, o quello che era. E la piccola squadra di Walker. Miracolosamente, quel terzetto con Walker, Kim Seong e padre Cornelius era ancora integro. Non voleva che morissero, ma non riusciva a controllare l'invidia che le suscitava vederli insieme, ora che Feyiz era morto.

Poi c'era Calliope, con la sua telecamera. Meryam non sapeva se avrebbe dovuto ammazzarla o ammirarla. *Forse entrambe le cose. Si è scopata il mio fidanzato.* Ma cavolo, la sua etica professionale... Sapeva che forse non si trattava affatto di etica professionale, che forse era più dovuto al fatto che osservare quegli orrori attraverso un obiettivo in un certo senso li teneva a distanza. Forse Calliope si sentiva più al sicuro grazie al distacco che forniva la telecamera. Meryam sapeva che era un finto distacco, una finta protezione, ma per quanto detestasse Calliope, non gliel'avrebbe tolta. Anche se avrebbe dato qualsiasi cosa anche lei per un po' di distacco, un po' di senso di sicurezza.

«Hakan», disse, schiarendosi la voce, radunando l'energia che le restava. «Quanto manca perché si cominci a camminare e non più a scalare?».

Battendo le mani per riattivare la circolazione, Hakan si alzò e guardò oltre il crinale per orientarsi. Riusciva a nascondere bene il dolore e la rabbia.

«Dieci minuti, se ci muoviamo in fretta», disse Hakan. «Quindici al massimo. È davvero vicino. Dopo dovremo fare molta attenzione. Aiutarci a vicenda. E usare i bastoncini da trekking per chi li ha».

«Staremo tutti *insieme*», disse Meryam, scrutando i volti attorno a lei, valutando il loro terrore e lo stato di shock.

«Col cavolo», replicò Belinda, nascosta dietro gli occhiali da sci e il passamontagna. «Ognuno di noi dovrebbe muoversi da solo e allontanarsi quando gli si avvicina qualcuno. Questo è quello che farò io. Mi manterrò nel raggio visivo, ma non mi avvicinerò a nessuno di voi finché non saremo giù».

Nessuno parlò. Invece, cominciarono tutti a scrutarsi l'un l'altro, in preda alla paura e alla paranoia. Anche Meryam la sentiva. Non era immune. Passando da un volto all'altro, cercava le tracce di un sorriso folle sul volto e di un bagliore arancione negli occhi. E facevano tutti lo stesso.

Era lì tra loro anche in quel momento? Il demone era dentro uno di loro, che si godeva lo spettacolo?

«Se restiamo tutti insieme», disse Walker, «se il demone attacca, ci saranno intorno abbastanza persone per impedire altre morti».

«O almeno per provarci», disse Calliope.

«Sì, per provarci», convenne padre Cornelius. «Staremo insieme. È comprensibile che ci sia chi vuole stare da solo, ma se il male entra in lui e prende il sopravvento, potrebbe spingerlo a lanciarsi giù dalla montagna, o peggio. Dovremmo sorvegliarci a vicenda».

«Ancora non capisco com'è che sia successo», esclamò Avci. «Il professor Olivieri aveva detto che gli amuleti di bitume...».

«Era una teoria!», strillò Olivieri, in uno stato di tale fragilità che a Meryam parve di vedere pezzetti della sua psiche staccarsi a ogni parola. «Avevo ragione di credere... ne parlava il testo apocrifo... e la famiglia di Noè aveva indosso quei maledetti affari!».

I sopravvissuti avevano cominciato a tirarsi su, mettere gli zaini in spalla e coprirsi bene la faccia prima di superare il crinale e iniziare piano a scendere.

Meryam fece un respiro profondo per raddrizzarsi, poi spinse via la spalla di Adam e si alzò in piedi. Sentì la mente confusa e per un attimo pensò di cadere. Adam fece per sorreggerla, ma lei con un cenno lo allontanò.

«No. Se non ce la faccio da sola, dovresti portarmi tu, ed è troppo pericoloso».

Facendo respiri lunghi e regolari, riuscì a sgombrare la testa. Mentre si riposavano, aveva mangiato un barretta proteica e sentì che quel po' di energia che le aveva dato cominciava ad avere effetto. Da qualche parte nello zaino di Adam c'erano delle compresse di caffeina e sapeva che ben presto ne avrebbe avuto bisogno, ma per il momento la paura era una motivazione sufficiente.

«Okay», disse. «Andiamo».

Quando cominciò a superare le rocce per tornare sui propri passi, gli altri avevano ormai tutti superato il crinale.

«Meryam», disse Adam.

Lei lo guardò e vide che si era infilato la mano dentro il collo alto del maglione sotto il passamontagna.

«Che stai facendo?».

Adam trovò l'amuleto di bitume, infilò il dito nella cordicella e la strappò. Prima che Meryam potesse obiettare, l'aveva gettato nella neve alle sue spalle.

«So che stai per dire», le disse. «Ma sappiamo entrambi che non funziona. Forse il demone è già in noi, forse il male ha ormai attecchito. Non fa niente. Io credo che la nostra unica speranza sia andare al di là della sua portata».

«La sua portata?», ripeté lei, invasa da una nuova paura.

«Come un fantasma che non può abbandonare il luogo che

infesta», disse Adam, con sguardo sofferente ma speranzoso. «Spero che sia così… che una volta lontani dalla caverna non potrà più farci del male. Se mi sbaglio… be', se mi sbaglio, sarebbe stato meglio morire sulla cengia quella prima notte».

«Non dire così».

Adam distolse lo sguardo. «Andiamo e basta».

Rimase al suo fianco mentre raggiungevano gli altri, scendendo più rapidamente ora che le pendici erano meno infide. Le sue parole e lo sguardo nei suoi occhi le indugiarono nella mente, e più ci pensava più le si spezzava il cuore. Sapeva del dybbuk, della paura che era stata sua fedele compagna nell'infanzia, e Meryam aveva sempre odiato la nonna per avergli inculcato quell'oscura fede. Non era mai stato in grado di liberarsene. Ora non aveva fede in niente, neanche nell'amuleto che Olivieri pensava potesse salvargli la vita.

Ma Meryam voleva tenerselo al collo. Non era mai stata credente, e ora quell'orrore le aveva instillato la fede che le era sempre mancata. Non ci pensava proprio a togliersi l'amuleto. E questo significava che da quel momento in poi avrebbe dovuto controllare attentamente Adam.

Per una manciata di minuti, erano scesi con cautela lungo la parete della montagna, in un silenzio denso di sguardi circospetti. Walker era con Kim e padre Cornelius al centro della fila di scalatori, con il rassicurante peso della pistola contro i reni. Freddo e intirizzito com'era si chiese se le dita sarebbero state in grado di tenere l'arma, di premere il grilletto, se si fosse presentata l'occasione.

Quando delle urla ruppero il silenzio, superando il vento, si fece animo e guardò giù con cupa rassegnazione. Come poteva sorprendersi? Il demone era diventato la loro maledizione.

Kim imprecò e cominciò ad affrettare la discesa, ma Walker la chiamò e allungò la mano per fermarla.

«Cosa stai facendo?», gli chiese. «Dobbiamo…».

Lo guardò negli occhi e le parole le morirono in bocca. Guardò padre Cornelius per trovare appoggio e non ne trovò alcuno.

«Dobbiamo cosa?», chiese lui.

A neanche sei metri da loro, il cugino di Hakan aveva assalito uno studente, un giovanotto trasandato di nome Markus. Aveva un coltello e una forza infernale e grazie a quei terribili strumenti l'omicidio si consumò in pochi secondi. Il sangue si riversò tra i fiocchi di neve, volando nel vento. Belinda cercò di fermarlo, ma quel coltello e quella forza fecero il loro terribile lavoro e ben presto il sangue aveva disegnato macabri motivi sulla distesa di neve, proprio dove la parete diventava più accessibile… proprio dove le cose avrebbero potuto diventare più semplici.

Il demone, brandendo il coltello e il suo sorriso crudele, cominciò a salire verso di loro dentro il corpo della guida: l'ultimo familiare di Hakan ancora sulla montagna.

Walker estrasse la pistola. Tenendosi alla parete con una mano, prese la mira.

Urlando, Hakan scese di corsa dall'alto, nel tentativo di fermarlo, di convincerlo a farlo parlare con il giovane, dargli una possibilità di scacciare il demone. Ma la guida aveva quel maledetto coltello e stava salendo come un ragno verso Walker, Kim e il sacerdote, e Walker era stato addestrato per eliminare qualsiasi minaccia immediata.

Colpì la guida due volte al petto. Il giovane barbuto cadde

pesantemente all'indietro, rotolò giù attraverso la neve insanguinata e si fermò dove il terreno diventava praticabile a piedi.

Hakan toccò con una mano Walker, che la scrollò di dosso con il calcio della pistola. Poi gli puntò contro l'arma. Si fissarono per almeno cinque secondi, ansanti, finché Walker non stabilì che Hakan non era indemoniato – non ancora – e questi a sua volta stabilì che non voleva farsi sparare.

Scendendo in fretta per il pendio innevato, scivolando e poi camminando a fatica, Hakan crollò in ginocchio accanto al corpo del cugino. Gli chiuse gli occhi e mormorò una preghiera nella sua lingua.

Walker restò indietro con la sua squadra, mentre Meryam, Adam e Calliope li superarono e si avvicinarono a Hakan. Li raggiunsero Olivieri e Avci.

«Dopo un po' che avremo superato le macchie di sangue», disse piano Walker, rivolto a Kim. «Voglio che vada. Muoviti il più in fretta possibile. Prima di venire avevo esaminato le carte dei sentieri. Il Campo Due non è lontano. Probabilmente riuscirai a identificare la pista dal modo in cui si è accumulata la neve, ma a ogni modo sarai più sicura da sola che con chiunque di noi».

Kim lo guardò, poi lanciò un'occhiata a padre Cornelius. «Non voglio lasciarvi».

«Sei qui per osservare, non per morire», le disse Walker. «Da questo punto possiamo camminare, ma Cornelius non può andare molto veloce. È la cosa migliore».

«Walker ha ragione», fece con voce roca il prete, appoggiandosi alla parete della montagna senza tradire alcuna paura di diventare il prossimo corpo posseduto dal demone. «Deve andare».

«Sono più al sicuro con voi due che da sola», disse Kim. «Ma...».

Walker si accigliò. Il peso di quell'unica parola, i solchi profondi sulla fronte dimostravano quanto fosse turbata.

«Cosa?», la spronò lui.

Kim guardò gli altri più sotto, la manciata di persone radunata attorno a Hakan in lutto.

«E se invece non dovessimo proprio scendere?», disse. «Se il demone non fosse un veleno, ma una sorta di virus e noi scendendo dalla montagna lo liberassimo nel mondo?».

Walker la guardò. Non sapeva cosa rispondere. Quello che aveva detto Kim lo terrorizzava più di qualsiasi cosa avesse mai sentito.

Adam teneva Meryam per mano, ma in quel gesto non c'era niente di romantico. Aveva cercato di farla appoggiare a lui, di metterle un braccio attorno alle spalle per sorreggerla, ma lei aveva rifiutato. Solo dopo che era inciampata diverse volte ed era quasi caduta a faccia in giù nella pista coperta di neve gli aveva permesso di tenerla per mano.

Si trascinavano faticosamente avanti, alcuni con i bastoncini da trekking e altri semplicemente aiutandosi a vicenda, intontiti dallo shock per le morti e lo spargimento di sangue. Quasi un'ora era passata da quando il demone aveva fatto la sua ultima apparizione, e Adam cominciava a sentir scemare la tensione. Non osava sperare che avessero oltrepassato la sua sfera d'influenza, ma quel barlume di speranza era difficile da estinguere, soprattutto perché voleva crederci con tutte le sue forze. Ogni minuto che passava, vedeva le persone intorno rilassarsi impercettibilmente. E soffrire. E affliggersi. Mezz'ora prima, Calliope aveva cominciato a piangere silenziosamente, lasciando pendere la telecamera nella mano destra e asciugandosi le lacrime con la sinistra.

Meryam inciampò. Adam le strinse forte la mano e la attirò a sé, come se stessero facendo una danza. Faccia a faccia, la strinse a lui, osservando il suo fiato che si condensava attraverso il passamontagna.

«Il Campo Due è là davanti», urlò loro Hakan. Aveva preso il comando, con Calliope subito dietro, e Meryam e Adam alle loro spalle. Il resto seguiva in una fila irregolare, ma nessuno a più di cinquanta metri di distanza.

Il Campo Due. Il terreno sarebbe stato ancora impervio, soprattutto per la neve che si era accumulata e il vento che ancora soffiava forte e rallentava la loro avanzata. Ma dal Campo Due la pista sarebbe diventata più facile, più visibile, tanto che Adam pensava che sarebbe stato in grado di scendere anche senza guida. Il Campo Due era una buona notizia.

Non essere sciocco, pensò. *Non sperare. C'è ancora molta strada da fare.* Avrebbero impiegato ancora delle ore, e Meryam sarebbe stata sempre peggio. Adam non voleva pensare a come si sarebbe complicata la situazione se avesse dovuto trasportarla di peso.

«Hakan!», gridò, riprendendo Meryam per mano mentre ricominciavano a seguire la pista. «Ci aspetti!».

Più avanti, Hakan si voltò lentamente.

«Aspettarvi?», disse. «Mi ci vuole tutta la mia forza di volontà per non mollarvi qui».

«Senta un po'», replicò Adam.

Calliope spostò la telecamera da una mano all'altra, ma non la sollevò per girare.

«Cosa?», ringhiò Hakan, tornando indietro verso Adam e

Meryam, guardandoli con odio, con il volto tanto pieno di cattiveria che pareva lo possedesse il demone. «Cosa volete dirmi, bestie disgustose?»

«Vaffanculo, schifoso...», cominciò Adam.

Meryam gli mise una mano sulla bocca per bloccarlo, ma guardò fisso Hakan.

«Mi dispiace», disse lei con voce tremante. «Feyiz era mio amico, Hakan. Vorrei tanto poterlo udire ancora ridere e sentire la disponibilità e la gentilezza che trasmetteva a chi gli stava intorno. Ma questo non lo riporterà in vita. Questo gruppo è tutto ciò che resta. Non so se è il dolore che la fa parlare così o se è il demone che la sta manovrando, tirando fuori la parte peggiore di lei, ma...».

«Troia», disse ghignando Hakan.

Adam fece un passo avanti, lasciando la mano di Meryam. «Basta!».

«Guardatevi», disse Hakan. «Un ebreo e una puttana che ha voltato le spalle a Dio. So i tormenti che vi aspettano ma non sarà abbastanza. Ti metti in mostra davanti a mio nipote finché il fetore della tua fica non gli riempie la testa, tanto da dimenticarsi di sé, da non poter fare nulla se non assecondare i tuoi desideri», disse a Meryam, e poi si rivolse ad Adam. «E tu... cosa fai *tu*? Ti cerchi un'altra puttana da...».

«Ehi, vaffanculo!», esclamò Calliope.

Adam si avvicinò alla guida, con i pugni stretti, sapendo che Hakan avrebbe potuto ridurlo in fin di vita. Ma non gli importava. Bisognava mettere a tacere quell'uomo, prenderlo a botte fino a farlo sanguinare, fino a ridurlo all'incoscienza. Meglio ancora, ammazzarlo.

Uno sparo squarciò il cielo, echeggiando sulla montagna.

Hakan e Adam si voltarono entrambi e videro Avci che puntava la pistola verso le nuvole. Il piccolo uomo, incurvato per la stanchezza, li guardò entrambi con aria torva. Walker e Kim arrivarono di corsa per la pista, lasciando indietro Olivieri e il prete. Lanciando ordini, cercando di fare il maschio dominante come aveva fatto sin dal suo arrivo, Walker estrasse la pistola e la puntò su Avci.

«Controllatevi», disse Avci, ignorando Walker.

Adam ribolliva di odio. Hakan si era comportato da bastardo fin dall'inizio, molto prima del dolore per la perdita dei familiari. Ma le cose che aveva detto erano imperdonabili. Adam si rivolse a Meryam.

«E tu cosa dici?».

Meryam si raddrizzò in tutta la sua altezza, pallida ma viva. Quando Adam fece per prenderle la mano, lei l'allontanò, arrancando nella neve fino a trovarsi davanti a Hakan. Gli sputò in faccia.

Hakan si preparò per tirarle un pugno mentre tutti cominciavano a urlare. Adam si precipitò verso di loro, ma non avrebbe fatto in tempo.

Ce la fece Calliope. Si mise tra Hakan e Meryam e afferrò il braccio della guida prima che potesse tirare il pugno. Quello che gli disse, Adam non riuscì a sentirlo. Avrebbe voluto ringraziarla, ma cosa poteva dire?

«Non dovevi...», cominciò Meryam.

Calliope si voltò. «Non parlare».

Meryam balbettò qualcosa e fece un passo indietro.

«Sul serio», proseguì Calliope. «Non dire niente. Tutto quello che ha detto, di te... di Adam e di me... è tutto vero, e lo sai. Se c'è un demone dentro di noi, l'abbiamo invitato. Non capisci? L'essere nella caverna era forse maligno, ma sono le parti più orrende di noi che l'hanno alimentato e l'hanno fatto crescere».

La telecamera le cadde dalla mano, finendo con un tonfo nella neve. Gli occhi le si riempirono di lacrime e barcollò all'indietro, fuori dalla pista.

«Non fare la stupida, ragazza», disse Hakan.

Calliope si limitò a guardarlo, senza neanche curarsi di asciugarsi gli occhi. Accelerò il passo, allontanandosi dalla pista. Hakan le andò dietro, più infuriato che mai. Adam si aspettava che la giovane si fermasse, si mettesse a piangere, riprendesse fiato e poi tornasse da loro, ma fu solo quando Calliope cominciò a correre e cadde, scivolando giù dalle pendici della montagna e andando a sbattere sulle rocce sotto la morbida coltre bianca, che capì che aveva davvero intenzione di andarsene.

«Dannazione, Calliope!», gridò, uscendo dalla pista.

Meryam gli afferrò il braccio. La presa era troppo debole per fermarlo ma sufficiente a ottenere la sua attenzione. Si voltò, incerto e in preda al panico. Senza una guida, da sola, Calliope sarebbe morta. Anche se fosse arrivata ai piedi della montagna, le probabilità di trovare un qualche rifugio senza congelare o morire di fame erano scarsissime.

«Devo...», cominciò.

«No. Non devi».

Con il cuore che gli batteva forte in petto, fissò Meryam, poi si voltò a guardare Hakan che scivolava al suo inseguimento. Si levò nuovamente il vento e per diversi secondi la tormenta inghiottì completamente Calliope. Riuscivano ancora a vedere Hakan, ma lei era scomparsa.

«Calliope, andiamo!», urlò Adam. «Non puoi farcela da sola!».

Hakan si fermò, poi si voltò verso di loro.

«Restate sulla pista. Il Campo Due è qua sotto!», urlò. «Seguitela per non più di dieci minuti, poi proseguite. La vado a prendere».

«La lasci andare, Hakan!», urlò Avci. «Ci serve una guida».

Ma Hakan se n'era andato. Adam lo vide scivolare per il pendio. Guardò finché, come Calliope, Hakan non sparì tra i turbini di neve.

«Lo odio», disse Meryam, accanto ad Adam.

«Anche lui ti odia».

Rimasero qualche altro secondo a fissare il paesaggio ghiacciato, dove la furia del vento e della neve pareva dover durare in eterno.

Poi Meryam gli prese la mano e si avviarono verso il Campo Due.

Restavano solo in sette, e solo Adam, Meryam e Olivieri avevano già scalato quella montagna, e tutti con più coraggio che capacità.

VENTI

Si raccolsero dietro un crinale di roccia nera che circondava per metà il Campo Due a mangiare barrette proteiche e bere acqua. Walker avrebbe voluto del caffè, ma nessuno si azzardò a perdere tempo per prepararlo, tantomeno lui. Parlarono poco, sempre in preda alla paranoia che li aveva accompagnati tutto il giorno. Si guardarono l'un l'altro, tra un sorso e un boccone, e poi richiusero gli zaini. All'inizio avevano tutti guardato nella direzione in cui erano spariti Hakan e Calliope, aspettandosi di vederli tornare da un momento all'altro, ma dopo i primi dieci minuti, pochi avevano riguardato da quella parte. Con tutte le persone che avevano lasciato su quella montagna, ormai si erano abituati.

Walker tolse il caricatore dalla pistola, lo controllò e lo rimise a posto. Non voleva correre rischi.

«Muoviamoci», disse, alzandosi.

Kim e padre Cornelius si alzarono immediatamente. Tutti gli altri guardarono Adam e Meryam, pensando ancora che fossero loro alla guida. Ma Adam dovette aiutare Meryam ad alzarsi e dal modo in cui le sosteneva il braccio e la assisteva, Walker non fu certo che la ragazza sarebbe riuscita ad arrivare al Campo Uno, men che meno a proseguire dopo. Una parte di lui avrebbe voluto abbandonarli tutti per riuscire a tornare a casa da Charlie. Ora sarebbe stato un padre migliore, promise a qualsiasi dio fosse in ascolto.

Sarebbe stato più gentile con Amanda, un amico per lei dopo il suo fallimento come marito. Se avesse lasciato Meryam – e il prete, cazzo, perché padre Cornelius era vecchio e lento come una lumaca – sarebbe stato un uomo migliore.

Ma questo non aveva alcun senso. Come avrebbe potuto essere un uomo migliore se ora avesse abbandonato quelle persone? Non avrebbe potuto essere un padre ammirato dal proprio figlio se li avesse lasciati morire.

E probabilmente ti perderesti e moriresti senza almeno uno *che abbia scalato prima il monte Ararat.* Walker si trascinava per il sentiero coperto di neve, mantenendosi saldo grazie alle punte dei ramponi. Scrutò tra la neve e vide Adam e Meryam che si muovevano lenti davanti, e cercò di dire a se stesso che non era per quello che sarebbe rimasto con loro anche se avesse scalato quella montagna mille volte.

Non è perché hai bisogno di loro, pensò.

E cercò di crederci.

Ora li osservò attentamente. Per i primi venti minuti da quando avevano lasciato il Campo Due, aveva tenuto la pistola in mano, ma dopo un po' l'aveva dovuta rimettere nella fondina per poter allungare le dita e battere le mani per riattivare la circolazione. La temperatura avrebbe dovuto salire un poco, visto che erano scesi, ma se così era stato, Walker non aveva notato alcuna differenza. Anzi, il vento pareva portare aria più fredda, gelida e pungente, e dei punti non protetti dal passamontagna, sulla bocca e attorno agli occhi, si erano intorpiditi. Cercò di non pensarci.

Proprio come cercava di non pensare all'unica cosa che avevano tutti in mente a ogni passo. Sentì un formicolio alla schiena, certo di essere osservato, certo che il male stesse scendendo con loro dalla montagna, rintanato nei loro cuori o nelle loro menti. Se indugiava in quel pensiero, gli mancava il respiro. La paura lo lacerava tra il desiderio di fermarsi e rannicchiarsi e l'atavico impulso a mettersi a correre e urlare.

Il demone era lì tra loro, e Walker riusciva praticamente a sentirlo godere del loro terrore. Tutti i sopravvissuti sapevano che era solo questione di tempo. Osservò Adam e Meryam davanti, perplesso. Teso, spaventato, ma anche pronto a ogni evenienza.

«Rallenta, Walker!».

Ridestandosi con un sussulto dalle sue fantasticherie, si rese conto di aver quasi raggiunto Adam e Meryam. La neve gli si era accumulata sugli occhiali da sci, come se avesse camminato come un sonnambulo per diversi minuti. Fu attraversato da una calda ondata di terrore. Come un sonnambulo o come manovrato?

Si fermò e si voltò. Allungò la mano per togliersi la neve dagli occhiali e poi l'appoggiò sul bozzo sotto gli spessi strati di indumenti, il pezzo di bitume attaccato alla cordicella attorno al collo. Fu invaso dalla rabbia. Si erano fidati di Olivieri. Persino padre Cornelius aveva accettato la logica del professore, ma ovviamente era stata solo un'ipotesi. *Un'ipotesi in cui tutti volevamo credere.*

La cortina di neve si separò ed emerse Kim, con padre Cornelius che si reggeva al suo braccio. Li avvolse una raffica di vento, un turbine bianco che li fece nuovamente sparire, come se la tempesta fosse restia a farli riunire. Poi arrivò Kim, con gli occhi socchiusi per la frustrazione di essere stata abbandonata con il sacerdote.

«Scusa», disse lui. «Mi sono fatto prendere dal ritmo».

«Non lasciarci indietro», replicò Kim con tono enfatico e un po' accusatorio.

Walker si fece da parte e li lasciò passare. «Non lo farò più. Promesso».

Padre Cornelius si era guardato insistentemente i piedi, come se fosse incerto dei suoi passi. Forse non sentiva più i piedi toccare il terreno. Walker imprecò tra sé e sé. Sarebbe stato un bel problema.

«Devo parlarvi degli amuleti», disse padre Cornelius.

A Walker parve di sentire un grido. Si voltò col cuore che gli batteva forte in petto, una mano alzata per proteggersi dal vento mentre cercava di guardare attraverso la bufera. Gli altri tre membri del gruppo erano rimasti ancora più indietro ed erano solo delle sagome nella tormenta. Si maledisse per non essersene accorto, per essersi fatto travolgere dalla paura al punto di dimenticare le persone che facevano affidamento su di lui.

«Walker?», fece debolmente il prete.

Ma riguardandosi alle spalle, Walker vide una di quelle sagome inciampare, cadere, e poi un'altra precipitarsi nella neve verso di lui. Seguiva la terza, correndo e scivolando lungo la pista, muovendosi con silenziosa energia e sicurezza e Walker capì. Non ebbe dubbi.

Irritato perché non gli rispondeva, padre Cornelius si staccò da Kim e si voltò, con l'intento di rimproverarlo per la sua scortesia. Poi il sacerdote vide la figura che balzava lungo la pista con un'agilità che nessuno di loro avrebbe mai potuto imitare.

Kim urlò che era tornato.

Emerse dalla bufera, concretizzandosi a sufficienza perché

Walker potesse identificare la familiare sagoma di Armando Olivieri. Ma Olivieri non si era mai mosso a quel modo, non era mai stato aggraziato o energico o impavido, e quell'essere era tutto questo e molto di più.

Walker estrasse la pistola con le dita intorpidite, e con quelle stesse dita intorpidite la maneggiò maldestramente. La pistola sobbalzò, quasi danzando e sfuggendogli dalle mani. Fece per prenderla, ma invece la gettò in terra sul bordo del sentiero, e poi la calma che era riuscito a mantenere fino ad allora lo abbandonò. Invaso dalla paura, col cuore in preda al panico, si lanciò per afferrare la pistola e si ritrovò a grattare nella neve. L'arma aveva lasciato un'impronta e poi era sparita. Padre Cornelius e Kim urlarono a lui e a Olivieri e mentre scavava in cerca della pistola, Walker capì che stava per morire.

L'essere gli arrivò addosso e lo sentì ridere mentre gli afferrava la testa, gli strappava via il cappuccio e il passamontagna. Con l'altra mano, gl'infilò le dita nei capelli, ne afferrò una ciocca e tirò nello stesso momento in cui le dita di Walker trovavano la pistola.

Mentre il demone lo strattonava, Walker si contorse e si voltò puntando alla faccia di Olivieri. Gli occhi del professore luccicavano di quel fuoco interno, di quel bagliore di corrotta luce arancione, e il demone sorrise. Olivieri lasciò Walker e indietreggiò, levando le mani in segno di resa. Con la bocca di Olivieri, il demone scoppiò a ridere.

«Gli spari!», gridò Adam, correndo per inserirsi tra Kim e il prete. «Non gli lasci neanche un attimo per...».

«Oh, sì», disse il demone con le labbra di Olivieri. «Sparami».

Walker lo guardò. Per un momento la vista gli si era abbagliata e nel turbine di neve gli era parso di vedere un'altra faccia, un essere deforme con delle corna e una bocca piena di denti aguzzi e neri. Poi una terza faccia, quella di suo figlio Charlie.

Sparami, sentì dentro la testa.

«A che scopo?», esclamò. «Entrerà in qualcun altro!».

Gli occhi arancioni luccicarono e Olivieri sogghignò. Poi, di colpo, la faccia del professore cambiò. La luce sparì dai suoi occhi ed egli inciampò in avanti. Ingannato da quel passo in avanti, Walker stava per premere il grilletto, ma poi vide la pena e la confusione sul volto di Olivieri e capì che il demone lo aveva abbandonato.

Ebbe solo un attimo per chiedersi *dove* fosse andato, e poi lo sentì dentro di sé. Un brivido lo scosse, un misto di piacere, rammarico, e pena talmente profonda da fargli desiderare la liberazione della morte. Il sudiciume si propagò in lui e Walker lo immaginò come una sorta di veleno o infezione, una macchia che penetrava sempre più a fondo, e lo stimolo a strapparsi la pelle lasciò il posto al desiderio di scavare nelle carni, per estrarsi il midollo dalle ossa. Qualsiasi cosa pur di liberare il suo corpo da quel lerciume.

In quel momento, Walker comprese la pazzia. Aprì la bocca per gridare, ma le grida erano solo suoni silenziosi che gli echeggiavano nella mente, perché la sua bocca non era più sua.

E neanche le mani.

Walker poteva vedere attraverso i propri occhi, ma sentiva il male dentro di sé. Sentiva muoversi il braccio e cercava di contrastarlo, ma il demone lo controllava. L'intruso violava la sua carne e il suo cuore, il fondo della sua anima, e sentiva la sua esultanza, il suo giubilo.

«No!», disse il professor Olivieri, a braccia aperte, avvicinandosi a lui attraverso la tormenta.

La mano destra di Walker levò la pistola. Sentì il dito contrarsi e premere il grilletto due volte. Gli spari echeggiarono, accompagnati dalle urla, smarrite nella sua testa... e poi crollò in ginocchio.

«...tilo, Walker!», urlava Kim. «Combattilo!».

Non si può combattere, pensò, senza capire se quella voce fosse la sua.

Olivieri giaceva supino nella neve, con le mani sul petto. Il sangue gli sgorgava da due fori nella giacca, si levava del vapore dal liquido rosso vivo che si riversava dalla stoffa e cominciava a sciogliere la neve, lasciando una brillante pozza di colore.

«Mi dispiace», disse Walker. «Oh, mio Dio, mi dispiace».

Olivieri tossì e un po' di sangue gli uscì dalle labbra, poi cominciò a colargli dall'angolo della bocca. Meryam e Adam si avvicinarono, inginocchiandosi su un lato mente sull'altro Walker osservava con muto orrore, infiammato di vergogna per essere stato usato tanto facilmente, per essere stato spinto a un'azione tanto malvagia.

Kim gli stava alle spalle con padre Cornelius, che aveva cominciato a recitare delle preghiere che accompagnassero gli ultimi respiri del moribondo nella sua fede.

Walker si chinò in avanti, gli occhi stretti, tenendosi il ventre come se cercasse di aggrapparsi a se stesso.

Quando riaprì gli occhi, Olivieri aveva smesso di tossire.

Il moribondo lo fissò, ma non era più Olivieri. Il demone gli sorrise con gli occhi scintillanti e rise piano, un lieve sbuffo che quasi si perse nel sibilo del vento.

«Povero Ben», disse con voce roca il demone, mentre il

sangue gli usciva gorgogliando dalla bocca. «Pensavi di potermi combattere, ma è stato facilissimo annullare la tua volontà. Non vedo l'ora d'incontrare Amanda. Non vedo l'ora di entrare dentro Charlie. Quante cose gli farò fare».

Walker s'irrigidì, dimenticando l'autocommiserazione e il senso di colpa.

«A mio figlio non ti devi nemmeno avvicinare», replicò.

Il demone rise di nuovo. Poi riparlò, più piano stavolta, ma Walker si chinò per afferrare le sue parole nella tormenta.

«Non vi libererete mai di me, sciocchi. Mi avete portato con voi».

Ghignando, Walker risollevò la pistola, stavolta pienamente consapevole. Ma a quel punto la luce negli occhi di Olivieri scomparve – sia quella naturale che quella innaturale – e la testa del professore ciondolò di lato. Il corpo rimase immobile.

Walker si alzò incerto sulle gambe.

«Non possiamo lasciarlo qui», disse padre Cornelius.

«Che altro possiamo fare?», chiese debolmente Meryam.

Walker si voltò e puntò all'occhio sinistro della donna. Meryam rimase paralizzata, ma lui spostò l'arma per mirare al petto di Adam e poi a padre Cornelius.

«Sono io, Walker», fece il sacerdote, con voce stanca. «Sono solo io».

Per un lungo e angosciante momento, Walker lo fissò, poi guardò gli altri. Pareva fossero davvero loro. Ma solo per il momento. Era entrato in lui. Anche Adam era stato posseduto. Padre Cornelius e Kim erano stati entrambi contaminati, almeno temporaneamente. Poteva entrare in chiunque, quando voleva. E questo significava che Walker doveva cominciare a pensare in modo diverso. Non avrebbe permesso al demone di lasciare la montagna. Non gli avrebbe dato la possibilità di minacciare le persone che amava. Se questo voleva dire ammazzarli tutti e poi spararsi in bocca una pallottola, l'avrebbe fatto.

L'estrema risorsa, pensò.

Ma mentre arrivava incespicando lungo il sentiero Avci, con l'arma tremante nelle mani, Walker si chiese quanto poteva attendere prima che l'estrema risorsa diventasse l'unica scelta possibile.

Da qualche parte nella tormenta, Hakan e Calliope potevano essere ancora vivi, ma non ci contava troppo. Senza di loro, restavano solo in sei.

E c'era ancora molta strada da fare.

«Adam, faccia strada», disse Walker.

Esitante, Adam fissò il corpo di Olivieri. Alla fine, annuì col capo ma gli occhi erano privi di speranza. Prese Meryam per mano e ripartirono. Gli altri li seguirono, tenendosi ora tutti vicini.

Walker sapeva che il demone si muoveva con loro. C'era un solo modo per fermarlo.

Padre Cornelius camminava con l'aiuto di Kim e il signor Avci chiudeva la fila. Il zelante ispettore teneva la pistola in mano e si guardava a destra e a sinistra, scrutando nella tormenta, come se ciò che dovevano temere fosse fuori invece che dentro.

«Walker, ascoltami», disse Kim. «Io e Cornelius abbiamo parlato. Non c'è modo di conoscere i limiti di questa creatura…».

«Ora è diventata una "creatura"? Sappiamo tutti cos'è», replicò Walker.

Padre Cornelius ebbe un accesso di tosse, poi sputò nella

neve. Dopo tutto quello che avevano passato, mostrava ormai tutta la sua età. Anzi di più della sua età. Sembrava un centenario, ma Walker immaginò che assomigliassero tutti a cadaveri ambulanti.

«Nel corso della mia preparazione ecclesiastica e delle mie ricerche secolari, non mi sono mai imbattuto in racconti affidabili su rapporti con demoni di questo tipo», disse padre Cornelius. «Esorcismi, certo, e una gran quantità di scritti antichi sugli spiriti maligni, ma sempre con il presupposto che potessero essere scacciati... e una volta scacciati, che perdessero il loro potere o che ci si potesse difendere dal loro ritorno. Non ho mai trovato un racconto in cui un demone potesse spostarsi da una persona all'altra con tale facilità».

«Nella sua vasta esperienza», fece sarcastico Walker.

«Walker, non fare lo stronzo», osservò Kim. «Padre Cornelius è l'unico qui in grado di eseguire un esorcismo e, non so te, ma sicuramente ha passato molti più anni di me a studiare questi fenomeni».

Con un brivido, Walker si chiuse il collo della giacca. Più si sentiva stanco, più il freddo gli esauriva le forze e la volontà.

«Lo so», disse. «Erano parole dettate dalla frustrazione».

«Gli amuleti non stanno funzionando», disse padre Cornelius. «Questo è evidente. E se invece ci nuocessero?».

La domanda fece esitare Walker, e Kim gli finì addosso. Riprese a camminare e rivolse al sacerdote uno sguardo penetrante.

«In che senso?», chiese, ma stava già riflettendo a sua volta.

«Forse non è stata una buona idea portare con noi qualcosa che è stata a contatto con il cadavere», rispose Kim. «Forse la coscienza del demone era ancora nelle sue ossa o nell'arca – non possiamo saperlo – ma se è così, vogliamo andarcene in giro con pezzi del suo sarcofago attorno al collo?».

Allora pareva una buona idea, pensò Walker. Olivieri li aveva convinti che le schegge di bitume potevano proteggerli, ma ora Olivieri era morto. Walker sentì le dita della mano destra contrarsi, una memoria muscolare del momento in cui aveva premuto il grilletto e assassinato il professore. Ma non era stato lui a premere il grilletto, no? Era stato il demone.

Ma il corpo di Walker lo ricordava.

«L'ho pensato anch'io», disse Avci da dietro, più vicino di quanto avessero immaginato.

Walker trasalì e si guardò alle spalle, notando l'arma che aveva tra le mani. Sembrava fosse lui, ma non c'era modo di esserne certi.

Avci si portò la mano sinistra al collo, frugò tra gli strati di tessuto e tirò forte, estraendo la scheggia di bitume nero e luccicante e la cordicella a cui era appesa. Senza esitazione, la gettò via e Walker lo vide visibilmente rilassarsi, come se l'amuleto fosse stato per il suo animo un peso terribile.

Walker fu invaso dalla rabbia e si accigliò. Riguardò avanti e accelerò il passo per raggiungere Meryam e Adam. Kim e padre Cornelius cercarono di stargli al passo.

«Cosa ne pensi, Walker?», domandò Kim.

«Penso che dovreste fare come vi pare».

«Ma…».

«Aspettate un momento», disse lui, scuotendo il capo e rallentando nuovamente. Meryam e Adam proseguivano. Avci li raggiunse, ma Walker non gli prestò attenzione. Stava ripensando alla caverna, alla prima volta che aveva visto uno di quegli amuleti. Per quasi tutta la discesa aveva continuato a rimuginare, ripercorrendo immagini nella mente, cercando di trovare una qualsiasi indicazione sulla natura del demone. Qualcosa che potesse aiutarli.

Padre Cornelius gli mise una mano sulla spalla. «Che c'è?».

Walker avanzò lentamente, guardandosi i piedi senza vederli davvero. Con la mente ritornò all'arca, al momento in cui aveva incontrato la prima volta Helen Marshall.

«Il team di archeologi li aveva trovati su alcuni dei cadaveri dell'arca», disse, a se stesso oltre che agli altri. «Perché non su tutti?»

«Forse non erano tutti d'accordo, come noi ora», suggerì padre Cornelius.

«Quando siamo arrivati», continuò Walker, «parlai con la professoressa Marshall. Lei e il suo team stavano lavorando su diversi resti, ma una dei passeggeri era morta cercando di uscire dall'arca graffiando una porta che era bloccata contro il fianco della montagna. Era impazzita, ovviamente, ma aveva cercato di fare di tutto per uscire dalla nave... per allontanarsi».

Lanciò un'occhiata al sacerdote. «Sul suo cadavere non c'era nessun amuleto».

«Me lo ricordo», disse Avci, alle loro spalle.

«Stai dicendo che il demone l'aveva fatta impazzire perché non l'aveva?», chiese Kim.

«Forse», replicò Walker, mentre gli scarponi scricchiolavano nella neve. Il freddo gli era penetrato dentro gli abiti. Ora era intirizzito dentro e fuori. «Ma se non fosse stata solo pazzia? Se stesse cercando di scappare da chi era a bordo dell'arca, quelli che portavano gli amuleti, perché aveva capito che avevano preso la decisione sbagliata? Che invece stavano facilitando il compito al demone?»

«Ma in che modo?», chiese Kim. «Non ha senso».

Padre Cornelius inciampò nella neve. Walker lo sorresse e lo aiutò a raddrizzarsi. Si accorse quanto pallido fosse diventato il prete, quanto gli fosse costato affrontare la discesa. Più avanti, Adam e Meryam parevano non accorgersi di niente. Avanzavano, con lentezza ma inesorabili, senza mai voltarsi per controllare le condizioni delle persone di cui erano responsabili. A Walker questo non piacque.

«E se...», disse il prete. «Se avessero intrappolato il suo spirito? In qualche modo lo uccisero, lo chiusero in quella bara e la ricoprirono di bitume. Pensavano di aver imprigionato l'essenza del demone, e invece...».

«Era filtrata», disse Kim. «Devono averlo sentito, il male che gli entrava dentro, proprio come noi. Se era penetrato nel bitume, quando indossarono quegli amuleti, gli diedero anzi un accesso più diretto, lo tennero con loro...».

La sua voce si spense, e tutti e quattro si bloccarono in mezzo al sentiero, mettendosi l'uno di fronte all'altro, per proteggersi a vicenda dal vento e dalla neve sferzante. Avci aveva ancora la pistola in mano, ma Walker si accorse che la teneva come se l'avesse completamente dimenticata. Guardò Kim.

«Stiamo dicendo che conoscevano la stessa leggenda che ci ha raccontato Olivieri?», disse. Una raffica di vento lo spinse avanti, facendolo avvicinare ulteriormente agli altri. Vide nei loro occhi la stanchezza, e la terribile consapevolezza.

Padre Cornelius ondeggiò, strizzando gli occhi come se stesse per crollare da un momento all'altro. Appoggiò una mano sulla spalla di Avci per sorreggersi.

«E se non fosse stato Olivieri a raccontarci quella leggenda?», chiese il sacerdote. Aprì gli occhi e fissò il vuoto grigio tra loro. «E se non fosse stato affatto un suo suggerimento?»

«Cazzo», sussurrò Kim. «Cazzo, cazzo, cazzo». Rovistò freneticamente con le dita tra le pieghe degli abiti in cerca dell'amuleto.

Mentre Kim gettava la scheggia di bitume nella neve, Walker si voltò per urlare. «Adam! Meryam!». Erano avanzati solo di una ventina di metri lungo il sentiero, ma ormai erano spettri nella cortina bianca. «Gli amuleti... dovete toglierli...».

Sibilò aria fredda tra i denti e rimase immobile con la schiena rigida.

«Walker?», disse Cornelius, afferrandogli il braccio.

Il male gli scivolò dentro con estrema facilità, come se prima avesse segnato un sentiero e ora la possessione fosse diventata più agevole. Walker urlò, ma solo dentro di sé. Fuori, sentì il sorriso che gli lacerava gli angoli della bocca e udì una risata provenirgli dalla gola.

Avci gli puntò la pistola alla tempia, troppo vicina per mancarlo, e Walker provò una profonda gratitudine. Dentro, attese il proiettile. Fuori, sentì Kim urlare e la vide fare un balzo per spingere la mano di Avci. Lo sparo echeggiò per la montagna, il suono rimbalzò per la tormenta.

Walker sentì il gusto del sangue degli angoli lacerati della bocca, ma non riusciva a controllare le mani e afferrò la testa di padre Cornelius. Il demone si godette quel momento e Walker percepì il suo piacere.

«Addio, sant'uomo», disse con la bocca di Walker.

Padre Cornelius lo graffiò, cercando di respingerlo.

Il prete ritrasse la mano chiusa e Walker intravide una cordicella sfilacciata a cui era appesa la scheggia nera. Boccheggiò all'improvvisa sensazione di libertà, e cadde in ginocchio mentre il demone lo abbandonava. Lo abbandonava completamente. Frastornato, fu invaso da un profondo senso di sollievo, gettò la testa all'indietro e guardò con amore padre Cornelius, incurante del dolore agli angoli della bocca e del gusto del sangue.

«Grazie», disse, fissando il prete ma pensando a Charlie. Pensando alla vita che non aveva più sperato di poter vivere. «Padre, non so come ringra...».

Gli occhi del sacerdote brillarono di una luce arancione.

Padre Cornelius sogghignò e si volse verso Kim. La donna imprecò e cominciò a indietreggiare, ma lui le sferrò un colpo che la mandò a gambe all'aria. Avci rialzò la pistola, ma il prete lo afferrò per il polso e glielo torse, spezzandogli l'osso. Avci gridò di dolore e l'arma gli cadde nella neve.

Walker estrasse la propria pistola e la puntò in faccia al prete.

Padre Cornelius scoppiò a ridere e il suono provenne da un punto lontano, come l'odioso sussurro in un incubo da cui non c'è risveglio.

«Coraggio», disse il demone. «Ammazzane un altro».

Walker strinse la pistola. Il petto gli doleva a ogni respiro. Il gusto ferroso del sangue in bocca gli faceva venire i conati. Esitò due secondi, forse tre, ma poi l'anziano prete si voltò e corse via, sfrecciando nella neve con una forza e una rapidità che nessun uomo normale poteva avere.

Premette il grilletto. Il sacerdote era ormai diventato uno spettro nella tormenta, ma Walker lo vide barcollare quando il proiettile lo colpì alla spalla destra. La ferita non lo rallentò. Walker sparò altri due colpi, ma tempo che l'eco di quei colpi svanisse e la figura era completamente scomparsa, smarrita nel gelido turbinio bianco.

Padre Cornelius era sparito.

VENTUNO

Circa un'ora dopo – ormai Meryam aveva difficoltà a calcolare con precisione il tempo – cadde in ginocchio nella neve. Adam cercò di aiutarla a rialzarsi. Non riuscendoci, tentò di confortarla, me lei gli allontanò debolmente le mani, inspirando aria dal naso. Sussurrò piccole preghiere, mute suppliche, incurante di quale Dio potesse ascoltarla, ma sperando che qualche potere supremo la udisse e allontanasse da lei quel dolore. Quella paura e quel rammarico.

Invece si sentì rivoltare lo stomaco e vomitò, riversando un torrente di vomito fetido nella neve. Non aveva mangiato molto, ma era tutto lì, insieme a una gran quantità di acido gastrico e a un po' di sangue. Fu contenta che Adam non vedesse quel sangue, la gente ha l'impulso istintivo di distogliere lo sguardo dal vomito. Non le avrebbe fatto domande sul sangue. Le venne poi in mente che forse anche se l'avesse visto non le avrebbe comunque chiesto niente. Sapevano entrambi che il cancro l'aveva ormai invasa, che la stava divorando da dentro, uccidendola lentamente. Il demone dell'arca non era stato il primo veleno, il primo male a infettarla.

«Ehi», le disse lui all'orecchio. Con dolcezza. Con gentilezza.

Le aveva appoggiato la mano sulla spalla e non se n'era neanche accorta. Ora era appoggiata a lui, tremante mentre ricacciava indietro le lacrime. Gli prese la mano e cominciò ad alzarsi.

«Meryam, puoi riposarti», disse Adam, scrutandola in volto. «Abbiamo tempo».

Sorreggendosi a lui, si alzò, resistendo quando una raffica di vento cercò di spingerla indietro. «No, non abbiamo tempo».

Adam le tenne il volto tra le mani guantate. Arricciando il naso al gusto di bile in bocca, la giovane cercò di sorridergli malgrado il passamontagna le coprisse quasi tutto il volto. Era arrivata a odiare quella tempesta e i pesanti indumenti che cancellavano gran parte delle loro identità.

«Abbiamo gettato via gli amuleti», le ricordò, e poi si voltò verso gli altri, che si erano fermati a rispettosa distanza mentre vomitava l'anima. «Tutti noi. È un'ora o più che non ci insegue. Oltretutto… lo sento e sono certo che lo senti anche tu».

Stava ancora rimuginando, cercando di dare un senso razionale alla teoria proposta da Kim e Walker. Secondo loro, lo spirito del demone era rimasto intrappolato nella bara e nell'involucro di bitume. La sua malignità era penetrata nel bitume, aveva fatto impazzire i passeggeri dell'arca e li aveva posseduti e spinti all'omicidio e alla disperazione, proprio come aveva fatto con le persone che Meryam e Adam avevano portato nell'arca migliaia di anni dopo. Adam aveva suggerito la possibilità che fosse rimasto inerte – come ibernato – ma che fosse stato risvegliato dalla rottura dell'involucro attorno alla bara.

Il resto – la convinzione di Walker secondo cui il demone aveva influenzato Olivieri, convincendoli tutti a indossare gli amuleti – pareva inconfutabile. Nell'arca, il demone si era rafforzato tanto da influenzare o possedere chi voleva.

Ora, molto lontano dal luogo in cui i suoi resti erano stati ridotti in cenere, poteva ancora esercitare il proprio influsso malefico, ma poteva possedere solo chi restava in contatto con lui tramite una delle schegge di bitume.

Meryam guardò Walker e Kim, e il povero signor Avci, che si stringeva al corpo la mano fratturata. Ad Avci non serviva la sua solidarietà. Era ancora vivo. Come tutti loro – lui e Walker e la brillante e incantevole Kim Seong, e anche Adam – loro quattro ce l'avrebbero fatta. Meryam riusciva ancora a camminare, ma era morta come le persone che avevano lasciato a morire nella neve. Gli altri sarebbero rimasti vivi. Erano loro i sopravvissuti, non lei. E li odiava per questo.

«Forse hai ragione», disse, notando per la prima volta che la tormenta si era calmata. La neve cadeva ancora e il vento continuava a soffiare, ma non con la stessa furia. «Vorrei credere che non possa entrare dentro di noi, ma anche se fosse vero, padre Cornelius è ancora da qualche parte. Come anche Hakan e Calliope, se sono vivi. Perciò non siamo salvi. Non ancora».

Adam fece un brusco cenno del capo. Non voleva sentirselo dire. Voleva che Meryam gli lasciasse credere che il pericolo era passato, ma questo, lei non poteva farlo. A prescindere da quanto lo amasse.

«Andiamo», fece Adam.

La cinse con il braccio e l'aiutò a camminare. Meryam avrebbe preferito farlo da sola, ma sapevano entrambi che non ce l'avrebbe fatta. Le forze l'avevano abbandonata a tal punto che ormai sapeva a stento dove metteva i piedi, e vomitare l'aveva indebolita ulteriormente. Perciò si appoggiò a lui, non curandosi di nulla se non del calore del corpo di Adam contro il suo e della possibilità di vivere abbastanza a lungo da saperlo lontano da lì. Era quello il motore che la guidava, il fuoco che le ardeva dentro: accertarsi che Adam tornasse a casa sano e salvo.

«Ti amo», fece lei con voce roca, ma il vento si rafforzò e la voce la tradì.

«Hmm?», chiese lui, aggrottando la fronte. «Che hai detto?».

Meryam tossì e si asciugò la bocca col guanto, scuotendo il capo per fargli capire che non aveva detto niente d'importante. Che dovevano solo muoversi.

La neve continuava a cadere, il vento si levava e scemava ma mai con la stessa intensità di prima. Meryam si trascinava avanti, con la vista offuscata e la testa che le ciondolava come se fosse sul punto di addormentarsi. Dei puntini neri danzavano e si ammassavano agli angoli degli occhi e capì che il suo corpo voleva fermarsi. Cadere.

Walker e Avci avevano le armi in pugno. Diverse volte, Adam si era fermato e li aveva costretti a riposarsi un momento, e nel vedere quelle armi Meryam si era chiesta cosa mai pensassero di ottenere quegli sciocchi. I proiettili laceravano la carne, ma il demone non aveva una carne sua. Riusciva a comprendere la loro logica. Se avessero incontrato Hakan, Calliope o il prete, posseduti, le armi li avrebbero fermati. I proiettili non avrebbero ucciso il demone ma avrebbero liberato gli indemoniati. E se quelle armi avessero ammazzato tutti coloro che ancora portavano l'amuleto di bitume, allora forse i cosiddetti sopravvissuti avrebbero davvero potuto salvarsi.

Ma Meryam si sentiva infestata. Il demone le aveva scavato un cantuccio alla base della testa e se ne stava rannicchiato lì, anche in quel momento, come un fuggiasco nascosto tra le ombre di un vicolo. In fondo al cuore, il luogo dove conservava solo le parti più preziose e orribili di sé, pensava fosse una buona cosa che morisse. Pensava che fosse la cosa migliore.

Perse la cognizione del tempo. Si fece confusa come la sua vista, andava e veniva come il vento, ma dopo un po' batté le palpebre e si rese conto che si erano fermati per un'altra sosta. Respirando profondamente, si guardò intorno e vide Walker che stringeva Kim in un tenero abbraccio.

«Adam?», disse, stranamente intorpidita. Il dolore le era in gran parte passato.

Il volto del fidanzato le comparve accanto e Meryam si rese conto che erano seduti fianco a fianco su un grande masso.

«Sono qui», disse lui. «Ci sei?».

Allegro. Ma dietro l'allegria, intravide il suo dolore. Sapeva che stava morendo. Lo sapeva da un po', ma ora era reale. Anche più vero della paura che li aveva spinti giù dalla montagna.

Meryam cercò di rianimarsi, attingendo a una riserva di forza di volontà che neanche aveva immaginato di possedere, finora.

«Ci sono», disse lei. «E vivremo. Ce la faremo».

Adam sorrise e Meryam vide che la neve era diminuita tanto da diventare bella e il cielo da bianco si era fatto grigio e capì che erano nel pieno pomeriggio. Poi vide delle protuberanze sotto la neve, notò le formazioni rocciose, riconobbe la conformazione della radura in cui si trovavano e capì dov'erano.

«Il Campo Uno», disse. «Siamo già arrivati qui?»

«Sì», disse Adam, stringendole la mano. «Ma abbiamo ancora parecchia strada da fare».

Poi riguardò Walker e Kim e le venne in mente una cosa. «Dov'è...».

«Avci è a fare pipì», le disse Adam.

Meryam riuscì quasi a sorridere.

Poi udirono uno sparo e l'urlo di Avci. Tutti si voltarono verso il margine del Campo Uno e videro il corpo accasciarsi dietro una roccia e crollare scompostamente in terra, spruzzando la neve intorno.

Dalla tempesta emerse padre Cornelius. Per un momento, Meryam barcollò, la vista le si oscurò di nuovo e con un barlume di coscienza in un angolino del cervello si chiese se fosse tutto vero. Quasi non sentiva il freddo, e il mondo intorno a lei aveva le sembianze irreali di un incubo. I suoni le arrivavano attutiti.

Il prete superò il cadavere insanguinato di Avci con un unico passo sciolto e lei vide il suo sorriso. Si era tolto il passamontagna e la giacca. Ora si avvicinava a Walker e Kim con un sorriso talmente ampio che gli aveva squarciato le guance fino alle orecchie. Il sangue gli tingeva la mascella e il collo, strisce di rosso vivo che risaltavano contro il bianco della neve che continuava a cadere.

Ma aveva gli occhi puntati su Meryam. Quel sorriso era rivolto a lei, e in quegli occhi, insieme al luccichio del fuoco arancione, c'era uno sguardo d'intesa, come se condividessero un segreto.

Avrebbe tanto voluto urlare. Invece, si diresse verso l'essere che ora era in padre Cornelius. Adam l'afferrò per la manica della giacca e la tirò indietro. Meryam cercò di opporsi e lui la spinse in terra.

«Non riesci neanche a stare in piedi. Ti ammazzerà».

«Io sto...», cominciò a dire lei. *Morendo. Sto morendo co-*

munque. Ma Adam era già corso da Kim e Walker, lasciando Meryam distesa nella neve.

Il demone dentro padre Cornelius si accovacciò, sollevò la mano e le fece un cenno simile a quello che un pagliaccio del circo potrebbe fare a un bambino, come a dirle che quello spettacolo era destinato a lei. Poi saltò addosso a Walker e gettandolo a terra cominciò a colpirlo con entrambi i pugni

Meryam non poteva che guardare quell'incubo.

Walker sentiva i colpi sulla testa come una musica dal ritmo selvaggio che gli rimbombava nel cervello. Aveva visto il prete e aveva esitato. Quanto era stato sciocco. Senza cappello, né giacca, né passamontagna in mezzo alla montagna per più di un'ora da quando l'avevano visto l'ultima volta, un uomo anziano in abito talare col colletto bianco... era impossibile che fosse arrivato fin là senza che lo manovrasse il demone.

I pugni si abbattevano. I pugni di padre Cornelius. Dalle nocche screpolate, con la pelle sottile come carta, le vene bluastre e le macchie senili. Walker sentì il naso che si rompeva, sentì il gusto del sangue e urlò, dimenandosi, ma l'essere dentro il sacerdote aveva una forza infernale invece dei muscoli.

Diavolo, pensò, mentre un pugno lo colpiva alla tempia sinistra e sentiva fratturarsi l'orbita attorno all'occhio. Ora credeva al diavolo. E questo significava che da qualche parte lassù, esisteva Dio, e Walker era per lui insignificante. Tutte le persone che stavano morendo sul fianco di quella montagna non erano degne della sua attenzione.

Un altro pugno. Il lato destro, la rottura di un incisivo superiore.

Dio, stabilì, era uno stronzo.

Grugnendo, mosse di scatto il braccio, voltò la pistola e premette il grilletto. Il colpo andò a vuoto, ma il sorriso lasciò il volto di padre Cornelius. Il bagliore arancione negli occhi si fece più acceso e ringhiando il demone strinse le mani attorno al collo di Walker, come se ne avesse abbastanza di giocare e avesse deciso fosse arrivato il momento di ucciderlo.

Secondi. Tutti quei colpi e quei pensieri erano durati lo spazio di pochi secondi.

La vista di Walker si oscurò. Le luci nella sua testa si stavano spegnendo.

Poi udì delle urla, di due voci, e una di esse apparteneva a Kim Seong. Il demone allentò la presa e Walker batté le palpebre e mise a fuoco quel tanto che gli consentì di vedere Kim e Adam che lottavano con padre Cornelius. Adam aveva un braccio attorno al collo del prete e lo trascinava indietro cercando di staccarlo da Walker. Kim lo teneva per il braccio sinistro e con la mano libera gli graffiava gli occhi tentando di tirarlo via.

Gli lasciò la faccia, la mano le ricadde sul fianco e si risollevò con la piccozza. Il metallo scintillò lucido mentre Kim lo abbatteva sul petto del prete. Sputando e ansimando, padre Cornelius barcollò all'indietro. Adam lo spinse e il sacerdote cadde rotolando in terra con la piccozza che gli emergeva da sopra il fianco sinistro.

Padre Cornelius alzò la testa, fissandoli con sguardo omicida. Il fuoco arancione negli occhi ardeva talmente forte da assomigliare a delle vere fiamme.

Walker sollevò la pistola e sparò un colpo. Il proiettile lo ferì alla spalla destra e lo fece cadere all'indietro. Non era troppo tardi, pensò.

«Adam, gli tolga l'amuleto!».

Il demone si contorse, sibilando mentre Adam si lanciava su di lui. Kim gli si avvolse attorno al braccio sinistro e cercò di tirarlo indietro. Adam gli afferrò il collo dell'abito ma strappò solo il collarino bianco.

Padre Cornelius afferrò Adam per il collo e gli conficcò dentro le unghie, poi gli squarciò la gola tra spruzzi di sangue vivo.

La neve continuava a cadere.

Walker urlò come se potesse negare quello che aveva appena visto. Si scagliò sul demone e per lo slancio finirono entrambi in terra. Urlando a Kim, premette forte la pistola contro il mento del prete.

La mano di Kim gli balenò davanti, frugò nel colletto ora aperto e strappò l'amuleto di bitume dal collo di padre Cornelius. Tirò indietro il pugno, da cui penzolava la cordicella, alzò il braccio e lanciò la lucente scheggia nera nella tempesta, il più lontano possibile dal Campo Uno.

Walker vide gli occhi del prete schiarirsi mentre il demone lo abbandonava. Vide la consapevolezza di ciò che aveva fatto riempire gli occhi di padre Cornelius, e poi l'uomo cominciò a piangere, steso in terra, mentre i fiocchi di neve gli danzavano dolcemente sul volto.

Alle loro spalle, Walker sentì Meryam che cominciava a urlare, con voce debole, roca, e piena di un'angoscia che non aveva mai udito in un altro essere umano.

Adam giaceva in terra con la gola squarciata e il sangue che usciva a fiotti, come se dei lupi lo avessero sbranato e se ne fossero andati senza la loro preda.

«Oh, Dio», disse Kim, mentre una neve leggera turbinava alla lieve brezza che li accarezzava tutti, vivi e morti.

Superò barcollante il cadavere di Adam e si avvicinò a Meryam. Walker ascoltò i suoi tentativi di confortare l'altra donna, ma Meryam non la sentiva. Riusciva solo a piangere il fidanzato morto, dicendogli di alzarsi, che era lui quello che avrebbe dovuto vivere, che nulla aveva senso senza di lui.

«Padre», disse Walker, guardando il prete steso nella neve.

La piccozza era ancora conficcata nel petto di padre Cornelius e il sangue colava dalla ferita causata dal proiettile sull'altro lato. Ma Walker dubitava che queste ferite fossero le peggiori subite dal vecchio. Aveva il volto talmente lacerato e aveva perso così tanto sangue che pareva impossibile fosse riuscito ad arrivare al Campo Uno. Se non la perdita di sangue, gli elementi avrebbero dovuto ucciderlo, ma il demone era stato la fornace che lo riscaldava, il motore che lo guidava.

Ora quel fuoco era svanito.

«Padre», ripeté Walker.

Le labbra dell'anziano sacerdote si mossero, malgrado le terribili ferite alla bocca e al volto. Riuscì solo a emettere un sussurro gorgogliante, un sibilo reso quasi inintelligibile da quelle mutilazioni. Erano parole che Walker aveva già sentito, al capezzale di sua madre, quando l'ospedale aveva chiamato un prete per l'estrema unzione. Le parole erano una preghiera per i moribondi, e padre Cornelius le recitava per se stesso.

Walker rimase in silenzio, tenne la mano al vecchio e pregò con lui mentre moriva.

Nel caso Dio fosse in ascolto.

I tre superstiti s'incamminarono insieme dal Campo Uno. Meryam barcollava tra Kim e Walker, facendo del suo meglio per reggersi in piedi. Alcune volte, riusciva a camminare quasi da sola, ma mai senza una mano che la sorreggesse, altre era come stordita, le tenebre l'avvolgevano e dovevano tenerla per le spalle e trascinarla.

Rottami umani, continuarono a camminare, e al calar della notte sarebbero quasi arrivati al punto in cui ci sarebbero stati veicoli, persone e qualcosa da mangiare. *Oh, mio Dio, mangiare*, pensò Meryam in un momento di lucidità, in preda ai morsi della fame.

La neve continuava a cadere, ma ormai molto dolcemente, come se il cielo volesse offrire quella bellezza per scusarsi della ferocia della tormenta che aveva sferzato la montagna.

Meryam si fermò barcollante, quasi cadendo nel tentativo di allontanarsi dagli altri e risalire il sentiero.

«Si fermi», disse Kim. «Cosa sta...».

«Laggiù!», disse Meryam, puntando un dito tremante. «Non... non lo vedete?».

Non l'avevano visto.

All'ombra di un bosco di alberi spogli, Hakan sedeva solo, con le spalle curve. Un bagliore arancione scintillò al crepuscolo e Meryam per poco non urlò, ma poi vide la luce avvampare e scemare e capì che era la punta di una sigaretta. Hakan li aspettava seduto, fumando e liberando nell'aria pennacchi di cancro grigio.

Walker si staccò, lasciando Meryam appoggiata a Kim. Estrasse la pistola e si avvicinò cauto a Hakan.

«Come diavolo ha fatto ad arrivare qui?», urlò Walker.

Hakan alzò la testa. «Potrei farvi la stessa domanda».

«Mi faccia vedere il collo! Si apra la camicia e mi faccia vedere che non ha addosso uno di quegli amuleti del cazzo!».

Hakan ubbidì, lasciando pendere la sigaretta dalle labbra. La punta arancione avvampò di nuovo, e dei flash balenarono nella mente di Meryam. Il luccichio arancione negli occhi degli indemoniati l'avrebbe accompagnata per tutte le ore, giorni o settimane che le restavano da vivere.

«Si vuoti le tasche!», ordinò Walker.

Hakan fece una lunga tirata della sigaretta e si alzò per obbedire alla richiesta. «Sta perdendo tempo. Non l'ho mai avuto. Feyiz mi ha dato uno di quegli amuleti ma l'ho lasciato nell'arca. Mi sembrava assurdo. Se il demone mi voleva, non sarebbe stato un pezzettino di pietra...».

Lasciò le parole a mezz'aria. Meryam avrebbe voluto chiedergli perché non aveva detto niente sulla montagna, prima che lasciassero la caverna, ma conosceva la risposta. Non gli avrebbero mai dato retta.

Walker abbassò l'arma ma non la mise via.

«Cos'è successo a Calliope?», chiese Kim.

Hakan annuì lentamente. Si frugò delicatamente nella giacca, guardando Walker per non allarmarlo, ed estrasse la telecamera di Calliope. Alla luce del crepuscolo, non poté esserne certa, ma a Meryam parve sporca di sangue.

«Immaginavo che la volesse», disse Hakan, mostrando a Meryam la telecamera.

Tremante, lo ringraziò. «Per favore... la tenga lei per il momento».

I suoi occhi, così spesso colmi d'ira e disprezzo, si addolcirono mentre le chiedeva: «Adam?»

«Lassù», rispose piano lei, indicando la cima dell'Ararat. «Con gli altri».

Hakan annuì lentamente. Ebbe un guizzo negli occhi, come se avesse d'improvviso preso una decisione, e poi scansò Kim e prese Meryam tra le braccia. La donna s'irrigidì, al ricordo di tutto l'odio che le aveva riversato, ma poi si lasciò andare. Si rilassò nel suo abbraccio. Quell'uomo aveva visto una moribonda e aveva deciso di mostrarle un ultimo segno di gentilezza. Meryam non gliel'avrebbe impedito.

Walker fece per parlare, ma Kim lo mise a tacere, e quei pochi e ultimi sopravvissuti cominciarono la fase finale della discesa. Meryam pensò ai resti carbonizzati nella caverna, e alle lastre e ai pezzi di bitume. Pensò ai morti che si erano lasciati alle spalle e alle schegge di bitume attorno al collo di alcuni, e agli altri amuleti gettati via, da qualche parte sul monte Ararat. Dov'era ora il demone? Ancora nell'arca? Infuso nel bitume? Infestava le schegge che avevano abbandonato?

O era ancora con loro, quei pochi sopravvissuti, in silenziosa attesa di conoscere il mondo moderno? Meryam pianse piano tra le braccia di Hakan. Mentre camminava, il corpo le dondolava appoggiata al suo e ben presto perse conoscenza.

I suoi sogni furono pieni di urla.

VENTIDUE

Il secondo martedì di aprile, Kim Seong sedeva al tavolino tondo della Pizzeria Paradiso e aspettava l'arrivo della persona con cui aveva appuntamento per pranzo. Aveva preso un tavolo accanto alle finestre che guardavano la strada in modo da poter osservare il traffico pedonale su M Street, ma anche perché a Washington D.C. era una giornata di primavera particolarmente calda per la stagione e voleva sentire il sole sulla pelle. Dal viaggio sull'Ararat, il sole non le bastava mai.

«Posso portarle da bere nell'attesa?».

Kim sbatté le palpebre e guardò il cameriere, un giovanotto magro con capelli pettinati alla perfezione e una barbetta tagliata ad arte sul mento.

«Solo dell'acqua per ora», rispose lei.

Il cameriere sparì come se se lo fosse solo immaginato. Rimase seduta ad aspettare al sole, crogiolandosi alla luce e al calore. Chiuse gli occhi per godersi quel momento, ma li riaprì subito. Ogni volta che chiudeva gli occhi, vedeva cose che sperava di non rivedere mai più.

Suonò la campanella sulla porta e alzò lo sguardo. Dalla posizione in cui si trovava il tavolino, un angolo, una colonna e una pianta alta le ostruivano la vista sull'entrata, ma sentì la voce attutita di una persona che parlava alla direttrice di sala e capì che era Walker anche prima di vederlo. Quando la vide, sorrise e alzò una mano in segno di saluto, e Kim fece altrettanto. Per uno o due secondi si scrutarono in volto, in cerca di un qualche segno: un sorriso troppo ampio o un bagliore arancione negli occhi che sfidava sia la luce che l'ombra.

Quando Kim incontrava qualcuno, si era abituata a studiarlo con attenzione, chiedendosi se potesse non essere chi dichiarava. Il cuore le batté forte in petto per il sollievo quando le parve che Walker era solo Walker. Per via delle lacerazioni agli angoli della bocca che erano state ricucite, era restio a sorridere troppo ma andava bene così. Stava molto meglio, ma le cicatrici gli sarebbero restate per sempre.

Walker si spostò di lato, facendo un cenno verso l'entrata e al suo fianco arrivò un bambino dai capelli scuri. Mise una mano sulla schiena del bambino e insieme si avvicinarono al tavolo.

«Ce l'hai fatta», fece lei scherzosa.

«Farcela?», replicò Walker. «Noi abitiamo qui. Sei tu quella che è venuta da lontano. Sono contento che abbia trovato il tempo».

Kim annuì col capo. Non voleva ancora smentirlo.

«Questo deve essere Charlie», disse lei, accucciandosi.

Il bambino sorrise timido. Aveva preso dal padre, ma aveva una morbidezza nei tratti, una dolcezza, che attutivano la somiglianza.

«Charlie, questa è la mia amica Seong. Puoi salutarla?».

Il bambino tese la mano per stringere quella della donna. «Piacere di conoscerla, Seong».

«Il piacere è tutto mio», replicò Kim, per assecondare le maniere formali del bambino. «Tuo padre mi ha detto che questo locale è il tuo preferito».

Charlie s'illuminò e, abbandonata ogni timidezza, si lanciò in una litania delle pizze che riteneva migliori. Seduti tutti e tre attorno al tavolo illuminato dal sole, con il bambino che li intratteneva, Kim e Walker riuscirono a evitare di parlare degli orrori che condividevano. Quando il cameriere tornò, Charlie li aveva ormai indirizzati alle scelte migliori e pareva molto orgoglioso della propria competenza.

«Mozzarella fresca, non quella grattugiata in busta», disse il bambino al cameriere.

«Naturalmente, signore», disse questi come se si rivolgesse a un membro del Congresso e non a un ragazzino di quarta elementare, e poi si allontanò con gli ordini.

«Bene, amico, e ora?», chiese Walker.

«Le mani», replicò bonariamente Charlie, spingendo indietro la sedia. Si alzò e guardò il padre in attesa.

«Va' tu per primo», disse Walker al figlio. «Vengo dopo».

Il candore svanì dal volto di Charlie. Guardò prima il padre, poi Kim e poi di nuovo il padre, e l'innocenza dei nove anni lasciò il posto a una scaltra consapevolezza.

Annuì. «Capito. Ma niente baci in pubblico. È imbarazzante».

Mentre Charlie andava a lavarsi le mani, Kim si sentì arrossire. Walker lo guardò un momento prima di voltarsi verso di lei.

«Scusa».

La donna alzò la testa. «C'è qualche ragione per cui si aspetta che ci baciamo non appena si alza da tavola?».

Walker fece spallucce, senza alcuna traccia di ironia. «Mentre venivamo mi ha fatto l'interrogatorio. Una delle domande è stata se ci eravamo mai baciati».

«E tu hai detto di sì».

«Sono molte le cose che non posso dirgli», replicò Walker. «Ho fatto a me stesso la promessa di essere onesto con lui su tutto il resto».

Kim grattò con le unghie la stoffa di cotone della tovaglia. S'inumidì le labbra con la lingua.

«Cosa sai?», chiese.

Walker si guardò intorno per accertarsi che nessuno potesse sentirlo. Si chinò in avanti. «So che hanno portato giù dalla montagna gran parte dei corpi. I miei superiori seguono con grande attenzione le operazioni e finora non sono stati riferiti episodi di violenza o... di qualcosa di simile a quello che abbiamo vissuto noi».

Kim annuì. «Finora. Ma non hanno dato a tutti l'autorizzazione a entrare nella caverna. I turchi sono categorici nell'impedire l'accesso all'arca e le Nazioni Unite in linea di massima concordano».

Si guardarono negli occhi e Kim vide in lui le proprie paure riflesse. Walker guardò fuori dalla finestra e osservò due donne che passeggiavano mano nella mano, mentre una delle due teneva al guinzaglio un energico terrier nero. *Gente normale con vite normali*, pensò Kim. *Se solo sapessero.*

«Hanno rilasciato il corpo di Adam Holzer?», chiese Walker.

«Solo pochi giorni fa. Pensavo di andare, ma temevo di essere invadente»», replicò Kim. «Oltretutto, Meryam non vuole vederci. Vuole lasciarsi la montagna alle spalle, per il tempo che le resta».

Walker guardò in fondo al ristorante. Kim seguì il suo sguardo e vide che Charlie era uscito dal bagno e si stava asciugando sui jeans l'eccesso di acqua dalle mani. Quel gesto la fece sorridere.

«Mi sorprende che sia vissuta tanto a lungo», disse Walker. «Non deve restarle molto».

Kim esitò, poi andò dritta al punto. «Non si può mai sapere quanto tempo ci resta», disse. «Ed è per questo che volevo vederti».

Walker dovette percepire qualcosa nel suo tono di voce, perché la scrutò attentamente in volto in cerca di quello che gli era sfuggito.

«Pensavo che dovessi sapere che ho accettato un lavoro all'ambasciata. Un posto di due anni come consigliere particolare dell'ambasciatore. Quindi starò qui a Washington per un po'. Pensavo che ogni tanto potremmo vederci».

L'espressione di Walker era imperscrutabile.

«Ne sarei molto contento», fece lui, ma con una certa rigidità e Kim non capì se lo dicesse solo per cortesia.

«Non mi aspetto niente», gli disse. «È solo che ho degli incubi. Ho incubi in continuazione. E non c'è nessun altro che può capire».

Charlie tornò al tavolo e si sistemò al suo posto proprio mentre il cameriere arrivava con l'acqua. Il bambino lo ringraziò educatamente.

Walker prese la mano di Kim sul tavolo e la tenne stretta. «Anch'io ho quei sogni. Non sei sola».

Chiunque avesse ascoltato quella frase avrebbe pensato che si riferisse a una storia d'amore e non di terrore. Charlie arricciò il naso e alzò gli occhi al cielo. Il ruolo del piccolo gentiluomo che impersonava tanto bene non si estendeva alle manifestazioni di affetto in pubblico.

«Non ci stiamo baciando», gli disse Kim, sforzandosi di sorridere, rincuorata dalla presenza del bambino. «Oppure anche tenersi per mano è sulla lista delle azioni proibite?».

Charlie torse le labbra riflettendo e poi sospirò accomodante.

«Credo che tenersi per mano sia okay».

Walker rise piano e strinse più forte la mano di Kim. Lei gliene fu riconoscente. L'aiutava il contatto, sapere che lui capiva i suoi incubi. L'offerta di quel posto, il fatto di venire a Washington a lavorare per l'ambasciatore non aveva niente a che vedere con Walker o con l'esperienza sul monte Ararat, ma in tutta sincerità non poteva negare che la sua presenza avesse svolto un ruolo nell'accettare la proposta. Non perché lo amasse. Non lo conosceva abbastanza da prendere in considerazione l'idea di amore. Ma dopo la missione sull'Ararat aveva attraversato periodi di terrore e paranoia durante i quali si era chiesta se non fosse pazza... e poi periodi in cui temeva, invece, di essere assolutamente e terribilmente sana di mente.

«Grazie», disse al padre e al figlio.

Ma quando il cameriere arrivò con le pizze, lanciò un'altra occhiata agli occhi di Walker, in cerca del rivelatore luccichio arancione. Per ogni eventualità.

Kim sapeva che sarebbe stata sempre in guardia.

Sempre.

Una leggera pioggia primaverile incupiva il cielo sopra East Meadow, a Long Island. Meryam aveva incontrato il padre di Adam solo una volta, al party per il lancio del loro primo libro, quando avevano pensato fosse una buona idea investire dei soldi in un viaggio a New York solo per festeggiare la pubblicazione. Mr Holzer aveva poco meno di sessant'anni ed era vedovo da più di quindici, ma non si era mai risposato, nonostante una lunga relazione con un'analista finanziaria di nome Sylvia. Meryam si era chiesta se il padre di Adam non si fosse sposato con Sylvia solo per evitare che il figlio dovesse accettare la presenza di una matrigna.

Sperava che ora la sposasse, dopo un adeguato periodo di lutto. Ormai i sentimenti di Adam non erano più un problema.

Meryam stava davanti ai cancelli in ferro battuto del cimitero della United Synagogue. La pioggia batteva sull'ombrello, gocciolando dai bordi, e Meryam cercò di rannicchiarsi sotto per evitare di bagnarsi. Indossava un lungo cappotto nero foderato di lana e una grossa sciarpa grigia. Quel mattino, prima di uscire dall'hotel, si era legata i capelli con un nastro, ma si era rotto e ora la sua chioma scompigliata le ricadeva folta e ribelle attorno al volto.

Si sentì spezzare il cuore nel vedere attraverso i cancelli le auto in fila lungo le stradine attorno al mausoleo, nell'angolo occidentale del cimitero. Meryam aveva lavorato con le autorità turche, mettendole in contatto con il padre di Adam in modo che questi potesse organizzare il ritorno delle spoglie in patria. Se Holzer senior sapeva del fidanzamento del figlio non ne aveva mai fatto cenno.

Mr Holzer l'aveva invitata al funerale, ma Meryam gli aveva detto che la sua salute non le permetteva di viaggiare. Una menzogna, sotto numerosi punti di vista. Invece di unirsi alla piccola adunanza per il servizio funebre e ora dentro il mausoleo, dove le ceneri di Adam sarebbero state deposte in una nicchia, era andata di nascosto a New York e aveva affittato un'auto per raggiungere Long Island.

Se avesse accettato l'invito, si sarebbe sentita un'intrusa. O un'impostora.

Sulla strada alle sue spalle passavano rombando delle auto,

schizzando nelle pozzanghere, ma non c'erano altri pedoni. Solo Meryam con il suo ombrello, che osservava attraverso il cancello le persone in lutto che uscivano e cominciavano a tornare alle rispettive macchine. Da quella distanza non riuscì a capire quali tra quelle sagome scure potessero essere Mr Holzer e Sylvia.

Avrebbe tanto voluto riuscire a piangere.

Tra un attimo se ne sarebbe andata. Non voleva che la vedessero, che sapessero che era venuta e non aveva voluto unirsi a loro.

Non voluto, pensò. *Potuto.*

Anche se avesse voluto non avrebbe potuto superare quei cancelli. Come non avrebbe potuto entrare nella sinagoga dove si era svolto il funerale. Se voleva piangere Adam, non aveva altra scelta che stare lì fuori sotto la pioggia, e non si preoccupava di buscarsi una polmonite. Al momento, le malattie non la preoccupavano affatto.

Le prime automobili cominciarono a muoversi lentamente lungo la strada in direzione dei cancelli e fu costretta a voltarsi e a incamminarsi sul marciapiede verso la sua macchina. Così facendo, s'infilò la mano in tasca – proprio come aveva fatto quella notte in cui Hakan l'aveva portata giù dalla montagna – e proprio come aveva fatto quella notte, tastò i margini affilati e la superficie liscia della scheggia di bitume.

Meryam non aveva idea di chi gliel'avesse messa in tasca. Il demone poteva averlo fatto fare a uno qualsiasi di loro, possedendolo un momento e facendogli infilare l'amuleto nella tasca della giacca senza che lei se ne accorgesse. Un salvacondotto, per dargli un'ultima possibilità di abbandonare la montagna... di entrare nel nuovo mondo. Aveva scelto lei perché aveva qualcosa da offrirle.

La vita.

Perché se avesse obbedito ai suoi desideri, l'avrebbe guarita. Aveva sradicato il cancro che la stava uccidendo e ne aveva preso il posto. Un tipo diverso di cancro.

Il volto le si aprì in un sorriso doloroso, ma Meryam cercò di contrastarlo, di scacciarlo. Il demone non le permetteva di piangere, e allora lei si rifiutava di farlo sorridere. Non oggi.

Fosse stato per lei, Meryam non avrebbe mai accettato quell'accordo col demone. La morte sarebbe stata di gran lunga preferibile.

Ma non l'aveva fatto per se stessa.

Come intontita, si mise una mano sulla pancia e ne percepì la rotondità. Quattro mesi e s'ingrossava ogni giorno di più. Se fosse stato un maschio, l'avrebbe chiamato Adam, sperando che avesse preso dal padre.

A volte, però...

A volte si soffermava a riflettere sulla possibilità che l'essere che stava crescendo dentro di lei non fosse affatto un bambino. Allora si metteva a urlare, per un secondo o due, finché il demone non si irritava e da dentro non prendeva il controllo, mettendola a tacere. Non gli piaceva quando urlava a quel modo.

Fa male al bambino, le sussurrava nella mente. *E il bambino deve essere forte.*

Meryam si chiese se fosse molto doloroso partorire un essere con le corna.

INDICE

Nuova Narrativa Newton

Ultimi volumi pubblicati

Jenny Blackhurst, *Era una famiglia tranquilla*
Fernando Baztán, *Il monastero dei sette segreti*
Flaminia P. Mancinelli, *Inquietante delitto in Vaticano*
A.L. Martín, *Il libro segreto dell'ultimo cabalista*
Roberto Fabbri, *Il figlio perduto di Roma*
G.L. Barone, *La settima profezia*
Franco Matteucci, *Delitto con inganno*
Alex Connor, *Il dipinto maledetto*
Helen Durant, *Il silenzio della morte*
Nicola Verde, *Il vangelo del boia*
M.R. Carey, *Fellside. La prigioniera*
Iain King, *L'ultimo segreto dei nazisti*
Gordon Doherty, *Una vittoria per l'impero*
Rena Olsen, *Non dirmi bugie*
Stefano Santarsiere, *I guardiani dell'isola perduta*
James Swallow, *Codice Nomad*
Jeri Westerson, *Il mercante di reliquie perdute*
Nina Sadowsky, *Una coppia quasi perfetta*
Fabio Sorrentino, *L'ultima battaglia*
James Becker, *Il tesoro scomparso dei templari*
Ted Dekker, *A.D. 30. L'anno del Messia*
José Rodrigues Dos Santos, *L'enigma di Einstein*
Max e Francesco Morini, *Nero Caravaggio*
Melissa Scrivner Love, *Lola*
Mel Sherratt, *La ragazza della porta accanto*
Anthony Riches, *L'impero. La vendetta dell'aquila*
Matteo di Giulio, *La congiura delle tre pergamene*
J.T. Ellison, *Nessun colpevole*
Andrea Frediani, *Il custode dei 99 manoscritti*
Ali Land, *Una ragazza bugiarda*

Jordi Nogues, *Colosseum*
Mario Giordano, *Mistero siciliano. Le indagini della zia Poldi*
T.R. Ragan, *La tela dell'assassino*
Federica Introna, *La congiura*
Benet Brandreth, *La spia di Venezia*
Robert Bryndza, *La donna di ghiaccio*
Dot Hutchison, *Il giardino delle farfalle*
Mario Mazzanti, *I 444 scalini*
Gavino Zucca, *Il mistero di Abbacuada*
Agnès Michaux, *Codice Botticelli*
Marcello Simoni, *L'eredità dell'abate nero*
Stuart MacBride, *Il cadavere nel bosco*
Marieke Nijkamp, *Un giorno tranquillo per uccidere*
Rua Martin, *L'enigma del libro dei morti*
Unni Lindell, *Il caso della bambina scomparsa*
Massimo Lugli, *Il criminale*
Simon Scarrow, *Revolution Saga. La battaglia dei due regni*
Simon Scarrow, *Revolution Saga. Il generale*
Simon Scarrow, *Revolution Saga. A ferro e fuoco*
Simon Scarrow, *Revolution Saga. L'ultimo campo di battaglia*
A.J. Banner, *Era una moglie perfetta*
M.R.C. Kasasian, *Il giallo di Gaslight Street*
G.L. Barone, *Il settimo enigma. Codice Fenice saga*
Eric Giacometti – Jacques Ravenne, *Il regno degli Illuminati*
Debbie Howells, *La donna silenziosa*
James Douglas, *La piramide del faraone maledetto*
Ben Kane, *Nel nome dell'impero*
Jones Philip Gwynne, *Il ponte dei delitti*
Esmeralda Batacchi, *Il tempio perduto dei templari*
Scarlett Thomas, *Il drago verde*
Andrea Frediani, *Missione impossibile*
Angela Marsons, *La ragazza scomparsa*
Leopoldo Mendívil López, *Codice Vaticanus. Il complotto*
Carmelo Nicolosi De Luca, *La congiura dei monaci maledetti*
Giulio Castelli, *Il guerriero del mare*
Christopher Golden, *Missione Ararat*